ASESINATO

EN LA PLAZA DE LA FAROLA

Julio César Cano (1965, Capellades, Barcelona) empezó a escribir después de trabajar durante años como músico y mánager de grupos. Es conocido, sobre todo, por su serie del emblemático inspector Monfort, ambientada en Castellón, donde el autor vive actualmente con su familia.

Asesinato en la plaza de la Farola es la primera novela de la serie, a la que han seguido *Mañana, si Dios y el diablo quieren, Ojalá estuvieras aquí* (premio Letras del Mediterráneo) y *Flores muertas. Incluso la muerte miente,* la nueva novela protagonizada por el inspector Monfort, se publicará próximamente.

Julio César Cano

ASESINATO
EN LA PLAZA DE LA FAROLA

El primer caso del inspector Monfort

EMBOLSILLO

Benito Castro, 6
28028 MADRID
emaeva@maeva.es
www.maeva.es

1.ª edición: septiembre de 2015
2.ª edición: enero de 2016
3.ª edición: marzo de 2018
4.ª edición: marzo de 2021

ISBN: 978-84-16087-26-6
Depósito legal: M-21.270-2015

Diseño e imagen de cubierta: Opalworks
Fotografía del autor: Manuel Navarro Forcada
Diseño de colección: Toni Inglès
Preimpresión: Gráficas 4, S.A.
Impreso en España / Printed in Spain

A mi hija Julia,
con todo mi cariño, mis sueños e ilusiones

Escenarios de la novela

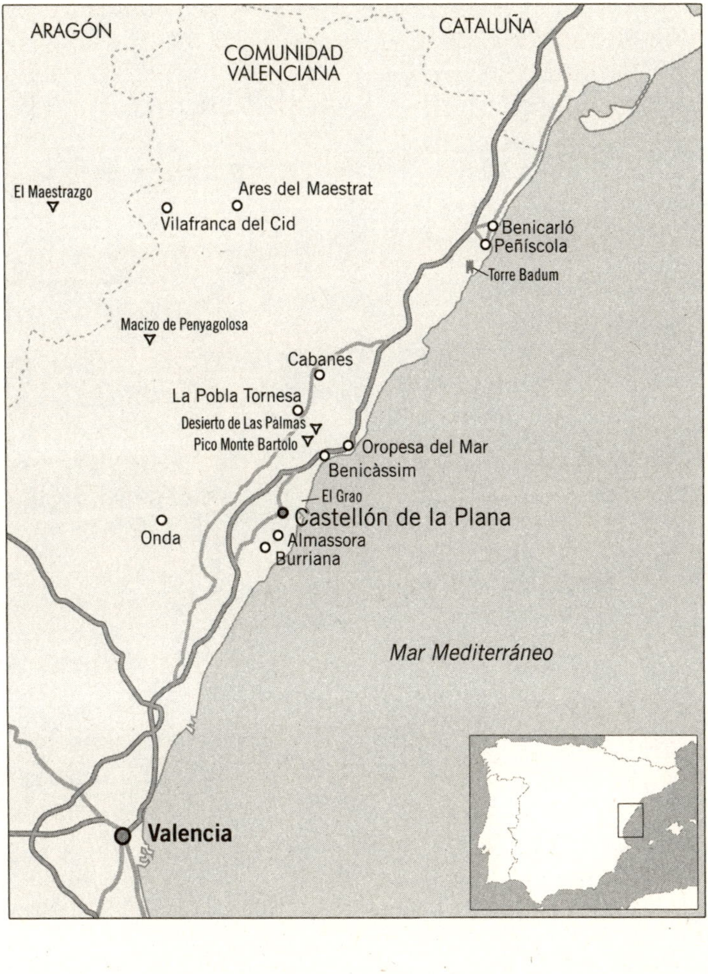

«La ciudad, su ciudad, estaba allí fuera a su disposición, a la espera de mostrarle su negro y consumido corazón.»

En la oscuridad
IAN RANKIN

1

Faltaban apenas un par de minutos para las ocho de la mañana. Los tres empleados de la oficina bancaria de la plaza de la Independencia, de Castellón de la Plana, habían llegado a la vez.

Uno de los dos hombres abrió con llave la puerta del cajero, el otro la aguantó galantemente para que la compañera entrara primero. Un hedor nauseabundo, mezcla de vino barato y de vómito, le golpeó violentamente en la cara; le entraron arcadas y tuvo que salir a la calle a toda prisa.

El viejo vagabundo llevaba ya algunos días durmiendo dentro del cajero. Los empleados de la oficina lo sabían, pero justo por entonces una ola de frío intenso azotaba las noches de la ciudad y les dio lástima llamar a la Policía Municipal. Además, el viejo no molestaba en absoluto, ni siquiera cruzaba con ellos una palabra; simplemente, cuando llegaban por las mañanas, salía del cajero llevándose con él sus cartones gastados, que le hacían las veces de cama. Iba muy sucio; vestía unos pantalones de lana gruesa de color oscuro, anudados a la cintura con un trozo de cuerda, un jersey de cuello de pico lleno de mugre, un abrigo raído de color marrón, un roñoso gorro de lana azul marino y unos guantes con los dedos cortados. «Me da mucha pena», había dicho el día anterior la joven empleada del banco.

Uno de los oficinistas trató de despertar al viejo, que estaba situado delante mismo de la puerta de la oficina. Lo tocó, le susurró algunas palabras con afán de despertarlo suavemente. El hombre no se movió. El otro compañero se acercó e intentó desplazarlo para poder abrir la puerta. Fue entonces cuando un enorme reguero de sangre, de un color casi morado, afloró por detrás de la cabeza del viejo. Estaba muerto, sin duda. En la parte posterior de su cabeza se podía ver una profunda brecha de la que salía un constante flujo de sangre espesa. Tenía los ojos cerrados, parecía dormir plácidamente y en su rostro no había rastro de sufrimiento, como si descansara.

Entre los dos hombres movieron al vagabundo lo justo para entrar. La chica lloraba con las manos en la boca, conteniendo sus ganas de vomitar. Los dos empleados se percataron de que el viejo aún estaba caliente. El suceso no podía haber ocurrido muchas horas antes.

La Policía Nacional y la Guardia Civil tardaron solo unos pocos minutos en llegar al banco. Acordonaron la zona, desviaron el tráfico por la ronda de la Magdalena y espantaron a curiosos y periodistas no acreditados. Dentro de la oficina, se montó un pequeño cuartel provisional –ordenadores portátiles, una máquina de café, botellas de agua, ayuda sanitaria–, hasta un psicólogo y una enfermera acudieron enseguida para tranquilizar a los empleados que habían hallado el cadáver.

Los de la Policía Científica entraron regañando a todo el mundo por haber contaminado la escena del crimen. Un policía que parecía el jefe, al que llamaban comisario Romerales, repartió gritos y maldiciones a diestro y siniestro por haber movido el cadáver, por haber toqueteado e incluso limpiado el cubículo. Echó pestes al enterarse de que el viejo dormía allí desde hacía varias noches, pero su enfado más profundo llegó cuando supo que la cámara de vigilancia llevaba rota más de un mes. No se había grabado nada de lo sucedido. Los de la Científica hallaron cocaína suficiente en la superficie del cajero como para un par de rayas. Tomaron muestras de huellas de las teclas del cajero, de la puerta de la calle, del pasamano..., pero los jóvenes agentes sabían que todo aquello sería poco más que inútil. En aquel cajero entraban y salían muchas personas durante todo el día... y toda la noche.

Vino una jueza y se procedió al levantamiento del cadáver. Fue trasladado hasta el Instituto de Medicina Legal de Castellón para hacerle la autopsia y ver si su cuerpo arrojaba alguna pista inicial sobre aquella extraña muerte en la plaza de la Farola.

–El problema será cómo parar a la prensa –dijo un apesadumbrado comisario Romerales mirando el furgón que se llevaba el cadáver bajo la nube de *flashes* de las cámaras de los periodistas locales.

2

Lo primero que tuvo que recordar el inspector Bartolomé Monfort fue que la plaza de la Farola y la plaza de la Independencia eran, en realidad, el mismo lugar.

Llegó a la comisaría de la ronda de la Magdalena pasadas ya las cuatro de la tarde. Las primeras detenciones no se habían hecho esperar. Los presuntos implicados en el crimen reposaban sus delictivos cuerpos en el cubículo para interrogatorios conocido como «la nevera», el número 6.

Nadie sabía la razón, pero en el cuarto número 6 la temperatura jamás subía de los nueve grados. Todos los agentes creían que era por un problema en los conductos del aire acondicionado y que, por mucho que se parara el aire, este salía a toda pastilla por algún lugar que nadie había descubierto aún. Bartolomé Monfort supo enseguida que era una artimaña del comisario Romerales.

Aparcó en batería, justo delante de la puerta. La larga fila de subsaharianos, rumanos, marroquíes y demás inmigrantes llegaba hasta la plaza Islas Columbretes, destrozada por las máquinas excavadoras que horadaban la tierra en pos de un aparcamiento que llenara a alguna empresa constructora sus ya de por sí repletos bolsillos.

–Buenos días, inspector Monfort –dijo un muchacho uniformado, demasiado joven quizá, que estaba tenso como soga en el cuello de un ajusticiado.

–Relájese, joven, que le va a dar algo –le contestó mientras se despojaba de su gabardina de color papilla–. ¿Dónde habéis metido a los mangantes?

–En el número 6. Está con ellos la agente Redó –dijo el barbilampiño policía esgrimiendo una pingüe sonrisilla bajo su puntiaguda nariz.

–¿En el número 6? En ese caso volveré a ponerme la gabardina. ¿Quedan aspirinas en el botiquín? Tráeme dos –dijo sin esperar la respuesta del chico.

El inspector Monfort tendió la mano a la agente vestida de paisano, seguro de que se trataba de la mujer que había nombrado el policía de la puerta.

–Ahí los tiene, inspector –dijo la agente en tono despectivo, y señaló a los detenidos–. El cajero de la plaza de la Farola estaba lleno de huellas dactilares que coinciden con las de estos tres elementos. Están fichados por la Policía de Castellón; tráfico y posesión de estupefacientes.

–Gracias –contestó cortés el inspector, y se volvió inmediatamente hacia los tres detenidos–. ¡Eh, vosotros! ¡Fuera! –gritó señalando a dos de ellos.

Un agente uniformado se llevó a dos de los esposados sin que Monfort les dirigiera palabra.

–¿Puedo fumar? –preguntó el tercero, el elegido como el primero en ser interrogado.

–¿Me ves fumar a mí?

–No –dijo en tono adusto el detenido mirando al suelo, sin levantar la vista en ningún momento.

–Pues entonces cállate y saldrás ganando.

El inspector pidió a la agente de policía que pulsara el botón REC de la grabadora. Empezó a hablar.

–¿Cómo te llamas?

–Vladimir Enescu.

–¿País de nacimiento?

–Rumanía.

–¿Has matado tú solo al mendigo, o te han ayudado esos de ahí fuera?

El detenido tragó saliva y Monfort se percató de ello al instante. El inspector sacó el paquete de tabaco y un encendedor y lo dejó encima de la mesa, cerca del hombre, que lo miró deseoso de nicotina.

–Ni se te ocurra –le advirtió.

La agente explicó en voz alta las palabras del inspector para que quedaran registradas en la grabación:

–El inspector Monfort se refiere a que no se le ocurra fumar al detenido, pues está prohibido en estas instalaciones.

–Gracias y... lo siento –dijo Monfort a modo de excusa mirando a la agente y guiñándole un ojo.

Ella correspondió con media sonrisa, profesional.

–Yo no he matado a nadie –soltó el acusado de golpe.

–¿Y esos de ahí fuera? ¿Lo mataron ellos?

El inspector cogió un cigarrillo y se lo pasó por el bigote, entre el labio superior y la nariz, regodeándose con el olor dulzón del tabaco rubio. Enescu sudaba gotas que caían por su mejilla pese a la temperatura invernal del cubículo número 6.

–El rubio alto es mi primo; vinimos juntos de Rumanía hace dos años ya... Y el otro, el otro... –balbució el rumano–, el otro es de aquí, de Benicarló, se llama Andrés...

–Andrés ¿qué más? –interrumpió Monfort visiblemente aburrido.

–No sé nada de él..., nunca ha dicho su apellido.

–¿Nunca? ¿Quieres decir que os habéis visto otras veces, verdad?

La agente continuaba de pie. Tenía las piernas ligeramente abiertas y los brazos cruzados y estaba tiesa como un palo, además de muy seria, en posición intimidatoria.

Vestía pantalón vaquero negro y jersey de cuello alto también de color negro. Ponía nervioso a Vladimir y Monfort lo intuyó claramente.

–Te lo preguntaré una sola vez, Vladimir: ¿estabas comprando coca al tal Andrés de Benicarló y el mendigo os sorprendió?

–No, no, yo...

–¿Os pilló con la droga y le golpeaste tan fuerte que lo mataste? ¿O fue tu primo? ¿O tal vez Andrés?

–No vimos a ningún viejo en el cajero –contestó asustado–. Andrés, mi primo y yo estábamos allí dentro. Andrés contaba el dinero y mi primo comprobaba la mierda, no había luz, no vimos al viejo.

Bartolomé Monfort dio un golpe en la mesa que hizo que el paquete de tabaco y el mechero se alzaran un palmo de la superficie. Vladimir tenía los ojos enrojecidos como si fuera a llorar y le sudaban las manos exageradamente. Miró el tabaco con ansia. El inspector sacó un cigarrillo y lo acercó despacio hasta casi las manos del interrogado. Este las acercó nervioso y el inspector retiró el cigarrillo varios centímetros para que Enescu no consiguiera llegar hasta él.

–¡Agente! –interpeló Monfort–. Puede apagar ya la grabación.

Ella pulsó el botón STOP, extrajo la cinta del aparato y se la guardó en uno de los bolsillos traseros de su pantalón.

El inspector le acercó por fin el cigarrillo.

–Mira, por esta vez, y sin que sirva de precedente, vamos a hacer una excepción. ¿Me permite, agente? –dijo mirándola con complicidad; había vuelto a su postura marcial de brazos cruzados–. Vamos a dejar que te fumes este cigarrillo a gusto aquí, en la nevera.

Vladimir se llevó el cigarrillo a la boca y el inspector le ofreció fuego con su encendedor.

El detenido dio dos fuertes caladas de tabaco rubio. Monfort se puso de pie y, girando sobre sus talones, abrió la puerta del cuarto número 6. Antes de salir, se giró lentamente hacia el hombre y le dijo:

–Te vas a quedar aquí el rato que haga falta hasta que te acuerdes de algo que valga la pena; mi compañera, gustosamente, tomará nota de todo cuando te llegue la inspiración. Ah, por cierto –siguió diciendo con la puerta abierta–, y ahora le voy a contar a tu primo que me has dicho que fue él quien mató al viejo.

3

El anciano yacía junto al cajero de la sucursal de la plaza de la Farola. Las luces de color ámbar de la plaza desprendían la luminosidad cansina de las ciudades dormidas.

En torno a las cinco de la mañana, un BMW de color azul periquito se paró en la acera; acordes graves y bajos cadenciosos salían a escupitajos por las rendijas del coche. Se abrió la puerta. La chica que iba en el asiento del copiloto bajó el volumen porque seguramente sintió vergüenza por semejante ruido a tales horas. El chico que conducía se enfadó mucho con ella. Entraron al cajero, el chico daba empujones a la chica. Esta vestía una minifalda negra brillante, tacones de aguja y una chaquetilla vaquera con la que debía de haber pasado bastante frío durante toda la noche.

El joven preparó dos rayas enormes junto al teclado del cajero, esnifó él primero, le pasó el billete enrollado a la chica, que esnifó también. Él encendió un cigarrillo y empezó a meterle bruscamente la lengua en la boca. Con la mano derecha le asió las nalgas bajo la minúscula minifalda, luego le metió las dos por dentro de sus bragas. La chica se sentía incomoda allí en el cajero, a aquellas horas y con aquel subidón de coca que no le dejaba respirar. Él la cogió fuerte por el cuello para besarla mejor. Ella quiso zafarse pero él le agarró una mano y la llevó certero hasta su dura entrepierna; ella quiso apartarla pero el chico la retenía con fuerza. Manoseó sus pechos e intentó que bajara la cabeza hasta la cremallera del pantalón con un claro propósito. De repente, la chica sintió un mareo, un olor nauseabundo, un hedor... Dio un paso hacia atrás y pisó algo extraño, el chico prendió el encendedor y la llama proporcionó un poco de luz al oscuro cajero: le fallaban todos los fluorescentes y no ofrecía más iluminación que la que desprendía la pantalla de la máquina.

Vieron al viejo envuelto en una polvorienta manta gris, el pelo sucio, la barba rala, los labios morados. Abrió los ojos de golpe. Los jóvenes salieron corriendo como alma que lleva el diablo, entraron en el coche y desaparecieron a toda prisa en dirección al recién inaugurado El Corte Inglés.

Apenas ocho o diez minutos después, el BMW de color azul periquito se saltaba el semáforo donde confluyen las dos rondas y volvía a subirse en la acera, junto al cajero. Solo se bajó el muchacho. La chica, en el asiento del copiloto, se tapaba el rostro con ambas manos. Un tipo con el pelo muy rizado llegó en un deportivo rojo y habló un momento con ella.

El hombre que lo había visto todo desde la acera que da a la entrada del parque Ribalta siguió desenrollando metros de manguera dispuesto a regar los centenarios árboles de la entrada. No supo qué pensar, así que, tal como le decía su mujer muchas veces: «Oír, ver y callar».

4

Bartolomé Monfort no había hablado con el primo de Vladimir Enescu, seguramente tampoco pensaba hacerlo todavía, pero se regodeaba imaginando el miedo que tendría Vladimir allí encerrado, en la nevera, cavilando sobre qué tipo de represalias rondarían la cabeza de su compatriota, fuese realmente su primo o no.

Fumaba y miraba abstraído la punta del cigarrillo.

–¿Me da fuego, inspector? –preguntó la agente que había estado con él en el interrogatorio momentos antes.

–¿Ha cantado ya el rumano? –preguntó Monfort mirando el escaso tráfico.

–Está soltando un testamento que ni *El Quijote*. Pero asegura una y otra vez que ellos no mataron al viejo.

–Perdone, no la he visto estos días por aquí.

–Soy la agente Silvia Redó. Llegué ayer a Castellón, vengo de Valencia, me llamó el comisario Romerales.

–Igual que a mí –dijo él apagando la colilla con la punta del zapato.

–Disculpe, ¿cómo dice?

–Nada, nada, es una larga historia que debería contarse con una buena botella de vino delante... –El inspector hablaba encaminándose hacia su viejo y destartalado Volvo 740 Ranchera, de color verde oscuro.

Es demasiado guapa para ser policía, pensó mientras giraba la llave de contacto y ponía la marcha atrás.

Sonó el teléfono móvil y se accionó automáticamente el manos libres del coche:

–¿Está cómodo en el hotel, inspector?

–Como una reina, Romerales.

–Solo llevas unos días en la ciudad y ya te conocen en varios de los mejores lugares donde comer y beber...

–Es que pago muy bien y no doy jamás ningún problema.

–Bueno, Monfort, al grano, te llamo para que me digas qué leches hacemos con los dos rumanos y con el camello de Benicarló.

–Ellos no mataron al viejo.

–¿Cómo lo sabes? –preguntó casi gritando el comisario Romerales.

–No lo mataron ellos, eso es todo... Pero, ya que estamos, si quieres te puedes apuntar un tanto, o dos, mejor dicho; no, tres en realidad: mandas al país de Drácula a los dos primitos y te cargas a ese camello que tenéis en la provincia y que es más importante de lo que tú te crees.

El inspector Monfort cortó la comunicación porque el Volvo estaba entrando ya en el garaje del hotel Mindoro, en pleno centro de la ciudad de Castellón, en una zona peatonal junto al remodelado y coqueto teatro Principal.

Subió a su habitación. El hotel era muy cómodo y estaba muy bien situado. Los empleados eran muy amables y los desayunos pantagruélicos; aunque, eso sí, él, el inspector Monfort, comía y cenaba en el restaurante Eleazar, a dos pasos del hotel. El camarero ya le había tomado confianza y al verlo entrar le servía casi de inmediato un vaso de cerveza de barril bien tirada, con la espuma justa y necesaria.

Se dio una ducha con el agua tan caliente como su cuerpo pudo resistir. Puso en marcha la televisión y sintonizó el Canal 9 para sentirse integrado en la ciudad, pero no oyó ni una sola palabra sobre la capital de La Plana. Bajó a recepción, saludó a la bonita recepcionista y salió deprisa hacia el Eleazar. Se bebió una cerveza y pasó al comedor. Entrecot con patatas y pimientos de Padrón, una botella pequeña de Marqués de Cáceres, un pedazo de queso manchego curado para acabarse el pan y el vino y un café solo, negro, muy negro y muy solo, como él mismo. Fumó dos cigarrillos seguidos y se evadió de allí, transportado por el humo mágico que brotaba de entre sus dedos.

5

Bartolomé Monfort Tena había nacido en Barcelona, a finales de los años cincuenta, en el seno de una familia de emigrantes oriundos del pequeño pueblo de Vilafranca del Cid, en las frías montañas de Castellón. La familia Monfort Tena se había dedicado desde siempre al negocio de la lana. En la expansión textil de la Cataluña de los años cuarenta, los padres de Bartolomé emigraron a una Barcelona dispuesta a recibir a aquellos fabricantes textiles venidos de todos los rincones del país.

La fábrica de sábanas Monfort Textil se hizo rápidamente un hueco en el sector de las telas. Sita en la calle Pere IV del Poble Nou, era la envidia de cuantos castellonenses habían emigrado, igual que ellos, a Barcelona. Hasta doscientos empleados habían llegado a tener los padres de Bartolomé, dirigidos con mano firme por don Ignacio Monfort.

Bartolomé, acabados sus estudios de abogacía en la Universidad de Barcelona, prefirió trabajar a las órdenes de su padre que lidiar con juristas y acusados; optó por lo más simple: la comodidad de aquel enorme piso en el paseo de Gracia, los criados y las charlas con el chofer en el Mercedes, en los trayectos desde el corazón de la ciudad hasta la fábrica del Poble Nou.

Su vida era todo lo sencilla y todo lo monótona que un millonario puede tener: viajes, bellas pretendientas, partidas de cartas, tenis los domingos por la mañana en el Real Club de Tenis de La Diagonal, un palco en el Liceo, tribuna en el campo del Barça junto a sus amigotes, coches de alta gama, vacaciones de ensueño... Como para ponerse a defender maleantes, pensaba algunas veces en voz baja a la salida de cualquier restaurante de lujo, a los que era asiduo y más que conocido.

Uno de esos días, comiendo langosta y percebes en el restaurante Botafumeiro de la calle Gran de Gràcia, conoció a Violeta Fortuny. Era la mujer más hermosa que había visto jamás. Ella almorzaba con sus padres y una tía que había venido a visitarlos desde Argentina. Los Monfort y los Fortuny se conocían, pues ambos se dedicaban al negocio de las telas, si bien los Fortuny tenían en su empresa de Sabadell hasta cuatrocientos sesenta empleados; dos veces más que los de la familia Monfort.

Al margen de sábanas y otros enseres textiles, Bartolomé y Violeta se enamoraron enseguida hasta lo más profundo de sus almas. Una tarde, subiendo en el funicular del Tibidabo, Bartolomé abrió una caja que contenía una sortija con una piedra majestuosa. El hijo de los Monfort realizó la pregunta y la hija de los Fortuny dio el sí antes de que el funicular se detuviera en la pequeña plaza del Tibidabo, con la ciudad de Barcelona a sus pies.

La boda tuvo lugar en la catedral de Barcelona. Cientos de ramos de lirios y de violetas acompañaron a los novios por la escalera, desde la plaza hasta la entrada del templo. Los invitados lucían como joyas prohibidas. Los gritos de «guapa» y «guapo» a los novios se oían, seguramente, desde el puerto de la ciudad. Industriales, políticos, escritores... La alta sociedad de Cataluña caía embelesada ante la belleza de aquella pareja perfecta. Ella dejaba ver su melena rubia a lo largo del bellísimo traje de cola que portaban doce rubitos niños, y su sonrisa iluminaba el Barrio Gótico con una luz deslumbrante. Él, de impecable chaqué, alto como un poste, tieso, orgulloso, tomó del brazo a su frágil y delicada mujer en aquel paseo de vítores, una vez hubieron abandonado la iglesia, como matrimonio, bajo la bendición del obispo de la ciudad.

Dos años más tarde, en los que la felicidad y el amor llenaron el hogar de Violeta y Bartolomé, dos desalmados acabaron con la vida de la joven esposa, en lo mejor de su juventud, en la plenitud total de su amor, a la espera de engendrar el primer hijo... a la pronta edad de veintiséis años.

Fue en la autopista, antes de llegar a la salida de Sabadell. Violeta conducía tranquila su pequeño utilitario, escuchando música, canciones de amor en castellano que cantaba con su delicada voz. Había salido del piso que los padres de ambos les habían regalado al casarse, un bello y enorme inmueble de principios de siglo en la rambla de Catalunya, muy cerca de la Diputación de Barcelona. Iba a visitar a su madre. De pronto, sin entender absolutamente nada, vio cómo dos automóviles se dirigían hacia ella a gran velocidad. Eran apenas las siete de la tarde, pero era invierno y estaba muy oscuro. Una ligera neblina lo perturbó todo un poco más. Los dos conductores no aflojaron la marcha, cada vez se acercaban más deprisa al coche de Violeta, que no pudo hacer nada por esquivarlos. «Murió en el acto», reflejó el acta después. La Policía informó de que se trataba de una carrera suicida entre dos conductores, según se comprobó, bajo los efectos del alcohol y las drogas.

«Eran dos hijos de puta hasta el culo de coca», le dijo un inspector de policía, indignado, con la voz temblorosa y los ojos hinchados, a un desecho Bartolomé Monfort que ya pensaba, seriamente, en desaparecer del mapa.

6

Cuando Bartolomé volvió a Barcelona habían pasado demasiados años; no tantos en cantidad, pero sí muchos en su pellejo, y las astillas clavadas en su corazón todavía eran evidentes. Regresó para vengarse de tipos como los que habían acabado con la vida de su hermosa mujer y de rebote con la suya. Volvió convertido en Bartolomé Monfort, inspector de la Policía Nacional. Mandó limpiar el enorme piso de la rambla de Catalunya en el que había vivido los únicos momentos mágicos de su vida junto a su joven esposa. No quiso buscar otra vivienda, prefirió enterrarse allí, con los recuerdos de Violeta Fortuny, sus cigarrillos, su equipo de música, los viejos vinilos que ambos escuchaban junto al crepitante fuego de la chimenea francesa y las existencias, cada vez más mermadas, de su delicada bodega de vinos de todos los rincones vitivinícolas del mundo.

Monfort se entregó a su trabajo en cuerpo y alma: se dedicaba únicamente a ser inspector de policía. Ya en la academia lo llamaban «Kamikaze», por su poco aprecio a la vida. Lo daba todo, todo estaba antes que su propia existencia. Una foto un tanto arrugada de Violeta Fortuny era lo único que emanaba cariño en aquel tipo de grandes ojeras y aspecto cansado. Sus casi dos metros de policía le convirtieron pronto en un agente singular. En pocos años alcanzó gran popularidad, resolviendo casos difíciles como aquel de los hermanos Gómez, que asesinaron a una niña y luego la violaron en el barrio de Horta de Barcelona, o aquel otro en el que tuvo que viajar hasta Suecia persiguiendo a un etarra que se había escapado de una redada en un piso de la calle Princesa. Pero se ganó la fama sobre todo al detener al «Asesino de La Meridiana», un maníaco que mataba a sus víctimas, siempre mujeres rubias de unos cuarenta años, con una media que después dejaba atada a su cuello, y a las que pintaba los labios de rojo carmín. El asesino llegó a acabar con la vida de siete mujeres del barrio del Clot y La Sagrera, hasta que el inspector Monfort lo detuvo una mañana, sin hacer ruido alguno, en una mercería de la calle Josep Estivill, comprando, como no podía ser de otra forma, seis pares de medias de color carne y dos pintalabios rojos como la sangre.

Era sábado y estaba sentado en su butaca preferida, con las cortinas descorridas para contemplar los bonitos edificios que se veían desde la ventana del salón del magnífico piso. Degustaba una copa de vino de Somontano, unas botellas de reserva especial que le había enviado un amigo que tenía un restaurante en Alquézar. En el estéreo sonaba un CD de Pink Floyd: *Animals*. Al principio se había sentido reacio a pasar de los entrañables vinilos a los CD, tan fríos y tan poca cosa, pero con el tiempo acabó por someterse a la comodidad de aquel aparatejo, que además sonaba muy bien. Se levantó y se sirvió el último culillo de vino que quedaba en la botella. Miró la fotografía de su bella y malograda esposa. Subió el volumen, pensó en abrir una segunda botella. Miró en la despensa, tenía hambre, la justa producida por la ingesta del sabroso tinto. Le dio pereza prepararse algo de comer y cogió una bolsa de patatas fritas que había en un estante de la cocina. Comió patatas y bebió vino. Volvió a subir el volumen. En aquel momento sonó su teléfono móvil; dudó en contestar, pero contestó.

–¿Diga?

–Hola, Monfort, ¿cómo te va?

–Fatal, por eso soy poli.

–Soy Romerales, el comisario de Castellón de la Plana.

–Lo sé.

–Bah, no te hagas el listo, dime que te ha sorprendido que te llamara.

–En absoluto. Lo esperaba desde que ayer leí en la prensa lo del viejo ese asesinado en el cajero.

–¿Tú eres de Castellón?

–No, mis padres son de Vilafranca del Cid, yo nací en esta ciudad que me entierra lentamente.

–Pero... tú conoces Castellón, su gente, el idioma, la forma de ser...

–Sí, conozco el arroz al horno y los *pastissos* de boniato, si es a eso a lo que te refieres.

–Quiero que vengas a echarnos una mano en el caso del mendigo.

–Si me lo ordenas no voy.

–Te lo ruego... –La voz del comisario Romerales sonó finalmente apesadumbrada–. Hoy me han llamado del Ministerio del Interior. Ya sabes cómo son estas cosas...

–No, no lo sé –contestó Monfort levantándose del sillón.

–Castellón es una ciudad pequeña, gobernada por el Partido Popular, rica, emergente, con clase. –Se oyó un pop de fondo–. ¿Qué es ese ruido, un tapón de una botella de vino recién descorchada? ¿Sigues bebiendo?

–Decir «¿sigues bebiendo?» debería ser motivo suficiente para que te mandara al cuerno y te apañaras tú con el mendigo ese y de paso con el ministro del Interior.

–Monfort, te lo ruego, ven unos días, mira el asunto, danos tu opinión, aconséjame algo... y si luego quieres te marchas.

–Sabes que después no me marcharé y que el puto asesinato me enganchará hasta que se resuelva.

–Lo sé, por eso te llamo.

–Eres un cabrón.

–También lo sé. Te espero aquí el lunes. –Y el comisario Romerales cortó la comunicación.

7

–¡Inspector Monfort! ¡Una llamada para usted!

–¿Quién es?

–Dice que es un trabajador del ayuntamiento..., de parques y jardines.

–Pregúntale qué quiere.

–Solo quiere hablar con el máximo responsable del caso del viejo del cajero de la plaza de la Farola.

–Dile que eres tú el máximo responsable.

–Dice que estaba trabajando de madrugada el día que encontraron al viejo, a la entrada del paseo Ribalta, frente a la sucursal del banco.

Bartolomé Monfort cerró de golpe el periódico que estaba hojeando y por fin prestó atención a lo que le decía el joven policía al cargo de la centralita de la comisaría.

–Pásamelo... Inspector Monfort al aparato, dígame, en qué puedo atenderle.

–Un tipo y su novia llegaron al cajero en un BMW de color azul periquito. Hicieron cosas muy raras. Fue tan solo un par de horas o tres antes de que hallaran el cadáver del viejo.

–¿Muy raras? –contestó Monfort, e hizo un gesto al policía de la centralita para que localizara la llamada.

–Sí, muy raras, rarísimas. Llegaron a toda prisa, entraron en el cajero y... no sé, forcejearon entre ellos, como si él quisiera algo más que un morreo de la chica... No sé, me pareció raro. Luego volvieron al coche como si estuvieran muy asustados y salieron a toda prisa de allí. Pero lo más extraño de todo es que diez minutos más tarde regresaron de nuevo, él dejó el coche en marcha encima de la acera, ella no se bajó, solo entró él, visiblemente nervioso, y poco después volvió a salir a toda prisa; el BMW derrapó y se fueron de allí a toda velocidad.

–Dígame... –dijo algo pensativo el inspector Monfort–, ¿cómo se llama usted?

–¿Es eso necesario?

–Lo que quiera..., pero vaya, yo se lo recomiendo, sobre todo porque ha tardado diez días en contarnos esta historia que sabe desde el mismo día de los hechos. Si quiere puede decirnos quién es, si no, es bien fácil adivinar su nombre hablando con el director de parques y jardines del ayuntamiento, ¿no cree?, además acaban de pasarme, escrito en un papel, el lugar exacto desde el que está llamando en estos momentos y en menos de diez segundos mis compañeros han comprobado ya que es su casa y que su nombre es...

–Manuel Gómez, inspector, Manuel Gómez..., no pretendía yo...

–Va a venir usted aquí derechito ahora mismo, le espero en menos de media hora, si tarda más irán a buscarle... y le aseguro que lo traerán de otra manera menos católica y los vecinos fliparán con sus secretos.

–No se preocupe, inspector, antes de veinte minutos estoy ahí.

–Gracias, señor Gómez, tendremos en cuenta su colaboración. Por cierto –dijo a punto ya de colgar el teléfono–, espero que en estos diez días que han pasado desde el asesinato del viejo no haya hecho usted nada que a su mujer no le gustaría saber.

–¿Qué quiere decir, inspector?

–Se lo contaré cuando llegue. –Colgó y le guiñó un ojo al joven policía telefonista.

El encargado de la centralita pensó que, o le lanzaba la pregunta o reventaba:

–Inspector Monfort, ¿usted no sabía de la existencia de ese hombre hasta esta llamada, verdad?

–En efecto, muchacho, no tenía ni idea.

–Entonces, ¿por qué le ha preguntado si tiene algo que ocultarle a su mujer?

–Porque si lo tiene, que es probable, hablará más deprisa y sin ocultarnos nada de lo que vio la noche del crimen. Me voy a cenar. Si viene, que me espere en un cuarto de interrogatorios –y añadió despreocupado–: ¿Conoce algún lugar por aquí para cenar decentemente, joven?

8

—¿Qué tal la cena, inspector? —preguntó el joven agente encargado de la centralita al ver entrar de nuevo a Monfort.

—Fatal, pero ya me voy acostumbrando. —Bartolomé apagó la colilla del cigarrillo a medio fumar en un cenicero de pie que había junto a la puerta—. ¿Quién está con el jardinero del ayuntamiento?

—La agente Silvia Redó, señor.

—¿Silvia Redó?, ¿quién es Silvia Redó?, ¿la conozco?

—Creo que sí, señor: es la agente que vino de la central de Valencia a petición del comisario Romerales. ¿No estuvo con usted en el interrogatorio del rumano?

Pero el inspector ya se había ido en dirección al otro cuarto de interrogatorios que conocía de aquella viejísima comisaría de la Policía Nacional de Castellón.

No entró en la nevera, esperó tranquilo detrás de la puerta, escuchando a la tal Silvia Redó destrozar los nervios del trabajador de parques y jardines.

—Lo que no puedo entender es ¡¿por qué demonios no nos ha dicho nada hasta hoy?! —La agente formulaba la pregunta de espaldas a Manuel Gómez, mirando al techo y apoyándose solo en los talones.

—Tuve miedo. Vi la fotografía del viejo muerto en el periódico al día siguiente. Vi la foto de cómo se lo llevaban en el furgón de los servicios funerarios... y tuve miedo. Mi mujer siempre me dice que en este trabajo que tengo, todo el día en la calle, lo mejor que puedo hacer es oír, ver y callar.

–¿Quiere que la llamemos a ella también? –preguntó la policía girándose de repente y poniendo sus ojos a la altura del interrogado.

–No, a ella no, por favor, a ella no la molesten, no le digan nada a mi mujer, bastante tiene ya...

–¿Bastante tiene ya? Explíquese.

–Mi mujer es rumana.

–¡Y yo de Massalfassar! –gritó la agente Redó dando un golpe seco encima de la mesa con la palma de la mano.

Al otro lado de la puerta, el inspector Monfort soltó una carcajada sorda.

–Verá, agente... Mi mujer tiene aquí un hijo de un hombre rumano –continuó con tristeza Manuel Gómez.

–Tiene un marido en Rumanía, es eso, ¿no? –interpeló Redó pasándose ambas manos por el pelo.

–No están casados, pero tiene miedo a que él la encuentre y la obligue a volver a su país o a entregarle a su hijo.

–Pero eso no es posible si ella no quiere. Ahora está casada con un ciudadano español y por lo tanto la ampara la ley de nuestro país.

–Usted no sabe de lo que son capaces algunos de sus compatriotas. –Manuel Gómez estaba cabizbajo y apesadumbrado.

–Y ella y usted ¿tienen hijos?

–No, todavía no.

–¿Por qué no nos dijo nada de la pareja del BMW hasta hoy?

–Porque tengo miedo a que me quiten a mi mujer.

La agente Redó se sentó frente a Manuel Gómez, y este volvió, lentamente, a contarle con pelos y señales todo lo que había visto aquella noche.

El inspector Monfort se retiró a una sala de espera, dejando que la agente Silvia Redó llevara el interrogatorio a su manera. Luego le pediría informes.

La cena en un cuchitril con supuesta comida aragonesa le había sentado como un tiro. Estaba hasta las narices de las franquicias de cocina temática de distintas partes del planeta. Pensó que Aragón estaba demasiado cerca como para fallar, pero el que había fallado fue él con la elección.

–¿Hay bicarbonato en algún lugar? –preguntó a un agente, frunciendo el ceño y el estómago también.

9

En toda la provincia de Castellón solo había un modelo de BMW de color azul periquito y pertenecía a Cerámicas Malpás, en dirección a la carretera de Onda. El seguro del automóvil estaba a nombre de dos personas: Miguel Malpás y Fernando Malpás, padre e hijo respectivamente.

El inspector Monfort pidió a la agente Silvia Redó que lo acompañara hasta la empresa azulejera de la familia Malpás. Por el camino, ella le contó el interrogatorio de Manuel Gómez, ayudándose de las notas tomadas en una pequeña libreta de espiral.

Aparcó el Volvo en el aparcamiento reservado a la dirección. Entraron en un modernísimo edificio construido con cristales negros y aluminio plateado. La recepción parecía más la de un hotel de lujo que la de una empresa de baldosas. Había moqueta por todos lados. El hilo musical escupía, a un volumen extremadamente bajo, notas de jazz imposibles de reconocer. Tres carísimos sofás de piel marrón, dispuestos en forma de U, hacían de confortable sala de espera. Sobre una enorme mesa de mármol se disponían revistas de moda, de automóviles de gama alta, de cruceros por los mares de todo el mundo..., de todas esas tonterías. La chica de recepción, con más maquillaje del necesario, parecía un busto parlante.

–Buenas tardes, señores, ¿en qué puedo servirles? –preguntó con sonrisa falsa de horario limitado.

–Queremos ver al señor Malpás –contestó la agente Redó con tono seguro y firme.

–¿Padre o hijo?

–Cualquiera nos sirve, en realidad –dijo el inspector Monfort mirando al techo de espejos y tendiéndole una de sus tarjetas de visita–, aunque seguramente con quien queremos hablar sea con el hijo, a no ser que sea el padre quien consuma cocaína y meta mano a las chicas en el BMW azul periquito.

La muchacha palideció en un segundo, carraspeó, su pecho subía y bajaba en busca del aire perdido. Monfort miró de soslayo a la agente Redó, pero ella seguía muy seria y con los ojos muy fijos en los de la chica.

–Un momento, por favor.

La recepcionista se puso en pie, tomó la tarjeta del inspector Monfort y salió como pudo de su habitáculo en dirección a una escalera de caracol que subía al segundo piso. Su taconeo se detuvo en seco. Habló con alguien y volvió a bajar de inmediato, más blanca, más nerviosa que un minuto antes.

–Me comenta el señor Malpás que ahora tiene una reunión y no les puede atender, si son tan amables...

–No somos amables –interrumpió Redó–, ¿no lo has notado aún?

–El señor Malpás me ha dicho que... –La voz de la muchacha temblaba de miedo.

El inspector Monfort ya subía de dos en dos los peldaños de la lujosa escalera de caracol.

–No puede usted entrar aquí de esta manera...

–Sí, sí puedo.

El inspector se presentó y enseñó su placa a un hombre de unos cincuenta años, bajito, medio calvo, con ropa cara, muy cara, y excesivamente perfumado.

El despacho era enorme y una de sus paredes la formaba una gran cristalera. Se veía en el horizonte la silueta del monte Penyagolosa, con un rastro de nieve inconfundible. Monfort se acercó al cristal.

–El gigante de piedra –dijo señalando la montaña–. ¿Sabe?, mis padres nacieron en Vilafranca del Cid. De pequeño me llevaron a la cumbre del Penyagolosa. Es curioso, pero es una de las cosas que mejor recuerdo de esta provincia: el gigante de piedra.

–¿Qué quiere, inspector?

–Quiero ver a su hijo, queremos ver a Fernando Malpás.

–¿Qué es lo que ha hecho?

–Preferiríamos hablar primero con él.

–Está en la planta de Nules, pero no veo que haya que...

–¡Llámele ahora mismo, llámele! –Monfort agarró de un zarpazo el auricular del teléfono y se lo tendió a Miguel Malpás.

–Lo que voy a hacer es llamar a mi abogado –dijo el empresario, furioso.

–Llámelo también, así nos reiremos más –continuó Monfort–, pero puede que, si le llama, mi compañera, la agente Redó, se enfade y le cuente a la prensa que su hijo está involucrado en el asesinato de un vagabundo en un cajero de la plaza de la Farola ocurrido hace diez días... Por no hablar de tenencia de drogas y, posiblemente, de algún que otro abuso sexual.

El hombre marcó muy alterado un número que Monfort percibió que era de un móvil.

–Ha saltado el buzón de voz –dijo, tapando el auricular y dirigiéndose al inspector Monfort.

–Dígale que la Policía quiere hablar con él.

Miguel Malpás dejó un torpe mensaje en el buzón de voz de su hijo, mezclando el valenciano y el castellano en un atolondrado amasijo de palabras nerviosas. Colgó y empezó a sudar visiblemente.

–Cuando hable con él, dígale que no pierda el tiempo y que se presente enseguida en la comisaría de Castellón o, mejor aún, que me llame a este número. –Monfort tendió una tarjeta al empresario, que empezaba a derrumbarse.

La agente Redó pidió permiso para entrar en el lujoso despacho. Solo asomó la cabeza.

–Inspector Monfort, han llamado de la comisaría. La chica que iba esa noche en el BMW quiere hablar con usted cuanto antes, está muy nerviosa.

–Ahora sí que debería llamar a un abogado –dijo Bartolomé Monfort a un Miguel Malpás hundido en su caro sillón de piel con vistas a la cima del Penyagolosa. El gigante de piedra.

10

El Volvo 740 voló hasta el Grao, el barrio pesquero de la ciudad. La agente Silvia Redó llevaba un GPS en el móvil. Monfort la observó manejarlo y pensó que a él le sería infinitamente más difícil. Ella se dio cuenta.

–Es fácil –dijo sin dejar de manipular las teclitas del aparatejo–, le escribes la dirección y te lleva.

–¿Por qué se hizo policía? –preguntó para sorpresa de la mujer.

–Mi padre lo era... y mi hermano también. –Se le apagó la voz momentáneamente y tragó saliva.

–¿Muertos?

–Sí, los dos en el mismo atentado.

–La muerte nos hace bailar a su antojo.

–¿Y a usted, inspector? ¿Qué le llevó a usted a meterse en esta vida?

–Dos hijos de puta.

La escalera olía a fritanga. A sudor y a salitre, a mar cansado, a puerto olvidado, a triste miseria.

Abrió la puerta una mujer extremadamente delgada, enfundada en una bata de color amarillo. Los invitó a pasar. En una habitación, dos niños veían una película de dibujos animados algo violentos. En otra, una anciana, más en la otra vida que en esta, apoyaba la barbilla en un bastón con la empuñadura de baquelita. En el sofá del comedor estaba sentada una chica joven. Vestía minifalda de cuero y una camisa blanca por fuera. Se había pintado los ojos con excesivo rímel que ahora ensuciaba su cara por culpa de las lágrimas y los restregones de los ojos. Su pelo, moreno y muy rizado, delataba un maltrato de peluquería barata, tintes, permanentes, alisados...

–Ella es la agente Silvia Redó y yo soy el inspector Bartolomé Monfort, del Departamento de Investigación Criminal de la Policía Nacional. –Monfort tendió a la joven la placa para que la mirara, pero esta no levantó los ojos del suelo–. Di, ¿por qué nos has llamado?

El inspector y la agente permanecían de pie.

–Yo iba con Fernando Malpás la noche que mataron al viejo ese del cajero.

–¿Cómo sabes que lo mataron esa noche? –preguntó la agente Redó.

–Cuando nosotros estuvimos en el cajero el viejo estaba vivo, pero al día siguiente vi la noticia en Canal 9.

–¿Y por qué no llamaste entonces?

–Tuve miedo.

El inspector Monfort se quitó la gabardina. Casi tocaba con la cabeza el bajo techo del comedor de aquel viejo piso. Miró a la agente Redó y con la mirada la invitó a sentarse y a quitarse también la chaqueta.

–Aquí todo el mundo tuvo miedo, qué curioso.

–¿Cómo conociste al chico del BMW? –preguntó el inspector Monfort.

–En una cena de empresa. Yo trabajo en la azulejera de su padre, haciendo una sustitución de una que ha tenido un crío.

–¿Y cómo os conocisteis? ¿En el lavabo, quizá? –El inspector hizo una señal a la agente Redó para que se llevara a la madre de la sala.

Apenas la madre hubo salido la chica empezó a hablar.

–Pasó por delante de la mesa en la que estábamos sentadas varias compañeras y luego me insinuó si quería una rayita.

–Y le dijiste que sí.

–¿Qué quería que hiciera? –contestó visiblemente enfadada la joven–. Es el hijo del jefe y estaba muy colocado. Además... está como un tren.

–Ya, y tiene pasta –añadió el inspector.

Se hizo un silencio y Monfort oyó que la agente Redó hablaba con la madre de la joven, le hacía preguntas.

–¿Cómo te llamas? –preguntó el inspector rompiendo el silencio.

–Isabel.

–Isabel ¿qué más?

–Isabel Soto García.

–¿Cuántos años tienes?

–Veintiuno, en enero cumpliré veintidós.

–¿Sabe tu madre lo de la coca?

–¿Qué es lo de la coca? –volvió a enfadarse la joven.

–¿Que si saben tus padres que te drogas?

–No me drogo.

–¿Dónde está tu padre?

–Pescando en alta mar, con un barco del puerto de Burriana.

–¿Qué dirá de todo esto cuando llegue?

–No se enterará.

–¿Y si se entera?

–Me molerá a palos y usted tendrá la culpa.

–Si nos ayudas igual no le contamos nada.

–Pues entonces pregúnteme lo que quiera.

–Acompáñanos a la comisaría.

–¿Ahora?

11

Isabel Soto cambió su provocativa minifalda de cuero por un decoroso pantalón de pana morado. La camisa blanca que llevaba en el piso, desabrochada más botones de la cuenta, fue sustituida por un casto jersey gris de cuello alto, ancho y gastado, que disimulaba su generoso busto. También se quitó el *piercing* de la nariz, se lavó la cara y se recogió el pelo en una coleta. Parecía una niña.

En la comisaría de la ronda de la Magdalena, contó al inspector Monfort y a la agente Redó la noche con Fernando Malpás.

Cerámicas Malpás celebraba su 50 aniversario. Cincuenta años haciendo cerámica para todo el mundo. Miguel Malpás decidió celebrarlo con su plantilla con una cena en un conocido restaurante de Onda al que la familia solía acudir con asiduidad. Isabel estaba sentada con varias compañeras. Trabajaba en el departamento de muestras, embalando y preparando las piezas que los comerciales debían llevarse de viaje, o las que los clientes solicitaban antes de hacer un pedido en firme. Fernando Malpás no se había fijado nunca en ella, pero aquella noche la vio reírse con sus compañeras. Se percató de que a partir de que empezaron a servir copas y chupitos, las chicas cuchicheaban y hablaban observándolo. Fernando bebía como una esponja, acompañado de dos jóvenes empresarios valencianos a los que había invitado él. El alcohol le provocaba un inmenso deseo sexual. Las idas y venidas al baño con alguno de los jóvenes valencianos aumentaron más su líbido, pero sobre todo su chulería. A la vuelta de uno de aquellos viajes al servicio dio un rodeo y pasó por detrás de Isabel Soto, mirando descaradamente su profundo escote. Isabel esbozó su sonrisa más pícara y sensual. Fernando le guiñó un ojo y las risas y comentarios de las compañeras explotaron con gran algarabía. Fernando volvió a su lugar en la mesa con los valencianos, pero ya no pudo apartar la vista de los pechos de Isabel. Excitadísimo, palpó la papelina de coca que llevaba en el bolsillo, y con la cabeza, y a distancia, le hizo una señal a Isabel para que lo acompañara a los aseos. No le dio ninguna opción. Apartó su silla hacia atrás y se encaminó, sin dejar de mirarla en ningún momento, hasta el lavabo. Esperó a que ella llegara y ambos entraron en los servicios de señoras. Se metieron en uno de los cubículos y sin mediar palabra empezaron a besarse muertos de deseo. Fernando la manoseó ávidamente e Isabel mesuró su ya inhiesto pene. Esnifaron dos rayas enormes antes de que Isabel probara el sabor a almizcle de su tieso miembro. Mientras ella le hacía sexo oral, Fernando estiraba otro par de tiros sobre la cisterna del váter.

Acabada la cena y las reservas de alcohol del restaurante, encaminaron sus vehículos hacia la discoteca Pirámide, en la población de Cabanes. Fernando esquivó a los dos valencianos y se largó a toda prisa con su BMW de color azul periquito, con Isabel sentada a su lado, impresionada con aquel guapo rico y su coche con asientos de cuero blanco.

Al llegar a la discoteca aparcaron en la zona VIP. Todo el mundo invitaba a Fernando Malpás. Bebieron como cosacos, tomaron éxtasis, esnifaron cocaína... Isabel vivía una película desconocida para ella, se creía en el cielo, se veía convertida en la princesa del azulejo; él la acariciaba, la besaba, bailaban abrazados, le hablaba dulcemente... hasta que se acabó la coca.

Malpás se puso violento de repente, la cogió del brazo, llamó a alguien con el móvil, y luego a alguien más, y luego a otro número distinto y otro y otro y otro... Nadie contestaba. Isabel trató de consolarlo pero él tiró de ella y salieron disparados hacia el aparcamiento. La chica se dio cuenta entonces de que estaba demasiado colocada. Fernando habló con alguien en la puerta de la discoteca, le apuntaron una dirección en un papel y salieron a toda pastilla en el BMW en dirección a Castellón. Isabel no veía más que lucecitas y la cabeza le daba vueltas. El coche volaba por la autovía a la altura de la pequeña población de Borriol.

Cuando el BMW se detuvo, se percató de que se había quedado dormida. Estaban en algún lugar entre Almassora y Castellón, pero no sabía dónde. Fernando le dijo que se quedara allí quieta, puso un CD de música lenta y salió del coche. Isabel vio que llamaba a la puerta de una casita baja, humilde, en un barrio que no conocía. Abrió la puerta una mujer de tez morena, parecía sudamericana, colombiana o algo así. Sonrió a Fernando y lo invitó a pasar, no sin antes mirar a todos lados por si alguien fisgoneaba. Pasó un espacio de tiempo que no pudo determinar, pero al fin apareció Fernando, nuevamente eufórico y tembloroso. Arrancó el coche y se fueron rápidamente de allí. Paró en una gasolinera antes de llegar a Castellón, puso gasolina y dirigió el coche hacia el aparcamiento de la estación de servicio. Hizo dos rayas enormes encima de un mapa de carreteras. Esnifó él primero la más grande y luego, con una sonrisa desencajada, instó a Isabel a que hiciera lo propio. Con los restos de la coca lio un porro que dentro del coche olía muy fuerte, se lo pasó y sacó una botella pequeña de Chivas de la guantera. Se sirvió un tapón, que bebió de un trago, y otro para Isabel. Ella bebió, pero el alcohol caliente le quemó la garganta y el estómago y le sobrevino una tos que casi la hizo vomitar.

Fernando intentó hacerle el amor en el asiento del coche, pero Isabel estaba demasiado borracha. Fernando, muy enfadado, le cogió una mano y, desabrochándose los pantalones, la obligó a que lo masturbara.

Luego ella pudo ver cómo él esnifaba otra raya y fumaba otro porro con las sobras de la cocaína. Más tarde no supo si se había quedado dormida o había perdido el conocimiento, pero se despertó cuando el BMW se subía a la acera en la plaza de la Farola, frente al cajero de la oficina de un banco.

La hizo bajarse del coche. En el cajero no había más luz que la que desprendía la pantalla del teclado. Fernando estaba enfadado porque no había querido hacer el amor con él. Sacó dinero, trescientos euros, hizo un par de rayas gruesas como un bolígrafo, enrolló un billete nuevo de cien y esnifó exageradamente, le pasó el billete a Isabel y esnifó ella también, solo que más despacio y con torpeza. Fernando pasó los dedos por los restos de la coca y se embadurnó los dientes. Envalentonado, empezó a tocar los pechos de Isabel, metió la mano bajo su minúscula falda, apartó ligeramente sus bragas hasta alcanzar con la yema de sus dedos el sexo de la muchacha. Isabel no lo pudo remediar y, quizá por la droga, sintió una punzada de ardor sexual. Fernando la obligó a ponerse de rodillas y a bajarle la cremallera del pantalón en busca de una recompensa que él creía merecerse por suministrarle drogas y alcohol. La chica sintió un mareo, la cabeza se le iba, un olor nauseabundo llegó a su cerebro, dio un paso hacia atrás y pisó algo extraño. Fernando encendió el mechero y la llama arrojó sombras en el cajero. Vieron a un viejo vagabundo envuelto en una manta gris polvorienta. Tenía los ojos abiertos y sus pupilas delataban miedo e incertidumbre; movía los labios, pero no entendieron sus silenciosas palabras. Salieron del cajero deprisa, se subieron al BMW y se marcharon a toda velocidad en dirección a El Corte Inglés. Isabel no sabía hacia dónde iban, Fernando temblaba, su mandíbula estaba desencajada y sus pupilas eran como dos cabezas de alfiler. Corrían demasiado, el coche chirriaba violentamente en las rotondas. Al llegar a la altura de Carrefour, Fernando empezó a palparse los bolsillos de los pantalones y a soltar disparates, maldiciéndola a ella y a sí mismo por pasar una noche con una niñata. Dio la vuelta completa a la rotonda y como una bala regresó de nuevo hasta la plaza de la Farola. Volvió a aparcar encima de la acera frente al banco y salió disparado. Entró en el cajero y buscó a tientas, casi sin luz, algo encima del teclado. La chica pudo ver que el viejo hablaba algo con él y también vio la patada que Fernando le propinó en el estómago y que hizo que el vagabundo se doblara y cayera de bruces junto a la puerta de la oficina. Fernando salió del cajero, escupió en el suelo un par de veces, se subió al BMW y condujo pálido y sin abrir la boca hasta el Grao, donde vivía Isabel. Pero ella había visto un hombre que desplegaba una manguera de riego a la entrada del parque Ribalta, y aquello no la había dejado dormir por las noches.

12

Isabel Soto permaneció toda la noche en la comisaría de la ronda de la Magdalena. El inspector Monfort pidió una orden de busca y captura para Fernando Malpás.

Monfort fumaba y pensaba de qué manera le habían hecho el boquete en la cabeza al viejo. La chica solo había mencionado una fuerte patada en el estómago.

Dos líneas de investigación estaban claras: por un lado, los dos rumanos y el camello de Benicarló llamado Andrés, y por otro, Fernando Malpás y su, digamos, novia Isabel Soto.

El comisario Romerales llamó al inspector Monfort y a la agente Redó a su despacho, una ratonera fría y húmeda en el sótano de la comisaría.

–Hay que descubrir quién era ese viejo vagabundo, su identidad, si tenía familia, o conocidos, si estaba en un asilo... ¡Algo, hay que descubrir algo! ¡Tiene que haber salido de algún sitio! ¡Alguien tiene que conocerlo! ¡Han pasado ya más de diez días y seguimos sin saber nada!

El comisario Romerales bebió un trago de agua de un vaso de plástico, hurgó en uno de los bolsillos de su americana y sacó un pequeño frasco de pastillas, abrió el bote con una sola mano y de la misma manera se echó dos tabletas a la boca y se las tragó con el resto del vaso de agua.

–¡Qué habilidoso! –soltó el inspector.

–Monfort, no me toques las narices, por favor. ¿Alguno de ustedes dos se ha dignado a hablar con los forenses?

La agente Redó levantó la mano como si estuviera en el colegio.

–A ver, Silvia, díganos algo, que estoy en ascuas.

–El resultado del análisis forense ofrece pocas cosas y muchas a la vez –dijo la agente abriendo un sobre y sacando de él unos folios grapados.

Se puso de pie y se acercó al mural, en el que las fotografías del viejo muerto inundaban casi toda la pizarra de corcho.

–¡Vaya, una adivina! –gritó Romerales, visiblemente agotado–. Lo que me faltaba. Está usted aprendiendo mucho del inspector Monfort en solo un par de días, veo que ya le copia hasta ese espíritu socarrón del que hace gala constantemente. Pero, díganos, díganos, qué es eso tan ambiguo que no nos ha dicho aún.

–El viejo murió de un fuerte golpe en el cogote, realizado con un objeto punzante, en torno a las seis y media de la mañana, quizá a las siete, como mucho. Parece ser que murió en el acto. El análisis refleja que el vagabundo no había consumido demasiado alcohol, un vaso de vino barato a lo sumo, y había comido poco ese día. Pero lo más raro que se deduce del estudio es que el hombre no estaba mal cuidado, su aparato digestivo no estaba maltratado como en otras personas de su condición que no tienen más remedio que llevar una alimentación deficiente. El viejo estaba bien alimentado y todos sus órganos estaban en un estado de salud perfectamente normal. Otras partes de su cuerpo delatan que no llevaba mucho tiempo vagabundeando: los dedos de las manos no estaban agrietados por el frío y la dejadez, los pies pulcros, cosa rarísima en una persona que duerme en la calle todos los días; las uñas de pies y manos habían sido cortadas como mucho un par de semanas antes. El informe nos dice también que apenas si tenía ojeras, detalle peculiar que nunca pasa desapercibido en una persona con serios problemas de alimentación y descanso. En estos momentos, el Instituto Anatómico Forense de Zaragoza está realizando un estudio de algunas reacciones de su cerebro, para corroborar si padecía algún trastorno psíquico. Asimismo se está procediendo a las pruebas de ADN que nos ayudarán a compararlo con el de los posibles sospechosos. En unos días nos darán los resultados. Eso es todo, señores.

–¿Dónde están los rumanos y el traficante de Benicarló? –preguntó el inspector Monfort mientras quitaba el celofán a una cajetilla de cigarrillos.

–En libertad vigilada –contestó el comisario Romerales mirando lo que Monfort iba a hacer con el plastiquito–. Pasadas las setenta y dos horas de rigor no hemos podido retenerlos más sin ninguna acusación clara. Pero están controlados: tenemos dos hombres, aquí en Castellón, vigilando a los dos rumanos, y dos más en Benicarló, persiguiendo día y noche al tal Andrés. A ese lo vamos a pillar de una forma u otra, no creo que sea capaz de estar muchos días sin traficar. ¿Y usted, Redó, qué ha hecho con la muchacha del Grao?

–La he llevado a su casa, le he metido tal miedo en el cuerpo que no se moverá de allí. Lo que hay que procurar es que, si vuelve su padre, no la mate a palos cuando se entere de en qué asunto se ha metido su chiquilla.

–Bien hecho, agente –asintió complacido el comisario Romerales.

–Puede que la chica nos esté engañando. –El inspector Monfort interrumpió el buen ambiente.

–¡Explícate! –masculló el comisario.

–Parece una mosquita muerta, la víctima de un niño rico. Según ella, la obligó a consumir cocaína, a beber en exceso, la acosó sexualmente... Puede que no fuera exactamente así, puede que ella marcara el ritmo de la noche con su poder sexual, puede que ella conociera el lugar donde pillaron la coca, puede que hubiera visto al viejo en algún sitio antes, puede incluso que lo conociera de algo, puede también que ella se bajara del coche la segunda vez a buscar lo que se dejaron allí y puede, finalmente, que ella misma matara al viejo.

Sonó el teléfono del despacho del comisario Romerales. Descolgó el auricular y alguien le habló. Miró al inspector y a la agente, luego colgó.

–Han pillado a Fernando Malpás, estaba durmiendo en una villa que tiene la familia en Benicàssim. Lo traen en media hora.

–Que espere en la nevera –dijo levantándose de la silla el inspector Monfort–. Voy a mi hotel a ducharme y a descansar un rato. ¿En qué hotel se aloja usted, agente Redó?

–En el AC, cerca del suyo, inspector, pero a una distancia prudencial: el comisario Romerales no quiso que compartiésemos hotel, en realidad no se fía mucho de nosotros dos. –Silvia hablaba poniéndose la chaqueta y mirando al comisario.

–De mí sí que se fía, sabe que estoy medio muerto. La llevo si quiere hasta su hotel. –Y Monfort salió del despacho ansioso por respirar aire menos putrefacto que el de aquel sótano de la ronda de la Magdalena.

13

–¿Le apetece comer algo?

–Sí.

–¿Buena carne y media botella de vino?

–Es todo cuanto necesito, se lo puedo asegurar.

–Conozco un lugar.

El camarero del Eleazar los acomodó, a pesar de que no eran horas, en una pequeña mesa en una esquina escondida del vacío restaurante.

–Dos entrecots y una botella de Marqués de Cáceres, por favor –pidió Monfort con su recia voz.

–Eso está hecho.

El camarero desapareció. Encendió las luces de la cocina.

–No le parece bien que le hayan puesto una compañera como yo para este trabajo, ¿verdad, inspector?

–Soy un tipo huraño, solitario, de mala baba, egoísta, con muy mala suerte y bastante poco sociable fuera de establecimientos buenos como este.

El camarero abrió la botella del vino de Rioja y sirvió las copas como Dios manda: algo por debajo de la mitad y sin el aburrido ritual de poner un poco y que lo pruebe primero el hombre.

–No es que me parezca mal, agente –prosiguió el inspector–. No estoy acostumbrado a trabajar en equipo, actúo siempre solo; el comisario Romerales lo sabe y no me advirtió. Es con él con quien estoy defraudado, no con usted.

–Lo siento, inspector... Si cree que deberíamos hablar con el comisario, podemos hacerlo.

–No será necesario, quizá a este lobo solitario le haga falta un poco de buena compañía.

–Gracias por lo de «buena», inspector.

–De nada, y puede llamarme simplemente Monfort si le parece bien.

–Lo haré si usted me llama Silvia.

Un cigarrillo más tarde, llegó el camarero con dos platos en los que brillaban sendos trozos de carne con aspecto tierno y jugoso, dorados por fuera y en su punto por dentro. Unos guisantes ponían la nota de verdor y frescor a cada plato.

Comieron en silencio y ambos lo agradecieron; aquello hizo que se sintieran a gusto. Lo único que necesitaban era una pizca de sosiego y tranquilidad.

A continuación pidieron cafés. Uno solo muy corto para el inspector y un té para la agente Redó. Fumaron un par de cigarrillos y hablaron de cosas que no tenían nada que ver con el caso del viejo vagabundo. Para desengrasar.

Monfort pagó la cuenta y dejó diez euros de propina al camarero.

–No me extraña que le den de comer a cualquier hora en este restaurante –dijo la agente al inspector cuando salían del local de la calle Ximénez.

–¿Ha comido bien, Silvia?

–Como una reina –asintió ella con una delicada caída de pestañas.

–Pues eso es lo que cuenta. Buena comida, buen trato y una compañía agradable. Esas cosas no tienen precio.

–Es usted un sibarita, Monfort.

–Bah, no crea. Como para subsistir y alimentarme –dijo el inspector encendiendo otro cigarrillo–. Deberíamos volver a la comisaría en un par de horas o tres como mucho. ¿Quiere que le pida un taxi para ir a su hotel?

–No, no se moleste, de verdad, gracias. El hotel está aquí al lado, iré dando un paseo para bajar la deliciosa comida y el chispeante vino.

El inspector Monfort subió a la habitación, se quitó la ropa y se vistió con el albornoz blanco de cortesía del hotel. Encendió el televisor: en el Canal 9 hablaba del viejo vagabundo asesinado una periodista graciosilla que se quejaba de que, tantos días después, no hubiera ninguna pista sólida en la que apoyarse.

Llamó con su teléfono móvil a la comisaría. Contestó el joven de recepción.

–Pásame al comisario Romerales, soy el inspector Monfort, rápido.

–Dime, Monfort, ¿has visto la tele?

–La estoy viendo, por eso te llamo.

–¿Qué sugieres, Kamikaze?

–Convoca una rueda de prensa inmediatamente y explícales a esos carroñeros de la tele que ya estamos a punto de detener al asesino.

–¿Nada más?

–Nada más, Romerales, bueno, sí, que sea deprisita.

–Sus deseos son órdenes para este humilde comisario de policía de esta sencillita ciudad de provincias.

Monfort cortó la comunicación y se metió en la ducha.

14

El comisario Romerales había convocado una rueda de prensa en menos de dos horas, a la que habían acudido gran cantidad de medios. Un número exagerado de periodistas esperaba ansioso la comparecencia del comisario de la Policía Nacional de Castellón en un local habilitado para esos menesteres en la vieja comisaría de la ronda de la Magdalena.

Romerales apareció acompañado de la agente Silvia Redó, del inspector Monfort y de una secretaria que portaba un bloc de notas y un bolígrafo. Los cuatro tomaron asiento en una tribuna alzada en la que había una mesa con varios micrófonos. Pero no funcionaban.

–Buenas tardes, señores –saludó en tono cordial el comisario–. Aunque muchos de ustedes ya me conocen, soy el comisario de la Policía Nacional de Castellón, mi nombre es Arturo Romerales. Quiero asimismo presentarles a la agente Silvia Redó, del Departamento de Investigación Criminal de la Policía Nacional de Valencia, y también al inspector Bartolomé Monfort, del Departamento de Investigación Criminal de la Policía Nacional de Barcelona. Ambos se han hecho cargo de las investigaciones de este extraño caso de asesinato, sucedido en esta ciudad, hace ahora once días. El motivo de convocarles con tanta premura en el día de hoy es debido a que observamos que están, hablando claro, dando palos de ciego alrededor del caso del vagabundo. Hasta ahora la Policía Nacional de Castellón ha optado por el mutismo, con la finalidad de que no hubiera filtraciones. Resulta curioso cómo ustedes algunas veces se enteran de todo y otras no quieren enterarse de nada. Llevan al menos ocho días diciendo que no tenemos ninguna pista. Bien, el tercer día ya detuvimos a tres sospechosos que, tras prestar declaración, están en libertad vigilada, y hoy mismo hemos detenido a otros dos sospechosos, quizá más cercanos aún a la muerte del vagabundo que los anteriores. Dicho esto, quiero dejar claro que estamos en ello. El ministro del Interior está en estrecha comunicación con este departamento de Policía, y todo lleva un camino, digamos, bastante bueno. Creemos –prosiguió el comisario Romerales sonriendo y mirando a la agente Redó y al inspector– que en breve, puede que en muy breve, detengamos al presunto asesino del vagabundo de la plaza de la Farola.

Un joven con jersey de cuello de pico y gafas redondas levantó la mano pidiendo la palabra:

–¿Se sabe ya quién es el viejo vagabundo?

–No, todavía no se sabe su identidad, el Instituto Anatómico Forense ha dictaminado pruebas muy importantes respecto a su pasado y condición, pero estamos esperando pruebas de ADN de los forenses de Zaragoza, mucho más preparados que nosotros aquí en Castellón.

Una chica morena preguntó sin alzar la mano y sin levantarse.

–¿Por qué razón han venido dos policías de fuera para llevar el caso?

–No creo que sea necesario contestar esa pregunta –dijo Romerales quitándole importancia al asunto.

–Pues a mí, o mejor dicho, a mi periódico, sí nos lo parece. No comprendemos por qué han tenido que echar mano de gente de fuera. ¿Es que no valen los policías de Castellón?

–¿De dónde es usted, por favor? –interrumpió el inspector Monfort.

–De un pueblo de Cuenca –contestó la chica morena.

–Entonces, tal vez los de su periódico creen que es mejor periodista una mujer de Cuenca que una de Castellón, ¿no?

–No lo sé, no lo creo...

–Pues aquí lo mismo, señorita, da igual de dónde seamos, lo importante es detener al asesino o asesinos del vagabundo, y no de dónde venimos unos u otros, ¿no le parece?

–Ya, pero es que... –intentó seguir la periodista.

–¡Basta! –cortó el comisario Romerales mirando a la joven y al inspector–. No permitiré más intervenciones de este tipo.

La rueda de prensa se prolongó una media hora más en la que los medios se comprometieron a echar una mano, más que a poner trabas en la investigación. Todos coincidían en que aquel extraño crimen tenía conmovida a la pacífica población de la ciudad, y que lo único importante era dar con los culpables y que acabaran con sus huesos en prisión lo antes posible.

Al finalizar el turno de preguntas, el comisario Romerales dio por concluida la rueda de prensa y se bajó del estrado, saludando y conversando con los periodistas, todos conocidos y algunos incluso amigos.

El inspector Monfort y la agente Redó desaparecieron deprisa, sin hablar con ningún representante de la prensa, en dirección a la nevera, en la que esperaba, fresquito, Fernando Malpás.

–Póngase la chaqueta, Silvia, ya sabe que vamos directos al Polo Norte a ver al del BMW.

–Igual está congelado –dijo ella colocándose una de las mangas.

–Que aguante un poco más para que nos cuente lo que pasó, y luego que se convierta en cubitos de hielo si quiere.

Fernando Malpás era muy joven, demasiado joven. Tenía cara de chuleta orgulloso y desafiante. «Tiene cara de niño rico», dijo Silvia viéndolo a través del cristal de la puerta.

El inspector pensó si también él tendría esa cara cuando era un niño, un niño rico.

–Vamos allá –dijo Monfort abriendo la puerta deprisa.

15

En el cuartel de la Guardia Civil de Benicarló conocían bien a Andrés González. No vendía cualquier tipo de sustancia en el piso de la calle César Cataldo. La cocaína era lo que más salía. Las pastillas solo le traían clientes majaretas y el hachís hacía tiempo que se lo había dejado a unos marroquíes que vivían en una alquería abandonada entre Benicarló y Peñíscola. La heroína le daba miedo y prefería no arrimarse. Sin embargo, la cocaína le reportaba buenos beneficios y cierto nivel social, un poderío ficticio que todos los camellos anhelan. Andrés González había hecho de «mula» entre 1995 y 1996 y llegó a traer, hasta en cuatro ocasiones seguidas, una cantidad importante de cocaína en el estómago y en el intestino sin ser detenido. En esos viajes conoció a Dolores, una joven colombiana acostumbrada a manipular droga, negocio al que ya se dedicaba su familia allá en la ciudad de Bucaramanga, la capital del departamento de Santander. Dolores hizo con él el último viaje, en el que ambos trajeron una cantidad de cocaína tal, que obtuvieron suficiente dinero con la venta como para comprarse el piso de la calle César Cataldo. Dolores y Andrés se casaron en el Ayuntamiento de Benicarló, una horrible tarde de viento y lluvia de un mes de octubre. Al festejo acudieron la mayoría de los clientes de la pareja, algunos casi arrastrándose y otros en espectaculares cochazos de lujo.

Dolores dominaba perfectamente el arte de manipular la coca con el fin de producir grandes cantidades, con poca pureza, pero lograba que los clientes la dieran por muy buena. No esnifaba jamás una raya, y durante los primeros años consiguió que Andrés tampoco lo hiciera, y no asistía a fiestas ni a reuniones, acudía siempre él, que al final acabó enganchándose como el que más. La vida de Dolores y Andrés era poco menos que un infierno, una vida condenada al fracaso y a la desesperación. Dolores hubiera podido llevar su negocio con cierta discreción, pero Andrés era incapaz de pasar desapercibido. Primero la Harley Davidson y luego, cuando la destrozó en la carretera, los coches de lujo: un Mercedes descapotable y después un Maserati nunca visto por aquellas latitudes. Andrés era un hortera.

Vladimir Enescu y su primo Nicolai iban a menudo a pillar grandes cantidades al piso de Benicarló. Compraban la droga ya adulterada y ellos aún la adulteraban más, cortándola con aspirinas y otras sustancias más peligrosas, para su posterior venta. Con el paso de los meses, los rumanos se convirtieron en los mejores clientes de la ciudad de Castellón; con ellos Andrés había conseguido desembarazarse de los pequeños traficantes: prefería pasar grandes cantidades a los primos rumanos y acabar antes con la faena.

En sendos interrogatorios, Vladimir y Nicolai Enescu contaron que la famosa noche de la muerte del viejo vagabundo, Andrés tenía mucha prisa por entregarles la mercancía. Demasiada prisa. Estaba paranoico, pensaba que alguien le perseguía, andaba muy nervioso con aquella cantidad de droga en su deportivo rojo. Le temblaban las manos y la voz. No quiso subir al piso de los rumanos y los obligó a ir hasta la cercana plaza de la Farola. En el interior del cajero, el de Benicarló les dio la droga a cambio de una fuerte suma de dinero pactada con anterioridad. En su declaración, los primos atestiguaron también que Andrés parecía un loco, iba más colocado de lo habitual, veía fantasmas y gente persiguiéndole constantemente. Dijeron además que ellos se fueron de allí primero y que Andrés se quedó, tras contar el dinero, para hacerse una raya antes de regresar a Benicarló.

16

–Isabel nos ha dicho que intentaste violarla. –La agente Redó estaba sola con el interrogado y hacía esfuerzos para que el acusado cansancio no la delatara, simulaba tomar notas en su libreta para despejarse el cerebro.

–¡Es una zorra! –dijo Fernando Malpás muy enfadado y con la nariz roja por el frío.

–Ella dice que es tu novia. –La agente levantó la vista de la libreta.

–¿Mi novia? Esa tía está loca.

El inspector Monfort entró de nuevo en el cuarto número 6. Dio un portazo para cerrar la puerta. Iba bien abrigado. Llevaba un café con leche humeante en un vaso de plástico que tendió a Silvia Redó y sin pedir permiso se puso a hablar.

–Da igual que sea tu novia o una zorra, el caso es que cuando te la mamó la primera vez en el restaurante te gustó tanto que ya no pudiste separarte de ella en toda la noche, invitándola a rayas y a whiskys sin parar, con el único propósito de que volviera a hacértelo una vez más, ¿eh? –Apoyó las manos en la mesa y puso sus ojos a un palmo escaso de los de Fernando Malpás–. Seguro que no has podido dejar de pensar en su boca estos últimos días. ¿O es que ya has pillado a otra que lo haga mejor?

–Mi padre vendrá con un abogado, no me pueden retener aquí todo el día.

–Sí podemos todo el día... Y más, si queremos. De hecho, creo que vamos a retenerte hasta que a mí me dé la gana, perdón, a nosotros. –Monfort miró cómplice a la agente Redó.

–Yo no maté al puto viejo.

–¿Ves como eres un chuleta? ¿Ves como no tienes modales? Mira, me parece que por ahí es por donde te vamos a pillar, por tus malos modales.

Monfort observaba las anotaciones de Silvia Redó. Solo eran garabatos y frases sin sentido, pero él sabía que aquello intimidaba a los interrogados.

–Bueno, volvamos otra vez para refrescarme la memoria. ¿A qué hora entrasteis en el cajero Isabel y tú?

–Ya se lo he dicho a ella, no voy a estar todo el...

–¡¡¡Pero a mí no me lo has dicho!!! –El inspector Monfort dio un golpe tan fuerte con el puño cerrado en la mesa que hasta la agente Redó se sobresaltó momentáneamente.

A Fernando Malpás se le llenaron los ojos de lágrimas, pero no llegaron a brotar.

–No lo puedo asegurar, pero creo que eran las cinco de la mañana, inspector.

–Este tono ya me gusta un poco más –dijo Monfort acercando la silla y sentándose frente al interrogado con gran interés–. Pero dime... ¿Cómo recuerdas la hora, con lo colocado que ibas?

–Porque Isabel quería estar en su casa a las seis de la mañana como muy tarde, por si volvía su padre de pescar.

El inspector Monfort y la agente Redó intercambiaron una fugaz mirada: aquello no lo había dicho Isabel y, en todo caso, lo que ella había contado distaba mucho de una conversación de ese tipo, como la hora de llegar a casa, o cuándo volvía su padre de pescar.

Las casi cuatro horas de interrogatorio fueron una auténtica pesadilla para Fernando Malpás. Repetía una y otra vez que él no había matado al viejo vagabundo, igual que los otros interrogados. Finalmente, cuando el inspector Monfort vio que el interrogado estaba a punto de desfallecer, volvió a preguntarle lo mismo:

–¿Por qué regresaste de nuevo al cajero?

–Ya se lo he dicho no sé cuántas veces, volví a buscar la Visa. Me la había dejado encima del cajero. Isabel y yo salimos disparados de allí porque nos asustamos al ver al viejo.

–Pero luego le pegaste tal patada en el estómago que lo dejaste doblado. –El inspector utilizó uno de los últimos cartuchos que aún no había disparado.

–¡Maldita zorra! –gritó Malpás–. Ella no lo pudo ver bien desde el interior del coche.

–Entonces, si no lo pudo ver bien, quizá, además de la patada, le golpeaste con algo en la cabeza. –La agente Redó hablaba ahora, ayudando así a lanzar toda la artillería contra el interrogado, en un intento de pillarlo desprevenido.

Se hizo un silencio que pareció un vacío total. Fernando Malpás bajó la cabeza y por fin afloró algo parecido a una lagrimilla.

–Le golpeé porque estaba muy furioso, le di una patada en el estómago porque estaba muy furioso, muy furioso...

–¿Tanto como para matarlo? –preguntó con voz suave la agente.

–Yo no lo maté. La patada que le di no pudo matarlo, es imposible... yo... estaba furioso porque... porque Isabel hablaba y reía con un tipo que se acababa de bajar de un deportivo de color rojo.

El inspector Monfort volvió a mirar a la agente Redó y esta, leyendo en sus ojos, salió deprisa en busca de Isabel Soto.

17

Malpás permaneció en las dependencias policiales por orden del inspector Monfort.

La agente Redó volvió al Grao. Era evidente que el tipo del deportivo rojo, con el que hablaba y reía la chica en la puerta del cajero de la plaza de la Farola, era Andrés, el camello de Benicarló. Pero lo que querían saber era por qué Isabel les había ocultado aquel dato. Además, ambas declaraciones eran muy distintas, demasiado distintas. Fernando Malpás e Isabel Soto escondían algo, estaba claro; quizá ellos no mataron al viejo, pero escondían alguna cosa a la Policía.

El inspector Monfort decidió darse una ducha y descansar un rato. Al llegar al hotel Mindoro recibió una nota. La recepcionista guapa de sonrisa amable le entregó un pequeño cartoncillo en el que había, anotado a mano, un número de teléfono y un nombre. Monfort miró al techo y repitió en voz alta el nombre allí escrito:

–¡Irene!

Dio las gracias a la bella muchacha de recepción y subió a la habitación pensativo.

Se quitó la gabardina y marcó el número anotado.

La cálida voz de una mujer mayor llenó el auricular del teléfono.

–¿Aló? ¿Dígame?

Monfort titubeó un par de segundos antes de contestar.

–¿Irene? ¿La abuela Irene?

–Dios mío..., eres..., eres... Bartolomé... Bartolomé Monfort –suspiró profundamente la mujer, y con un hilo de voz se le oyó pronunciar un nombre–: Violeta.

–¡Cuánto tiempo, abuela Irene! –atinó a decir un perplejo Monfort.

–Demasiado, Bartolomé –contestó la abuela emocionada–. Te he visto por la televisión, en las noticias, y he llorado como una tonta. ¡Cuánto quisiste a mi nieta! ¡Cuánto te amó ella a ti!

Bartolomé Monfort lloraba en silencio lágrimas gordas como puños que resbalaban por sus mejillas y caían finalmente por su barbilla, sin que él hiciera nada por remediarlo. No podía hablar. La abuela Irene se dio cuenta de ello y siguió hablándole al marido de su nieta muerta.

–Vendí el piso del paseo de Gracia y con el dinero compré una casa en Peñíscola, junto al mar, sola entre las rocas de una playa a la que nadie viene ni en verano; pero sobre todo lejos de Barcelona y de los recuerdos que me atormentaron después de la muerte de Violeta. Desde aquí solo veo el mar y esa especie de barco de piedra varado que forma el pueblo de Peñíscola. No quiero nada más. Mi hija, tu suegra –prosiguió lentamente la abuela Irene–, quedó destrozada tras la brutal muerte de Violeta y poco pude hacer por salvarla del mutismo que aún hoy padece junto a su fiel marido. Tú huiste y yo también, Bartolomé. ¿Quieres venir a verme?

Llegar a la casa fue algo difícil. Una vez que el inspector Monfort estuvo en la playa sur de Peñíscola tomó una carreterilla a la derecha que circulaba bordeando la costa. Pasó, según las indicaciones de la abuela Irene, una urbanización llena de casas de alemanes afincados todo el año y luego varias indicaciones más hasta que por fin vio el poste de madera que anunciaba la dirección a la playa de Pebret. El Volvo se encaramó por caminos de carro poco transitados; el enorme coche rascó la panza en infinidad de ocasiones, y el inspector temió por la robusta mecánica del vehículo sueco. Pasó por delante de la torre Badum, una fortificación de piedra que en alguna época sirvió de elemento de defensa y vigilancia. Bajó por sinuosos caminos todo lo que había subido con anterioridad y de repente se halló en una pequeña playa desierta, tiznada de aromas bucólicos. Al fondo, en una ensenada a la que difícilmente llegaba el agua, había una casa de planta baja, encalada de blanco, rodeada de flores y pequeños arbustos que daban una nota de color a aquel paisaje desnudo. Salía humo de la chimenea, y junto a la cancela de entrada la abuela Irene, menuda como una niña, con el cabello plateado y los huesos diminutos, saludaba con el brazo en alto.

Bartolomé bajó de su coche y le pareció como si este resoplara satisfecho de haber llegado hasta semejante lugar.

Monfort abrazó con cuidado a la abuela Irene, temeroso de dañar su frágil estructura de anciana.

–Aquí, a los hombres como tú, los llaman *templats*. ¿Sabes lo que quiere decir?

–Abuela, mis padres nacieron en Vilafranca del Cid, ¿lo recuerdas?

Ayudó a la abuela Irene a caminar por la pequeña senda de piedras hasta el interior de la casa. Al llegar a la puerta, se volvió y admiró con todo detalle aquel lugar que la anciana había elegido como retiro.

–¿No tienes miedo de vivir aquí sola?

–El miedo me lo quitaron los dos mismos malnacidos que te lo quitaron a ti –contestó, mostrándole el acogedor salón de la casa.

Bartolomé Monfort y la abuela Irene comieron un arroz con bogavante que ella había preparado para la ocasión. Bebieron un delicioso vino tinto de las bodegas de Álvaro Palacios en el Priorat, que el inspector había comprado en una tienda de vinos cercana al lugar del asesinato de la plaza de la Farola.

–Veo que no has perdido la finura para los vinos.

–Ni tú la mano para los arroces.

–El secreto está en el sofrito –dijo la abuela Irene, y luego se quedó pensativa para por fin proseguir–. Decidí venir a vivir aquí, en parte, por culpa del arroz. Cuando murió Violeta y su madre se hundió me sentí un bicho raro. Su marido, tu suegro, es un hombre excepcional, y cuidaba con esmero y cariño de su esposa. Yo parecía estar allí de más. Sabes que siempre me han considerado una lunática, por mis libros y mi afición a la escritura; por haberme quedado viuda tan joven y haberme dedicado a viajar y ver mundo en contrapartida a no tener una persona junto a mí. En Barcelona me sentía desplazada, por no poder ayudar a nadie. Alquilé una casa en Peñíscola y aquí me vine con mi máquina de escribir y la cabeza llena de rabia y mala leche. Pero no pude escribir nada. Violeta lo ocupaba todo, mi cabeza y este bendito mar Mediterráneo. En Peñíscola conocí a Asunción. Ella trabajaba en el restaurante El Mirador, en la subida que lleva hasta el castillo. Tomábamos café por las tardes y dábamos paseos por la playa. Me enseñó en pocos días a preparar suculentos arroces y compartimos sus recetas castellonenses con las mías catalanas. Nos hicimos buenas amigas. Un día acompañé a Asunción y a su marido, Paco, que en paz descanse, hasta este lugar, en el que tenían una barraca y un huerto en el que plantaban tomates, lechugas y otras verduras riquísimas. Me enamoré de este sitio nada más llegar, hinqué mis rodillas en la gris arena de esta playa y lloré todo lo que no había sabido llorar por Violeta. Paco acondicionó como buenamente pudo la barraca para que me quedara en ella el resto de los días que pasé en Peñíscola. Aquí escribí, bajo la luz de un quinqué, mis dos primeras novelas; tenía setenta años. Las envié a una editorial y se publicaron rápidamente, las dos casi a la vez. No he vuelto a escribir nada más. Ahora soy feliz así, he contado al mundo toda mi rabia y mi mala leche en esas dos novelas. –Monfort tomó a la abuela Irene de las manos–. Volví a Barcelona, pero yo ya no era de allí, era de Peñíscola. Tres meses después murió Paco, y Asunción se quedó sola en su feo piso de la parte nueva. Me llamó y vine corriendo para estar con ella. Puse en venta mi piso del paseo de Gracia y con el dinero reconstruimos la barraca, convirtiéndola en esta preciosa casa de la que nos sentimos tan orgullosas las dos. Asunción viene aquí siempre que sus nietos se lo permiten, pues tiene cuatro y vive para ellos porque son su felicidad absoluta. Pero aquí, en la casa de la playa de Pebret, me tiene a mí, y el recuerdo de Paco y de su vida en común.

Bartolomé Monfort no supo hablarle de su trabajo, y del resto de su vida poco había que contar. Caminaron por la playa. Hacía frío y el agua salpicaba pequeñas chispas de emoción. La abuela Irene era tal y como él había imaginado que sería su bellísima esposa cuando fuera mayor.

–Quédate a dormir, Bartolomé, por favor, déjame tener a parte de Violeta en mi casa.

–Claro, abuela, me quedaré.

Preepararon la cama en la que solía dormir Asunción cuando iba a la casa y, tras tomar una deliciosa infusión de hierbas en la terraza, bajo un manto inmenso de estrellas, la abuela Irene besó en la frente a Bartolomé y se retiró a su alcoba.

Monfort encendió un cigarrillo y paseó junto al mar, recordando a su mujer. Lloró como un niño y aquello le hizo sentirse bien consigo mismo. ¿Cuánto tiempo hacía que no lloraba así?, se preguntó el inspector Monfort dirigiéndose a la bella casa de la playa de Pebret. Durmió como hacía años que no lo había hecho.

Se despertó casi al mediodía, miró la hora y no dio crédito. Siempre solía despertarse a las siete de la mañana, no fallaba, era como un reloj. La abuela le sonrió cuando apareció en la soleada terraza. El olor del desayuno despertó en él recuerdos perdidos en la lejanía: tostadas, café, cariño. Desayunó bajo aquel sol maravilloso y el azul intenso del mar, con el decorado de fondo del tómbolo de Peñíscola, como un viejo barco de piedra varado, tal como había dicho la abuela Irene.

Bartolomé sintió una punzada fuerte en el estómago al despedirse de la abuela. Ella lo besó con cariño y apretó sus manos todo lo que pudo.

–Cuídate, abuela, cuídate mucho. He dejado mi número anotado junto al teléfono por si me necesitas. Llámame cuando quieras.

–Adiós, Bartolomé y, recuerda, cuando estés triste, piensa que Violeta vive también aquí, entre estos cantos rodados de la playa, pero sobre todo mira en tu interior, porque ella vivirá en él todos los días de tu vida.

Al pasar por delante de la torre Badum, el inspector se bajó del coche para contemplar el enorme acantilado que se derramaba a los pies de la antigua construcción defensiva.

Desde allí se veía la casa blanca de la playa de Pebret, y desde allí arriba también pudo distinguir dos estelas plateadas que le saludaban con muchísimo cariño.

–¡Hasta pronto, abuela Irene! ¡Hasta pronto, Violeta! –gritó al viento Bartolomé Monfort.

18

Justo antes de llegar al lugar en el que la carreterilla volvía a ser de asfalto, a escasos dos kilómetros de Peñíscola, el móvil del inspector volvió a la vida. Recuperó la cobertura que había perdido en la playa de Pebret y emitió, casi al instante, varios pitidos consecutivos. Monfort detuvo el coche y miró la pantallita destellante. Cuatro llamadas perdidas, tres mensajes de voz.

De las cuatro llamadas perdidas, tres eran del comisario Romerales y una de Silvia Redó. Los tres mensajes eran de Silvia. El inspector Monfort conectó el manos libres del Volvo e, incorporándose a la carretera, llamó a la agente.

–¿Está bien, inspector? –dijo Redó con voz atolondrada.

–Perfectamente, Silvia.

–¿Dónde se ha metido?... Estooo –carraspeó la agente–. Perdone, disculpe, yo... no quería...

–Tranquila, mujer, no te preocupes, discúlpame tú por no haberte dicho nada. He ido a visitar a un familiar y... básicamente he dormido, pero también he soñado.

Se hizo un silencio de varios segundos porque la agente no supo qué decir a aquellas palabras del inspector, del que solo conocía su labor profesional y muy poco de su parte humana.

–He hablado con Isabel Soto –terció para entrar en materia.

–¿Y bien?

–Ya conocía al tal Andrés de Benicarló.

–¿De qué?

–Traficaba en el Grao antes de conocer a los rumanos.

–¿Y qué tiene que ver en eso Isabel Soto?

–Isabel tenía un novio que era amigo de Andrés. También he ido a verlo. Por lo visto todos tonteaban con la cocaína. Incluso es probable que vendieran droga para costearse su propio consumo. Parece ser que Isabel era fácil de convencer para cualquier tema relacionado con la cocaína. Es posible que su nuevo novio, Fernando Malpás, también tuviera algo que ver con todo esto, y que lo que nos cuentan solo sea para salvar el pellejo frente a sus respectivas familias.

Bien, pensó el inspector Monfort, pero no lo dijo.

–Andrés es un tipo muy violento –continuó la agente Redó–. El antiguo novio de Isabel asegura que sería capaz de cualquier cosa. También dijo que esos días previos al asesinato, Andrés estaba muy nervioso porque su mujer le había dejado definitivamente. La noche del crimen fue visto en un bar de Benicarló llamado Shock, jurando que mataría a alguien.

Bartolomé Monfort llegó al peaje de la autopista y frente a él se abrieron dos posibilidades: dirección a Valencia o dirección a Barcelona. Segundos antes de tomar la decisión, preguntó a la agente Redó:

–¿Crees que el viejo aún estaba vivo cuando Andrés entró en el cajero?

–Si lo que me pregunta es si Isabel y Fernando mataron al anciano, la respuesta es: creo que no.

–Gracias, Silvia, muchas gracias. Volveré a la comisaría en dos o tres horas.

El inspector Monfort giró en redondo junto a la cabina de peaje y dirigió el Volvo hacia la vecina ciudad de Benicarló.

Apenas preguntó un par de veces y enseguida se plantó frente al bar Shock. Estaba cerrado, pero un camión descargaba cajas de cerveza. Un tipo con chaqueta de cuero, barba y melena estaba apoyado en la puerta, fumando. Monfort aparcó a una distancia prudente y se acercó al local.

–¿Me das fuego? –dijo arrimando el cigarrillo al de la chaqueta de cuero–. El bar... ¿es tuyo?

–Sí, qué pasa –contestó el hombre encendiendo el mechero.

–Pasar, no pasa nada –dijo Monfort mirando por encima del hombro del tipo de la barba para ver el interior del establecimiento.

–Ah –contestó el otro escuetamente.

–De momento no pasa nada... pero puede que pase –soltó Monfort, y dio una fuerte calada al cigarrillo.

–¿Quién leches eres tú?

–Soy policía, supongo que ya te habrás dado cuenta.

El de la chaqueta de cuero palideció de golpe y el inspector constató que ni siquiera se había percatado de que era policía.

–¿Qué quiere? Aquí todo está en regla.

–Solo quiero saber dónde vive un camello llamado Andrés González.

–Yo no conozco a ningún camello... –Monfort interrumpió las palabras del dueño del bar con un ataque de tos falsa.

–Vamos, no me jodas... Dímelo, dime dónde vive Andrés.

–Ya le he dicho que no tengo ni idea, no conozco camellos, los camellos no vienen a mi bar.

–Vale, tío, ya me voy –dijo el inspector, y dándose la vuelta añadió–: Diles a esas dos rumanas que tienes limpiando el bar que se presenten dentro de diez minutos en el cuartel de la Guardia Civil con los papeles de residencia en regla y..., ya que estamos, te vienes tú también con sus contratos de trabajo puestos al día.

–¡Espere, espere! –levantó la voz el dueño del bar.

–Hombre, te ha venido la inspiración de golpe.

–Andrés vive en un piso de la calle César Cataldo, encima de una agencia de seguros, en la primera planta. El botón del interfono está pintado de color morado. Pero... yo no le he dicho nada, ¿estamos?

–Depende –contestó el inspector Monfort.

–¿De qué depende? –El dueño del bar arqueó las cejas.

–Dicen que mató a un tipo después de estar en tu garito. –Las últimas palabras las pronunció con las llaves del Volvo ya en la mano–. Por cierto, ¿de parte de quién le digo que voy, para poder entrar sin problemas?

–De Charly del Shock –dijo el otro echando mano del paquete de cigarrillos.

19

Un cartel enorme de la compañía de seguros le indicó el bloque de pisos donde vivía Andrés. Aparcó delante de la puerta. El botón del interfono del 1° 4ª estaba pintado de color morado. Este tipo es un poco lelo, pensó el inspector Monfort antes de pulsarlo.

–¡Qué! –contestó una voz áspera al otro lado del aparato.

–Vengo de parte de Charly del Shock.

–¿Qué quieres? –preguntó de nuevo la voz.

–Camisetas –contestó en tono firme el inspector; en algunos ambientes relacionados con el tráfico de drogas se solía hablar de camisetas cuando se trataba de cocaína.

–¿Cuántas? –preguntó la voz áspera con un tonillo algo más interesado.

–Depende –contestó Monfort.

Se oyó el ruido que accionaba el mecanismo para que se abriera la puerta.

El inspector subió en cuatro zancadas las pocas escaleras que separaban el rellano de la primera planta.

Andrés le esperaba en la puerta, pero al reconocerlo del interrogatorio de la comisaría de Castellón corrió a cerrar la puerta. De un salto, el inspector Monfort colocó su pie entre esta y el marco, de manera que Andrés no pudo cerrarla.

–¡Vete de aquí, madero! –Trataba de no alzar la voz para no llamar la atención de los vecinos.

–Abre o te rompo la puerta y veremos qué te rompo a ti después.

Andrés abrió la puerta con cara de haberla fastidiado. No era muy alto, y tenía el pelo tan rizado que formaba una bola alrededor de su cabeza. Vestía camiseta militar, pantalones vaqueros desgastados y zapatillas de deporte. Dentro del piso sonaba música *funk* y olía a hachís. En el salón había dos chicas ligeras de ropa que fumaban un enorme porro recostadas en el sofá. En la mesita de cristal quedaban restos de cocaína, y una tarjeta bancaria para hacer las rayas y un cenicero atestado de colillas. El enorme televisor de plasma escupía los acordes *funk* de un vídeo de Prince.

–¡Vosotras dos, fuera! –gritó el inspector enseñando su placa.

Las dos muchachas recogieron sus cosas a toda prisa y salieron del piso como alma que lleva el diablo. Cerraron la puerta de un portazo.

–Regístreme si quiere, no tengo nada, estoy limpio –dijo Andrés levantando ambas manos.

–Mira, Andrés, no te detuvimos el otro día de milagro, aunque tenemos pruebas suficientes para mandarte al talego por tráfico de drogas una temporada mucho más larga de lo que puedas imaginar. Por el momento solo quiero hablar contigo, que me respondas unas preguntillas.

–No tengo por qué responderle nada, no he hecho nada...

–¿Seguro?

–Seguro.

–Pues eso no es lo que dicen Vladimir y Nicolai, los dos rumanos con los que traficas en Castellón últimamente.

–¿Qué es lo que dicen esos dos de mí?

–¿No te lo imaginas? Pues han sido ellos, que por cierto están ya detenidos y a punto de ser expatriados, los que me han dicho que venga a verte.

–¿A mí? ¿Que venga a verme a mí? ¿Para qué?

El inspector Monfort quiso jugarse una última baza utilizando un farol.

–Porque ambos coinciden en que fuiste tú el que mataste al vagabundo en el cajero de la plaza de la Farola.

Veinte minutos más tarde, un coche patrulla de la Guardia Civil de Benicarló trasladaba, a petición del inspector Bartolomé Monfort, a Andrés González hasta las dependencias de la Policía Nacional de Castellón, a fin de ser interrogado oficialmente.

Monfort tecleó un número en su móvil cuando el coche patrulla salía zumbando de la calle César Cataldo.

–¿Silvia?

–Dígame, inspector, ¿está ya en la comisaría?

–No exactamente, pero ahora vamos para allá.

–¿Vamos?

–Sí, vamos; a decir verdad, seguramente él llegará antes que yo.

–¿Puede dejarse de misterios, inspector Monfort?

–He detenido a Andrés González, el camello de Benicarló. Me he tirado un farol diciéndole que los primos rumanos lo acusan del crimen.

–¿Y qué ha dicho? –preguntó ansiosa la agente Redó.

–Se ha derrumbado.

20

En el despacho del comisario Romerales sonó el teléfono de la línea directa.

–Comisario Romerales al aparato... Sí, claro, claro, pásamelo... Hola, buenas tardes, señor ministro, usted dirá... Sí, sí, sí, claro, está claro, señor ministro, descuide, señor ministro... A sus órdenes, señor ministro, me hago cargo, señor ministro... Por supuesto, señ... Perdón... Sí, sí, desde luego que estamos en ello, no le quepa la menor duda... Sí, faltaría más, señor ministro, le mantendremos informado de todo lo que ocurra... Sí, sí..., sí..., estamos en el buen camino: hoy mismo hemos detenido a un sospechoso que creemos que nos puede llevar a resolver definitivamente el caso... Sí, sí, comprendo. Por supuesto que sí... Buenas tardes, señor ministro.

El comisario Romerales se dejó caer en el sillón del despacho y echó de golpe todo el aire que había retenido en los pulmones. Se pasó la mano por su pronunciada calva, levantó el auricular del teléfono y marcó un número.

–¡Llame al inspector Monfort y a la agente Redó! ¡Quiero verlos en mi despacho ahora mismo!

–¿Da su permiso, comisario? –preguntó Redó llamando primero a la puerta y asomando únicamente la cabeza después.

–¡Pasad! –gritó Romerales.

Redó entró seguida del inspector Monfort.

–¡Sentaos! –volvió a gritar el comisario.

–Yo me voy –dijo Monfort dándose la vuelta.

–¡No vas a ningún sitio, Monfort! –El hombre estaba fuera de sus casillas.

–A mí no me grites, Romerales, ya me han gritado bastante los cacos de este país. Ahora mismo me vuelvo a Barcelona y te las compones como puedas con el caso.

El comisario bajó la cabeza y por unos momentos pidió disculpas a Monfort con la mirada. La agente Redó se percató de ello y desvió la vista hacia otro lugar para que Romerales no se incomodara más de lo que ya estaba. Finalmente, el inspector tomó asiento. El comisario continuó algo más calmado:

–No tenemos nada, nada, nada. –Sujetaba una gruesa carpeta con todos los detalles del caso del asesinato en la plaza de la Farola.

–Hombre, tanto como nada, no diría yo... –argumentó despreocupadamente Monfort.

–¿Ah, no?, dime entonces qué demonios tenemos.

La agente Redó tomó la palabra tras una mirada de Monfort:

–Disculpe, comisario, pero a mi modo de ver tenemos bastante: tenemos en primer lugar a dos individuos de nacionalidad rumana que traficaban grandes cantidades de estupefacientes en la provincia de Castellón, ambos están detenidos y a la espera de ser enviados a Rumanía para ser juzgados allí, o que ese país nos deje hacerlo aquí. En segundo lugar –continuó la agente Redó poniéndose de pie–, tenemos a otro detenido, este de nacionalidad española, llamado Andrés González, supuestamente el cabecilla de esta red de narcotráfico a nivel regional, y no se descarta en absoluto que fuese él quien matase al anciano, presa de un ataque de rabia o creyendo que el viejo pudiera denunciarle. En tercer lugar, tenemos también a un trabajador del ayuntamiento que vio cosas extrañas esa madrugada cuando se disponía a realizar trabajos de riego en el parque Ribalta, aunque su declaración es un tanto engañosa, ya que su esposa, también rumana, está amenazada por su antiguo compañero, que vive en Rumanía. Luego, en cuarto lugar –prosiguió, esgrimiendo cuatro dedos de su mano derecha–, nos encontramos ante unas extrañas declaraciones hechas por la pareja que pasó por el cajero esa misma noche. El joven es el hijo de un rico empresario cerámico de la provincia, y ella es la hija de una familia humilde de pescadores del Grao. El problema es que ella nos cuenta asuntos muy graves de drogas, incluso de acoso sexual, mientras que la historia de él es la de un joven enamorado, recluido en el mundo de las discotecas, los coches de lujo y las drogas de diseño; todo ello fruto de una Visa repleta. Pero lo que más impacta de la declaración de ambos es que ella, la joven llamada Isabel, momentos antes de marcharse del cajero, al que vuelven por segunda vez en pocos minutos, entabla una conversación, digamos un tanto cachonda, con el camello de Benicarló; pero claro, ella omite este punto. Así es que, si me lo permite, comisario Romerales, eso de que no tenemos nada no es exactamente como usted lo pinta.

El inspector Monfort guiñó un ojo al comisario Romerales orgulloso de la exposición que había hecho su compañera.

El comisario estaba apesadumbrado.

–A pesar de todo esto –dijo poniéndose en pie y juntando sus manos como si fuera a rezar–, no podemos zanjar el caso. El Instituto Forense de Zaragoza no nos ha dado ninguna pista capaz de resolver el dilema de quién era el anciano, pero ¿de algún lugar habrá salido, no?

–De momento, comisario, veamos si fue el de Benicarló quien lo mandó al otro barrio. ¿Vamos? –dijo Monfort mirando a la agente Redó.

–Vamos, inspector. A ver qué nos cuenta.

–Hasta luego, Romerales, y cuidado con la úlcera.

El comisario Romerales les lanzó una mirada intimidatoria pero se abstuvo de decirles nada, pues había sido él mismo quien había decidido darles el caso, por la magnífica trayectoria en asuntos de crímenes que ambos poseían. Debía confiar en ellos un poco más; o hasta que al Ministerio del Interior se le acabara la paciencia.

21

Los agentes Terreros y García, de la Policía Nacional de Castellón, interrogaban a Andrés González en el cubículo número 2. Habían optado por no meterlo en el número 6 porque sabían que con aquel tipo se iban a pasar más horas de la cuenta.

La Guardia Civil de Benicarló llevó hasta las dependencias de la Policía Nacional de Castellón todo el material incautado en el piso de la calle César Cataldo: 1 kilogramo de hachís dividido en dos barras; 350 gramos de cocaína para ser cortada y convertida posteriormente en un kilo y pico; una bolsa con 200 pastillas de éxtasis, de las denominadas Mitsubishi, así como mil seiscientos euros en metálico y tres carnés falsos de nacionalidad española con fotografías de súbditos rumanos fichados todos por la Policía Nacional y la Guardia Civil.

Terreros y García eran dos policías con fama de duros. Terreros llegó a Castellón desde Burgos, donde trabajaba en estrecha colaboración con los grupos antiterroristas de la Ertzaintza. García era un perro viejo de Castellón, uno de los preferidos del comisario Romerales, un hombre de confianza.

Cuando el inspector Monfort echó un vistazo por el cristal redondo de la puerta del cuarto número 2, el agente Terreros le levantó el pulgar de la mano derecha en señal de que todo iba sobre ruedas. Monfort no quiso molestar su trabajo y salió a la calle a fumarse un cigarrillo. La agente Redó le acompañó.

–Mira, Silvia, no creo tampoco que Andrés matara al viejo.

–¿Ah, no? ¿Está seguro de lo que dice?

–Creo que sí. Es un poco idiota ese tío. Tendrías que haber visto lo fácil que fue entrar en su casa y detenerle... Y luego está todo ese arsenal de drogas que le han pillado en el piso. Ese tío es un canelo, un imbécil, te lo digo yo. Creo, además, que si lo hubiera matado él, no habría soportado la presión todos estos días, se hubiera venido abajo antes. Por cierto, ¿tienes hambre, agente? –preguntó aplastando con el pie la colilla del cigarrillo.

–En estos momentos pensaba matar el hambre con una bolsa de patatas fritas.

–Pues, si no te parece mal, te invito a un lugar en el que no sirven bolsas de patatas fritas, y en vez de matar el hambre lo asesinamos. Tengo el coche aparcado ahí detrás. –Monfort señaló con el dedo–. Terreros y García tienen para rato, seguro.

En apenas quince minutos aparcaban el Volvo junto a la puerta del restaurante Rafael, en el Grao. Olía a gambas a la plancha y a otros aromas gastronómico-celestiales.

22

–Hola, Andrés. ¿Qué tal te han tratado los compañeros Terreros y García? Bien, supongo, son buena gente. Mira, Andrés, te presento a la agente Redó. –Monfort se acercó al detenido y le dijo en voz baja, casi rozándole la oreja–: Dicen que tiene una mala castaña en los interrogatorios que no veas.

El inspector tendió la mano y saludó a los agentes Terreros y García, agradeciéndoles el trabajo que habían hecho. Terreros le alargó una libreta llena de anotaciones tomadas con buena letra a la agente Redó. Los dos agentes saludaron y salieron de la habitación acompañados por esta.

–Bueno, Andrés, nos han dejado solos un momento. Enseguida volverá mi compañera y no podremos hablar de hombre a hombre. Dime, ¿cuándo te dejó tu mujer?

La pregunta cayó como un jarro de agua fría en el interrogado.

–¿Qué coño sabe usted de mi mujer? ¿Quién le ha dicho nada?

–Tranquilo, amigo, lo digo porque, según cómo, entenderemos mejor lo que pasó esa noche..., no sé, digamos que quizá te dejó esa misma noche y tú fuiste a Castellón a llevarles la droga a los rumanos y..., pongamos por caso que estabas de muy mala leche y el viejo del cajero te dijo algo o te pidió alguna cosa y tú..., no sé, pongamos por caso que descargaste la ira que llevabas dentro con él.

–Pero ¿qué hostias dice? Yo no maté al viejo, llevo cuatro horas repitiéndolo.

–¿Y la joven con la que hablaste antes de entrar al cajero?

–¿Qué joven?

–La chica que iba en un BMW de color azul periquito con su novio, que estaba en el cajero.

–Ah, la gachí del Grao. Esa iba con un coleguita mío que trabajaba en un barco. Está buena, la tía.

–¿De qué hablabais?

–De nada.

–No me lo creo. –El inspector Monfort se sentó por primera vez delante del interrogado.

–Supongo que quería una rayita –dijo Andrés en tono socarrón.

–Pero su novio ya la había puesto hasta arriba.

–Esa, esa tiene fama de no tener nunca bastante, en todos los sentidos, ya me entiende...

–No, no te entiendo.

La conversación se interrumpió al entrar la agente Redó en el cuarto de interrogatorios. Bartolomé Monfort la miró, ella le hizo un gesto negativo con la cabeza e indicó con otro gesto que siguiera interrogándole como estaba haciendo antes de que ella entrara. Pulsó el botón REC de la vieja grabadora, dijo la hora y la fecha en voz baja junto al micrófono y se sentó en una silla que había al lado de la puerta. Cruzó las piernas y puso sobre uno de sus muslos la libreta que le había entregado el agente Terreros.

En vez de dirigirse de nuevo al interrogado, el inspector Monfort habló como si lo hiciera para el aparato grabador y para la agente Redó:

–Voy a contar lo que creo que ha sucedido: Andrés y su esposa, Dolores, traficaban con droga, especialmente cocaína, desde la ciudad de Benicarló. Desde allí controlaban a su antojo el negocio en Castellón de la Plana, pero su mercancía también era distribuida por otros camellos en lugares como Amposta o Tortosa, ambas ciudades de la provincia de Tarragona. Digamos que, actuando inteligentemente, dominaban el norte y el sur, desde un lugar, llamemos, neutral. Andrés y Dolores habían adquirido ya un estatus demasiado importante como para traficar ellos mismos por las calles de la ciudad de Castellón, así pues, ahí es donde entran en acción los dos primos rumanos. Ellos se encargan de vender la droga en la ciudad, y es Andrés el que asume el riesgo de transportarla hasta Castellón para canjearla por dinero fresco. Supongo que algo parecido a esto ocurre en las ciudades vecinas de Amposta y Tortosa. La Guardia Civil ya está tras la pista de otros cuatro súbditos rumanos que trafican por esa zona, y que parecen conocer bien a Andrés y a Dolores. Por cierto, debemos darle las gracias a tu amigo Charly del pub Shock por tanta información gratuita. –El inspector dio una palmada en el hombro de un boquiabierto Andrés–. ¡Qué lástima que seas tan chulo, y que te puedan las mujeres y los coches de lujo, la fiesta, el sexo barato y la propia droga que vendes! Digo lástima porque si no fueras tan machito no hubieras hablado esa noche con Isabel Soto en la puerta del cajero, y nosotros no hubiéramos atado cabos entre ella y tú. Isabel Soto te había hecho algún que otro numerito sexual a cambio de unas rayas, y tú accediste encantado, con el único interés de follarte a la novia de un colega del Grao, según me has dicho hace solo un momento.

La agente Redó hacía ver que tomaba notas, a sabiendas de que aquello todavía ponía más nervioso al interrogado, pero por dentro le estaba entrando la risa.

–Como Isabel y tú habíais hecho buenas migas, a base de engañar a Dolores en tórridas tardes de sexo y farlopa, ella te presentó a Fernando Malpás, un niñato con pasta y con facilidad para engancharse a la coca cara y mala que vendéis tú y tu mujer. Pero hay más, Andrés, hay mucho más. –El inspector encendió un cigarrillo saltándose la norma del prohibido fumar en la comisaría y siguió hablando seguro y sin dejar de caminar por el cuarto de interrogatorios–. No tuviste bastante con un par de polvos en algún hotelucho del Grao con la novia de tu amigo pescador. Un día la llevaste al piso de la calle César Cataldo, con el fin de impresionarla con tu superpantalla de cine en la que le pusiste películas porno mientras ella esnifaba rayas de coca sin parar y tu pene se volvía majareta del todo con aquella niña. Pero no calculaste bien la hora y llegó Dolores y os sorprendió sin ropa y con tu miembro demasiado tieso. Dolores, tu esposa, el verdadero cerebro de «la empresa», echó a patadas a Isabel del piso y, en vez de echarte a patadas a ti también, se largó ella y te obligó a seguir traficando con «su cocaína» bajo la amenaza de denunciarte a la Guardia Civil de Benicarló. Y eso hiciste, seguir trabajando para ella, vender su coca, con la salvedad de meterte más de la que vendes, o sea, haciéndolo fatal para que te pillen enseguida, que es lo que hemos hecho.

»Sabemos que Dolores, tu esposa, es la mujer que vende droga en una casita baja en un lugar indeterminado entre Almassora y Castellón, pero es solo cuestión de horas saber exactamente en qué lugar se encuentra.

El interrogado estaba cabizbajo, toda su chulería se desparramaba por los suelos. Monfort indicó con la cabeza a la agente Redó que detuviese la grabadora.

–Nosotros hemos acabado ya, Andrés. Los agentes del Departamento de Estupefacientes seguirán tu caso.

Antes de marcharse, el inspector se acercó hasta Andrés González. Puso su mano en el hombro del detenido y pronunció unas palabras:

–Al menos ahora sé que no mataste al mendigo de la plaza de la Farola.

23

La Policía Nacional de Castellón efectuó una espectacular redada en el barrio del Barranquet, en Almassora. Detuvieron a varias personas de raza gitana, también hicieron lo propio con dos súbditos rumanos y otros dos búlgaros. Finalmente, una mujer menuda y morena, de aspecto sudamericano, fue igualmente esposada y conducida hasta el furgón policial: era Dolores, la mujer colombiana, la esposa de Andrés González.

En su casa apenas había droga. Tan solo cuatro o cinco papelinas de un gramo que contenían una mercancía de buena pureza. Mejor que la que se acostumbraba vender por esos lares. Dolores se había mudado hacía muy poco tiempo al Barranquet. Por las prisas, y por no encontrar un piso que se le acomodara al precio y al lugar, aceptó un pequeño alquiler en una casita baja del conflictivo barrio. Más tarde dijo que desde que entró en aquella casa supo que todo iría mal. Su marido la había engañado con una joven del Grao y su adicción a la cocaína había acabado por arruinarles el negocio en la ciudad de Benicarló: Andrés consumía cada día más y ya empezaba a llamar demasiado la atención con su deportivo rojo y sus excesos de sexo y drogas. Dolores, que se caracterizó durante años por su extrema discreción, creyó que su marido la haría acabar en la cárcel. Su ego de macho le hizo tomar la decisión antes de lo esperado, la tarde que se lo encontró en su propio piso, fornicando con aquella niñata que podría ser su hija. Dolores rompió con su marido pero no con el negocio. Le obligó, con aires vengativos, a que continuara distribuyendo la droga. Andrés, pese a sus escarceos sexuales, seguía enamorado de su mujer e intentó hacer todo lo posible para que ella volviera, aunque lo único que consiguió fue meter la pata todavía más, ya que en sus arranques de celos protagonizaba llamativas escenitas frente a la nueva casa de Dolores cada vez que iba hasta allí para recoger la mercancía que debía repartir entre los camellos que trabajaban para ellos. Andrés se convirtió en un problema serio, en una presa fácil para la Policía, y ahí es donde se equivocó la hasta ahora calculadora Dolores: las tonterías de Andrés iban a atraer a las fuerzas del Estado, pero con él caería también su mujer. Se le pasó por alto que tras Andrés irían todos: ella misma, los primos rumanos y el hijo del azulejero Malpás y su jovencita novia; aunque de la detención de esta última se alegró mucho.

De la declaración que hizo en el cuarto de interrogatorios número 3 no se sacó mucho en claro, solo que había venido de Colombia y se había instalado en un piso de la calle César Cataldo, compartido con otro de los detenidos por el caso del asesinato de la plaza de la Farola. En la nueva casa de Dolores apenas si se incautó droga suficiente como para que le cayera una buena condena. Dolores era muy lista, y la mercancía permanecía en su domicilio unas horas escasas, las justas para que los camellos fueran a recogerla inmediatamente para su posterior tráfico. Tampoco se halló material para el corte de la droga, ni documentaciones falsas, y tan solo unos doscientos euros en metálico. Además la casa estaba limpia y en perfecto estado de revista: había libros en las estanterías, comida en la nevera..., nada hacía sospechar que allí vivía una importante traficante de cocaína. Para ganarse a la subinspectora Forcada y al agente Corral, los policías que la interrogaban, Dolores dio suculentos nombres y direcciones de otros traficantes de Vila-real, La Vall d'Uixó y Valencia que supuestamente le debían dinero.

Según explicó la subinspectora Forcada, lo que más repitió en el interrogatorio, que duró más de diez horas, fue que todo lo hacía por su madre. Relató que, tres años después de establecerse en Benicarló y una vez que tuvo dinero suficiente, voló a Colombia a buscar a su anciana madre. Nadie supo cómo consiguió traerla hasta Castellón y más tarde ingresarla en un geriátrico situado en el Desierto de Las Palmas, cerca del monasterio, en uno de los lugares más emblemáticos y silenciosos de la provincia. Nadie supo cómo consiguió que la aceptaran en la residencia sin hacer preguntas, aunque en aquella época el negocio de la coca daba para eso y para mucho más: tapar bocas y abrir puertas era solo cuestión de dinero.

Dolores se empeñó en convencer a la subinspectora Forcada y al agente Corral de que todo lo había hecho por su mamá, a la que quería con devoción exagerada. Le ingresaba grandes cantidades de dinero y la cuenta de la madre se iba abultando con el paso del tiempo de forma desmedida. La mantenía recluida en aquel remanso de paz para ancianos, ajena a su forma real de vida; le contaba que trabajaba de comercial en una empresa muy importante de la provincia y que, desgraciadamente, sus viajes, casi a diario, no le permitían poder cuidar de ella tal y como hubiese deseado. La colmaba de promesas, diciéndole que aquello sería temporal, y que muy pronto la trasladarían a unas oficinas de la ciudad de Castellón y así dejaría de viajar tan a menudo y podría hacerse cargo de ella. Luego, Dolores, en el aparcamiento del geriátrico, lloraba desconsolada sus mentiras agónicas, y volvía a delinquir sin piedad, traficando con aquel marido que se había agenciado con el único fin de conseguir la nacionalidad española.

Al final de la declaración, Dolores pidió, por favor, que alguien de la Policía fuese a hablar con la directora de la residencia, para que se encargara, costase lo que costase, de que su madre jamás supiera la razón por la que estaría ausente una larga temporada sin poder acudir a sus visitas semanales.

La subinspectora Forcada no se lo pensó dos veces y quiso hablar de inmediato con el responsable del caso del asesinato de la plaza de la Farola: el inspector Bartolomé Monfort.

24

Bartolomé Monfort sabía que la mejor manera de esclarecer un crimen era conociendo a fondo a la víctima. Saber todo lo posible sobre el asesinado, hurgar en su pasado, conocer a sus amigos y familiares, caminar por donde caminaba, pisar el suelo que pisaba, respirar los ambientes que frecuentaba, charlar con las personas con las que él lo hacía... Justo lo que no tenían. No sabían nada acerca del mendigo de la plaza de la Farola y, por lo tanto, en ningún lugar podían buscar. Las huellas del viejo no habían arrojado ninguna esperanza. La pruebas de ADN, tampoco. Sus bolsillos, extrañamente vacíos, no dejaban rastro alguno de identidad ni domicilio, ni familiares, ni amigos, ni procedencia... Ni siquiera sabían si era extranjero o del país. Los trabajadores de la oficina del banco no le habían oído pronunciar una sola palabra en los días que pernoctó en el interior del cajero. Aunque... ¡Los bolsillos vacíos! ¡Los bolsillos vacíos! Aquello se le había escapado al inspector Monfort. Nadie tiene los bolsillos vacíos completamente, nadie.

–Tenía los bolsillos vacíos, Silvia.

–¿Tenía qué?

–Los bolsillos vacíos. Nadie tiene los bolsillos completamente vacíos.

–¿Sabe la hora que es, inspector? –Al otro lado del auricular, la agente Redó miró la hora en el móvil.

–Sí, son las tres de la madrugada... Nadie tiene los bolsillos completamente vacíos... A no ser que alguien se los vaciara con la idea de ocultar una identidad.

–¿Está en su hotel, inspector?

–Sí.

–¿Quiere que me levante y vaya hasta ahí para que hablemos de esto?

–No sería bueno para ninguno de los dos. Seguiremos hablando mañana. Siento haberte molestado, Silvia. No lo he podido remediar, he marcado tu número instintivamente. Buenas noches, hasta mañana y... lo siento otra vez.

El inspector Monfort cerró la tapa de su teléfono móvil y lo apretó fuerte dentro de la mano. La agente Redó se frotó los ojos y miró la pantalla de su aparato: el nombre del inspector Monfort aún siguió encendido, parpadeando, por un par de segundos. «No sería bueno para ninguno de los dos», dijo Silvia en voz alta, levantándose de la cama de la habitación de su hotel.

Castellón había amanecido con frío y niebla. Las calles estaban húmedas del rocío nocturno. Poco tráfico. El asfalto olía a mojado y el cielo parecía compactado, de color gris plomizo; triste y apesadumbrado caía sobre las cabezas de los escasos viandantes.

–¿Desayunamos? –preguntó la agente Redó a un Monfort visiblemente avergonzado por la llamada a deshoras de la noche anterior.

–Ninguno de ellos mató al viejo, ninguno. –El inspector había dormido poco, su rostro así lo demostraba–. Ni los rumanos, ni Andrés, ni la niña del Grao, ni el hijo del azulejero, ninguno de ellos mató al viejo.

–¿Qué va a ser? –preguntó un camarero con voz aguda.

–Dos cafés con leche; uno muy cargado de café, el otro normal, y un par de tostadas con mantequilla y mermelada –dijo de carrerilla Silvia Redó.

–Enseguida –contestó el camarero dejando sobre la mesa un ejemplar de *El Periódico Mediterráneo.*

–¿Cómo puede estar tan seguro de que ninguno de ellos lo hizo? –preguntó la agente leyendo por encima los titulares.

–No tenían por qué, no tenían ningún motivo. No les hacía ninguna falta matar al viejo.

Llegaron las tostadas y los cafés con leche y ambos se dedicaron a untar el pan y remover los terrones de azúcar sin decir una palabra. Silvia dio un trago largo de su café y su rostro disparó destellos de placer. Secó sus labios rojos con una servilleta de papel y lanzó una pregunta certera.

–Dígame, inspector: ¿quién mató al anciano? ¿Qué teoría tiene usted sobre este miserable crimen? ¿Qué debemos hacer?

Monfort encendió un cigarrillo cuando apenas llevaba media tostada comida. Dio una fuerte calada y retuvo el humo en su interior más tiempo del necesario, como si aquello fuera vital para sus pulmones.

–Te lo digo otra vez, ellos no lo mataron. Ninguno de ellos sería capaz de matar a un viejo indefenso a menos que este los importunara en sus prácticas delictivas, y te puedo asegurar que el mendigo que nos ocupa no los molestó en absoluto. Creo, Silvia, que ese viejo esconde algo importante. Creo, y estoy bastante seguro de ello, que el mendigo no era tan mendigo como su aspecto daba a entender. Recuerda los exámenes de los forenses: sus manos estaban bien cuidadas, sin durezas, sus uñas apenas estaban sucias de unos pocos días y no tenía ojeras profundas fruto de la mala vida. Su piel seguía teniendo un PH adecuado a una persona de su edad. El nivel de alcohol en su cuerpo era bajísimo y sus pies estaban mejor que los míos. Creo, Silvia, que aquí hay algo más importante que lo que estamos queriendo ver en esos traficantes de poca monta.

–¿Debemos hablar con el comisario Romerales? –preguntó la agente Redó con la taza en la mano.

–Debemos –contestó el inspector Monfort, y pensó en la cara que pondría el comisario.

25

–¡Has visto muchas películas, Bartolomé! –El comisario Romerales había escuchado toda la historia de boca del inspector Monfort en su despacho maloliente.

–No son películas, Romerales, es lo que hay, y tarde o temprano te convencerás de ello. No obstante –continuó mientras miraba a la agente Redó–, si quieres que abandonemos el caso, lo dices y punto. Ella vuelve a Valencia y yo a Barcelona. Te apañas con el alcalde de Castellón y luego con el ministro del Interior, pero nosotros dejamos de investigar la vida y obra de esos traficantes absurdos. Para detener camellos ya tienes personal de sobra en esta... comisaría.

–¡Y una mierda! –El comisario Romerales dio un golpe con la palma de la mano en la mesa y la agente Redó se contuvo de pestañear para no dar muestras de debilidad. Monfort sonrió.

–Entonces ¿seguimos?

–¡Eres un cab...! –gritó el comisario Romerales, pero el inspector Monfort no le dejó acabar la frase.

–La agente Redó te hará una lista con lo que necesitamos a partir de ahora para seguir trabajando, y no hablo solo de dinero, no te hagas ilusiones.

–¿Y qué hago con los traficantes? –preguntó ahora más calmado el jefe de la Policía Nacional de Castellón.

–A mí me da igual. Tú te puedes anotar un buen tanto, ya te lo dije hace unos días. Pero, si me lo permites, como última cuestión con los camelletes, me gustaría visitar a la madre de Dolores, la mujer colombiana, en ese asilo del Desierto de Las Palmas.

El inspector Monfort y la agente Redó ya salían por la puerta cuando pronunció las últimas palabras.

–Dígame, inspector Monfort, ¿por qué quiere visitar a la madre de Dolores? –preguntó la agente Redó sacando un café de la máquina.

–Entre otras cosas, porque, desde que llegamos aquí, aún no hemos hablado con ningún anciano vivo –contestó el inspector, y rechazó el café que Silvia le ofrecía.

26

Bartolomé Monfort conocía el paraje natural del Desierto de Las Palmas porque sus padres le llevaron de visita al monasterio varias veces cuando era un chaval. Se le quedaron grabadas cosas bien curiosas, como el silencio, encantadoramente roto por el trino de los pajarillos; las piedras de colores rojizos, a veces encarnados; el cielo azul, tan azul, tan azul, que parecía casi irreal, como si un niño lo hubiera pintado con rotulador. Desde la cumbre del monte Bartolo la vista era impresionante. Con sus apenas ochocientos metros, la cima del Bartolo estaba casi siempre coronada por esponjosas brumas que le daban a la montaña un aspecto de pico escarpado y muchísimo más alto de su altitud real.

Recordaba también, de aquellas excursiones familiares, la visión del mar Mediterráneo, tan majestuoso y a la vez tan cercano. Las agujas de Santa Águeda, la montaña encarnada cuya silueta se asemeja a un gigantesco dinosaurio recostado. A lo lejos, los peñascos que en los días más claros sobresalen del agua fantasmagóricamente y que dan nombre a ese conjunto de islotes llamados Islas Columbretes. Hacia la izquierda, la población de Benicàssim y las pequeñas calas que se sucedían a orillas del mar, cuajadas de resistentes pinos y que llegaban hasta la vecina Oropesa. A la derecha se veía la ciudad de Castellón, separada del mar apenas cinco kilómetros por un sinfín de naranjos, con el Grao en primera línea de costa y las chimeneas de la refinería, altas como soldados en posición de firmes lanzando bocanadas de humo. Y, más lejos, las ciudades de Almassora, Burriana y su famoso puerto pesquero, y así hasta Sagunto y las ruinas de su castillo en lo alto de la montaña. Hacia el otro lado del monte Bartolo, la vista se perdía más allá de las cordilleras que le dan a Castellón el privilegio de ser la segunda provincia más montañosa del país. La sierra de Espadán, la sierra de Engarcerán, el macizo del Penyagolosa al fondo, poderoso, pensativo, altivo... como un gigante de piedra que todo lo ve. El inspector Monfort pensó entonces en el despacho de Malpás, el padre de Fernando, y pensó también de qué manera se malean los chavales y pueden llegar a echarlo todo a perder por cuatro devaneos con la cocaína. Bajó la vista y vio, igual que viera en aquellos días, en un pequeño y frondoso valle, el caserío de La Pobla Tornesa, con el campanario de la iglesia de Sant Miquel, de la que contaban que el párroco, un tipo campechano al que todos los habitantes llamaban simplemente por su nombre, había aceptado que se pintara en la iglesia un mural poco acorde con el antiguo estilo eclesiástico.

Embobado en las alturas, rodeado de viento fresco, vistas de pájaro y del enmarañado enjambre de antenas del repetidor de televisión instalado en el monte Bartolo, Monfort creyó que en aquel lugar podría morir tan a gusto cuando le llegara la hora. Pero la hora no había llegado todavía y tampoco tenía tiempo para ello. De repente sonó el móvil y no pudo evitar dar un respingo.

–Dicen que a las dos podemos ver a la madre de Dolores, faltan diez minutos. ¿Dónde se ha metido, inspector?

–Estoy en el cielo, Silvia, créeme, en el cielo, tendrías que verlo.

–Pues según el enfermero con el que he hablado, la madre de Dolores es tan anciana que si tardamos mucho tendremos que visitarla ahí precisamente, en el cielo.

–Voy enseguida.

Monfort bajó a grandes zancadas la distancia entre la cumbre y donde tenía aparcado el Volvo, junto a la enorme cruz de cemento de la cima del monte Bartolo.

Bajó despacio por la estrechísima carreterilla cortada a la circulación rodada, salvo para los trabajadores de los repetidores y los forestales, hasta llegar al recogido monasterio. Monfort se fijó en que los naranjos del patio de los monjes estaban cuajados de frutos, listos para su recolección.

Tres minutos más tarde se hallaba en la puerta de la residencia de ancianos, donde la agente Silvia Redó lo esperaba un tanto inquieta y desorientada por su repentina desaparición.

–No me he perdido, si es eso lo que estás pensando –dijo volviéndose hacia el monte Bartolo para verlo una vez más–. Tienes que subir, vale la pena –argumentó señalando la enorme cruz de la cima.

Una monja los acompañó por un pasillo oscuro y fresco hasta una soleada sala de visitas en la que una terraza invitaba, en días de temperatura más benigna, a esperar al sol del mediodía. En un revistero se mezclaban publicaciones religiosas con libros de poemas encuadernados en rústica. Una fina melodía de piano llegó hasta los oídos del inspector y la agente.

–¿Esa música sale de un aparato o es alguien que toca el piano así de bien? –preguntó Silvia.

El inspector Monfort se encogió de hombros como toda respuesta.

–Es la hermana Visitación, nuestra directora –dijo una monja menuda que olía a limpio y que acababa de entrar en la pequeña sala–. Toca magníficamente el piano. Precisamente venía a decirles que ella es la tutora de la madre de Dolores Gaviria, la señora Matilde, la mujer que ustedes han venido a ver. La hermana Visitación me ha pedido, por favor, que antes de hablar con la señora Matilde le gustaría cambiar impresiones con ustedes..., ya sabe, informarles del estado de la interna, explicarles de qué modo deben dirigirse a ella sin que desconfíe de ustedes y se cierre por completo en su habitual mutismo.

–¿Habitual mutismo? –preguntó extrañada la agente Redó, cerrando una revista religiosa.

–Sí, la señora Matilde está gravemente enferma. Tiene Alzheimer. Esa terrible enfermedad. A veces está completamente lúcida y otras... no conoce a nadie de esta casa, ni a su hija siquiera.

–¿Sabe usted en qué banco se ingresa el dinero que le da su hija? –preguntó el inspector Monfort a bocajarro.

–¿Perdón? –La monja pareció asustarse del tono masculino del inspector.

–Buenas tardes, señores. Puedes retirarte, hermana María.

–Lo que usted diga, hermana Visitación.

La monja salió deprisa, como si tuviera algo muy importante que hacer.

–Soy la hermana Visitación, la directora del centro y la tutora de la señora Matilde, la madre de Dolores.

–Ella es la agente Silvia Redó y yo soy el inspector Bartolomé Monfort, de la Policía Nacional de Castellón –hizo cortésmente las presentaciones el inspector, enseñándole su placa identificativa.

La religiosa tomó asiento en una silla frente a los dos policías y empezó a hablar:

–Sé lo que le ocurre a Dolores, conozco su equivocada forma de vida. Me lo contó ayer por teléfono desde la comisaría de Castellón.

–Pero usted ya lo sabía, ¿verdad? –dijo Monfort.

–Sabía que algo no era del todo normal.

–Pero aun así aceptó el ingreso de su madre en la residencia.

–En su momento no sospechamos nada.

–Pero luego sí sospecharon y siguieron aceptando dinero sucio procedente de las malas artes de la hija de la señora Matilde. –El inspector volvió a llenar la pequeña sala con su áspera voz.

–No seguiré hablando con ustedes en estos términos, lo siento mucho –dijo la monja visiblemente enfadada, haciendo ademán de ponerse de pie.

–Perdone, hermana –se disculpó en tono dulce la agente Redó, y dirigió una mirada de reproche a Monfort–. Estamos muy cansados. Llevamos muchos días trabajando en el caso del asesinato del mendigo en la plaza de la Farola, y digamos que no estamos teniendo demasiada suerte.

–Que el Señor se apiade de su alma. –La hermana Visitación juntó las manos y cerró los ojos, como si rogara al cielo.

–Solo queremos saber si están ustedes al tanto del dinero que Dolores le ingresaba a su madre en una cuenta. Pueden ser grandes sumas de dinero, dinero procedente del narcotráfico –continuó la agente Redó acercando un poco su silla a la de la religiosa.

–Sabíamos que Dolores se dedicaba a algo un tanto extraño, pero no hicimos preguntas. Pensábamos, sinceramente, que el dinero que le ingresaba podía provenir de la prostitución, jamás pensamos que fuera del narcotráfico.

–¿Pagaba puntualmente los recibos de la estancia de su madre?

–Los pagaba días antes de que venciera el mes y... me está mal decirlo, pero siempre acompañaba sus ingresos con una cantidad dedicada a donaciones para nuestra orden.

–¿Eran muy cuantiosas esas donaciones?

–No contestaré a esa pregunta.

–Perdone, hermana.

–No se preocupe, pero... entiéndanos.

–De acuerdo. ¿Ha observado algo en la madre o en la hija que sea digno de mención?

–Son unas bellísimas personas. Matilde sufre de Alzheimer y ya no rige bien. Habla cosas sin sentido, frases inconexas, pero nada de lo que se pueda extrañar nadie.

–¿Y su hija Dolores?

–Yo la veía llorar cada vez que se iba. Una vez le dije: «Hija, tú no lloras solo porque tu madre esté enferma o esté aquí con nosotros; dime, ¿por qué lloras?». Y ella me contestó: «Porque me he equivocado, hermana, me he equivocado». Fue la última vez que la vi. Dejen en paz a su madre, dejen que su enfermedad acabe con ella cuando el Santísimo así lo crea conveniente. No turben su vida entre los vivos, que poco camino le queda ya.

–¿Para quién será su herencia cuando muera? ¿Todo será para su hija Dolores, o habrá una parte también para ustedes? –preguntó el inspector Monfort, a sabiendas de que se la jugaba.

–Debo regresar a las clases de piano, me esperan mis alumnas. Discúlpenme, que Dios los bendiga. –La hermana Visitación se puso en pie y desapareció por la puerta sin decir nada más.

Al salir al jardín que rodeaba el asilo, vieron a una pareja de ancianos que caminaban ayudados por sendos andadores. El hombre los saludó con la mano cortésmente, ella les lanzó besitos. Silvia devolvió cariñosa los saludos a la pareja de ancianos; el inspector Monfort no supo qué hacer.

Dentro del coche, Monfort miró de reojo la cima del monte Bartolo.

–Silvia, tienes que subir allí arriba –le dijo girando la llave de contacto para que el automóvil se pusiera en marcha.

27

El caso del asesinato de la plaza de la Farola se había estancado. Había llegado a un punto muerto, nunca mejor dicho. No había pistas, y si no aparecían pistas, poco caso quedaba. El comisario Romerales se escondía de los eventos a los que lo invitaban desde el Ayuntamiento de Castellón o la Diputación Provincial o la Generalitat Valenciana. El ministro del Interior lo llamó en un par de ocasiones y el comisario se las compuso como pudo, a base de medias verdades y aplazamientos, para salir airoso del mal trago. Los periodistas hacían cola en la sala de espera pero Romerales no los atendía, dándoles excusas varias sobre el asunto: que si estamos en ello, que si ya casi tenemos la pista que nos llevará a desvelar la identidad del mendigo, que si ahora hemos encontrado otras huellas que antes no vimos...

La verdad era que el comisario Romerales estaba que echaba humo.

—¡Averíguame dónde demonios se ha metido Monfort! ¡Hace dos días que no lo veo y que no responde a mis llamadas!

Los gritos que profería eran para la agente Redó. Pero ella tampoco sabía nada del inspector, los últimos dos días se había recluido en su diminuto despacho, cuyas paredes estaban forradas con fotos del mendigo asesinado, del cajero y de la plaza de la Farola.

–¿Se puede saber qué habéis hecho estos dos días? –preguntó el comisario a grito pelado en el pasillo.

–He hablado de nuevo con los trabajadores de la oficina del banco, con los vecinos de la plaza, con los comerciantes, con la Policía Municipal...

–¿Y qué? ¿Y qué? ¿Y qué?... Déjame que te lo diga yo, agente Redó... ¡Nada de nada, no tenéis nada, ni una sola pista!

Silvia bajó la vista.

–¡Busca al inspector Monfort! ¡Búscalo en algún bar! ¡Seguro que anda detrás de alguna botella! –El comisario Romerales se fue por el pasillo dando manotazos al aire con sus cortos brazos.

La agente Redó entró de nuevo en su despacho y llamó, una vez más, al móvil del inspector. Nada, saltaba el buzón de voz antes de que sonara ningún pitido, señal de que estaba desconectado.

Telefoneó al hotel Mindoro.

–Con la habitación de Bartolomé Monfort, por favor.

–No le puedo pasar. –Era la voz dulce y aterciopelada de una chica joven.

–¿Cómo que no me puede pasar?

–No, no puedo.

–¿No puede o no quiere?

–No, no puedo, créame.

–Soy policía, mi nombre es Silvia Redó.

–El inspector Monfort también es policía.

–¿Y qué quiere decir con eso?

–Oiga, yo no quiero líos; el inspector Monfort me dijo que no le pasáramos ninguna llamada, bajo ningún concepto.

–Pero es una urgencia desde la comisaría de Policía de Castellón.

–Aun así.

–¿A usted le cae bien el inspector Monfort, verdad? –preguntó la agente bajando la voz.

–Sí, es muy amable conmigo, es todo un caballero. ¿A usted no se lo parece?

Silvia Redó colgó de golpe el teléfono y se puso colorada como un tomate; no supo muy bien el porqué de aquella reacción, pero estaba visiblemente enfadada.

Llamó a la centralita y pidió un coche. Dos minutos más tarde sonó el teléfono.

–Su coche.

–Voy enseguida. Por cierto, no recuerdo exactamente el número de habitación del inspector Monfort en el hotel Mindoro –mintió la agente–. He de llevarle unas notas... Si fuera tan amable de decirme en qué habitación se aloja...

–Un momento... Sí, aquí está, la 420.

–Muchas gracias.

Agazapada entre dos enormes maceteros que flanqueaban la entrada del hotel Mindoro, la agente Redó observaba los movimientos de la joven y atractiva chica de recepción. Iba y venía pero siempre por dentro del mostrador. Tecleaba en el ordenador, imprimía, contestaba las llamadas... La agente Redó tuvo una idea. Llamó al hotel con su teléfono móvil.

–Hotel Mindoro, ¿en qué puedo ayudarle?

–Hola, buenos días, ¿me puede decir si en el bar tienen azúcar moreno?

–¿Azúcar moreno? ¿Está usted en una de las habitaciones? ¿Por qué no me llama por la línea interna?

–Huy, sí, qué tonta soy..., está una tan enganchada a los móviles...

–Ja, ja, ja, voy enseguida a mirarlo, no cuelgue.

La joven recepcionista había mordido el anzuelo; cruzó el vestíbulo del hotel, contoneando sus pronunciadas caderas y dejando una melodía sensual con sus finos tacones de aguja, camino de la desierta cafetería.

La agente Silvia Redó aprovechó justo el momento en el que la joven desapareció, entró como una exhalación en el vestíbulo y enfiló hacia las escaleras sin ser vista. Subió rápidamente hasta el primer rellano y aguardó allí un instante.

La atractiva recepcionista volvió taconeando a su puesto y se puso el auricular en la oreja.

–¿Oiga? ¿Oiga? Vaya, se habrá cortado, qué raro –musitó para sí misma, y siguió con la tarea que estaba haciendo.

Silvia sonrió y empezó a subir las escaleras hasta llegar a la cuarta planta. Tardó un poco en dar con la habitación 420. Cuando estuvo delante de ella, puso la oreja en la puerta por si se oía algo. Se mantuvo así un par de minutos, pero no se oía nada de nada. Llamó con los nudillos un par de veces. No contestaba nadie. Volvió a llamar un poco más fuerte. Nada. Insistió un par de veces más hasta que se hartó y sacó una tarjeta bancaria. En quince segundos tuvo la puerta abierta. Olía a cerrado y las cortinas estaban echadas, apenas se veía. La televisión estaba encendida, pero mal sintonizada y sin volumen. La poca iluminación que proporcionaba el televisor fue suficiente para ver el minibar abierto de par en par y las botellas de alcohol en miniatura completamente vacías y tiradas por el suelo. La agente Redó dio dos pasos en dirección a las ventanas con intención de descorrer las cortinas para que entrara la luz del exterior.

–¡No se mueva! –La voz venía acompañada de un objeto que apretaba el costado de la agente: una pistola.

–¿Inspector Monfort? Soy Silvia.

Monfort retiró el arma del costado de la agente y encendió las luces de la habitación.

–¿Qué haces aquí?

–¡Cómo que qué hago aquí! No contesta a mis llamadas, ni a las del comisario Romerales. Le he llamado cien veces al móvil y lo tiene desconectado y la... la jovencita de la recepción del hotel me da largas para todo. He tenido que recurrir a una artimaña del TBO para poder entrar sin ser vista. Parece que se llevan muy bien...

–¿Es guapa, eh? ¿Estás celosa?

–No diga tonterías –contestó azorada la agente, pero el inspector se dio cuenta del color rosado que habían adquirido sus mejillas. Ella quiso enseguida cambiar de tema y recogió del suelo una botella vacía de ginebra.

»Veo que no pierde el tiempo –dijo mirando la botella.

–Yo creo que sí lo estoy perdiendo.

El inspector Monfort ofrecía mal aspecto, sucio y con la barba más larga de lo acostumbrado. Tenía ojeras, las uñas ennegrecidas y los labios agrietados. Encendió un cigarrillo.

–¿Por qué no se da una ducha, inspector?

–Uy, uy, uy..., que esto me huele a bacanal –dijo con sorna Monfort echando la ceniza en un cenicero atestado de colillas.

–Ya le gustaría a usted, pero creo que ahora lo que necesita es una buena ducha caliente y un poco de comida normal. –La agente Redó miraba dos bolsas de patatas fritas vacías tiradas por el suelo.

–Ponte cómoda –invitó el inspector a la agente mientras abría las dos ventanas de par en par para que se marchara de allí aquel olor a hombre cansado y sudoroso–. Te haré caso y me meteré en la ducha un rato. –Alzó las manos y de espaldas a la agente dijo–: Solo, me meteré yo solo, no te preocupes, soy un viejo derrotado y con poco o ningún encanto para las muchachas jóvenes.

Silvia Redó oyó abrir el grifo de la ducha. Se puso a limpiar un poco la desordenada habitación. Recogió las botellas vacías y los envases de chocolatinas y patatas fritas que campaban por el parqué. Vació los repletos ceniceros, sacudió levemente las sábanas y la manta de la cama y la dejó casi arreglada. Dobló la camisa del inspector y unos pantalones que estaban hechos un ovillo debajo de la cama. Una fotografía arrugada yacía en el suelo junto a los pantalones. Era la foto de una mujer joven, espectacularmente bella; parecía que tenía los cabellos de oro; sus ojos eran preciosos y lanzaban llamaradas de expresividad. Silvia Redó se quedó un minuto mirando aquella fotografía, hasta que la intentó planchar con las manos y la dejó en la mesita de noche, junto al reloj y la cartera del inspector.

El agua de la ducha dejó de caer y la habitación volvió a quedarse en silencio.

–La debe usted echar mucho de menos, ¿verdad?

El inspector abrió la puerta del baño y apareció vestido con un albornoz blanco y con el rostro cubierto de lágrimas.

–Más que a mi vida, créeme. No sé cómo puedo seguir viviendo sin ella. –Ocultó su rostro con las dos manos.

Silvia abrazó al inspector y ambos lloraron amargamente, muy abrazados, muy juntos, sintiendo sus cuerpos palpitar bajo la ropa y sus mejillas intercambiarse el sabor salado de las lágrimas.

El sonido de una llamada en el móvil de la agente interrumpió aquel momento.

–Contesta –dijo Bartolomé recobrando la compostura.

–Agente Redó al habla, ¿dígame?

Tras hablar unos segundos con el interlocutor, Silvia cerró la tapa de su teléfono. El inspector se vestía en el cuarto de baño.

–¿Quién era? –dijo desde detrás de la puerta.

–De la comisaría.

–¿Están realmente preocupados por mí? Sí que soy importante –soltó Monfort en tono jocoso.

–Ha llegado una carta de la residencia de ancianos del Desierto de Las Palmas. La envía la hermana Visitación. Es para usted.

28

Estimado Sr. D. Bartolomé Monfort:

No es muy habitual que las feligresas de nuestra orden mantengan correspondencia con la Policía, supongo que usted me comprenderá. Pero sus ojos arrojan tristeza y soledad, y ello me conmueve. Piense que Dios siempre nos ve, siempre está con nosotros, no nos abandona jamás y podemos pedirle consejo en todo momento. Si alguna vez necesita hablar con alguien, hágalo con Él, no le defraudará, se lo aseguro.

El motivo de esta carta se debe a que me gustaría que supiera que rezo todas las noches para que el pobre mendigo que asesinaron vilmente en la plaza de la Farola descanse en paz; y que cuando ustedes se marcharon recordé un detalle que quizá les pueda ser de utilidad: en un comedor para indigentes que se halla cerca del estadio Castalia al que vamos a prestar ayuda siempre que nos la solicitan, una anciana nos dijo que conocía al mendigo asesinado. Dijo, para ser exactos, que había trabajado en su casa como sirvienta, y que se trataba de un hombre muy rico que vivía en una de esas hermosas villas de Benicàssim. No sé si esta información puede ser de ayuda, pero me siento obligada, y que el Señor me perdone si no es así, a contarle a usted lo que oí de boca de esa pobre anciana. La mujer se llama Rosa, no sé su apellido, pero en el comedor la conocen por Rosa «la de Benicàssim». Le ruego la máxima discreción posible y le pido por favor que, cuando hable con ella, la trate todo lo bien que una persona anciana y desvalida se merece.

Atentamente,

Hermana Visitación Escorihuela González.

Directora de la Residencia de Mayores Desierto de Las Palmas.

La agente Redó tomaba uno de sus habituales cafés con leche largos de café en una cafetería de la calle Compromiso de Caspe, muy cerca de la comisaría de la ronda de la Magdalena. Ojeaba *El Periódico Mediterráneo* despistada, leyendo los titulares pero sin ser capaz de concentrarse en lo que leía.

–Un café, pero solo y corto, por favor –pidió a una de las camareras el inspector Monfort sentándose en un taburete en la barra, junto a la agente.

–¡Vaya! Hola, inspector –saludó con aire graciosillo Silvia Redó–. ¿Ha leído ya la carta? Si es que se puede preguntar tal cosa...

–No es, precisamente, una carta de amor, si es eso a lo que te refieres.

–¿Ah, no? Y... entonces, ¿a qué se debe ese semblante de satisfacción que le veo ahora y antes no tenía?

–Léela tú misma. –Deslizó el sobre por encima del tablero de aluminio de la barra del bar mientras vertía la mitad del azúcar del sobrecito en su cortísimo café.

–¡Qué honor! –contestó Silvia sacando la cuartilla con membrete de la residencia de ancianos.

El inspector Monfort movió ligeramente el azúcar con la cucharilla, dio dos golpecitos con ella en el canto de la taza y sorbió elegantemente el fuerte café, entornando los ojillos de puro placer cafetero.

–¡Ave María Purísima! –soltó la agente Redó con los ojos como platos.

–Sin pecado concebida –contestó el inspector, que apuró el café y dejó sobre la barra un billete de cinco euros.

29

El comedor para indigentes estaba muy cerca del estadio Castalia, el campo de fútbol del Castellón. El inspector y la agente fueron a pie desde la cafetería de la calle Compromiso de Caspe. En la puerta olía muy mal. Tres hombres jóvenes muy sucios y andrajosos miraron lascivamente a la agente Redó. Uno de ellos llevaba una botella de vino de litro y medio de plástico que no quería pasar a los demás bajo ningún concepto. El que parecía mayor le insultaba diciéndole tales perrerías que si no hubiera sido porque los tres estaban borrachos como cubas nadie las hubiese tolerado.

–Pssssst, ¡tú, bombón! ¿Qué se te ha perdido por aquí? –preguntó el que llevaba la botella a la vez que miraba a la agente Redó–. Si quieres comer caliente solo tienes que decirlo. –El borracho se llevó una mano a la entrepierna y se agarró con ella los testículos.

–¡Dame un trago, colega! –dijo el inspector Monfort arrebatándole de un zarpazo la botella y tirándola a un bidón de basura que estaba justo en la puerta.

–¡Cabrón, hijo de puta! ¡Te voy a matar! –El indigente se echó la mano al bolsillo y sacó de él una navaja cerrada.

–No vas a matar a nadie, y cállate o te detengo ahora mismo. –La agente Redó le enseñó la cartuchera que colgaba de su axila.

–¿Qué es lo que sucede aquí? –El que hablaba era uno de los encargados del comedor, un hombre de unos cincuenta años, corpulento, que vestía una bata blanca y un gorrito de cocinero–. Por favor, sin peleas, sin peleas. Yo los llevaré al despacho de la directora, pero no me los mareen más, que ya tenemos bastante trabajo para que no se maten entre ellos.

–Gracias, y perdone –se excusó la agente Redó mientras los acompañaba al despacho de la directora del comedor benéfico.

–Han hecho ustedes una entrada triunfal, ¿eh? –La mujer que estaba detrás de la inmensa mesa les tendió la mano levantándose de la silla cortésmente.

–Ella es la agente Silvia Redó y yo soy el inspector Bartolomé Monfort, del Cuerpo Nacional de la Policía de Castellón. –El inspector le enseñó su placa, y se fijó en el pequeño monitor en el que se veía aún a los tres borrachos de la puerta–. Buena clientela tienen ustedes.

–No nos podemos quejar, todos los días tenemos que colgar el cartel de «No hay entradas». Mi nombre es Luisa Tarrega y me toca ser la directora de este «restaurante Michelín». ¿En qué puedo atenderles, además de procurar que no maten a mis clientes?

El inspector Monfort sacó la carta de la hermana Visitación para que Luisa Tarrega la leyera. La directora se puso unas minúsculas gafas de leer y desdobló la cuartilla con delicadeza.

Una vez terminada la lectura, carraspeó ligeramente. Le devolvió la carta y plegó las gafas con parsimonia. Juntó las manos y clavó los ojos en los del inspector Monfort.

–Miren ustedes: aquí viene mucha gente a la que... casi todo el mundo llamaría «rara». Borrachos, caraduras, maleantes, drogadictos..., pero también viene gente honrada, personas fracasadas, gente a la que nadie quiere y que no tiene adonde ir; personas que ya no interesan, despojos que la sociedad arrincona hasta para darles un trozo de pan, un poco de agua y un techo en el que cobijarse. Unos dicen unas cosas y otros dicen otras, la mayoría se inventa historias fantásticas sobre quién son o dejan de ser. Cualquier cosa vale con tal de no ser olvidados. Nosotros los cuidamos lo mejor que podemos, los escuchamos, les damos de comer, les ofrecemos nuestro apoyo y una pizca de cariño, aunque a veces nos lo paguen como esos tres con los que les ha tocado lidiar hace un momento. Este comedor pertenece a la Obra Social del Ayuntamiento de Castellón. Cuando estamos desbordados pedimos ayuda a Cáritas y a varias congregaciones religiosas que, desinteresadamente, nos prestan su ayuda. La hermana Visitación y sus compañeras vienen siempre que les es posible, nos ayudan, nos transmiten la serenidad que traen desde allí arriba en el Desierto de Las Palmas y nos infunden paz y esperanza. Pero eso no les da derecho a contar lo que oyen de boca de los pobres que vienen a comer caliente una vez al día.

–¿Podría ser cierto que esa mujer de la que habla la carta haya reconocido al mendigo asesinado? –preguntó el inspector Monfort intentando atajar el discurso de la directora.

–No lo sé. Algún día se ha hablado de ello, que si Rosa le conocía, que si Rosa había trabajado en su casa...

–¿Y por qué no avisó a la Policía? –preguntó ahora la agente Redó.

–Muchos mienten, cuentan cosas fantásticas sobre sus vidas que nadie cree. Inventan pasados de ensueño, vidas y situaciones irreales.

–Pero no llamaron a la Policía. –El tono del inspector era algo más duro; Silvia lo miró de soslayo.

–No, no llamamos a nadie, no creímos nada de lo que dijo. Rosa «la de Benicàssim» suele contar mentiras sobre su familia y sus conocidos. Una vez nos contó que tenía un hermano que se había marchado a Buenos Aires y que era muy rico; se paseaba por aquí con un número de teléfono apuntado en un trozo de papel, diciendo que era el número de su hermano en Argentina.

–¿Alguien llamó a ese número? –La agente movió la silla ligeramente hacia delante.

–No, no lo hicimos.

–¿Dieron parte de ello al ayuntamiento? –continuó Silvia, animada.

–No, no dimos parte.

–¿Cree usted que en el ayuntamiento, el concejal o el responsable de todo esto hubiera llamado para comprobar si realmente tiene un hermano rico en Argentina, Rosa «la de Benicàssim»? –Silvia Redó hablaba con firmeza.

–Conociendo al concejal... seguro que sí. –La directora puso los ojos en blanco, como si quisiera chismorrear de su superior.

–¿Dónde le podemos encontrar? –preguntó finalmente el inspector Monfort.

–Hace días que no la vemos por aquí, pero eso no quiere decir nada, puede venir hoy mismo o tardar un mes en aparecer. A veces se la ve mendigar entre los turistas en la puerta de las bodegas Carmelitano de Benicàssim.

–No, no me refería a Rosa, pero gracias de todas formas, me refería al concejal del ayuntamiento, a su jefe, al responsable de que usted tenga esta inmensa mesa de despacho y se la vea tan enjoyada, a diferencia de su menos agraciada clientela. –El inspector dijo las últimas palabras ya puesto en pie.

–¡Salgan de aquí ahora mismo!

–Claro, es lo que vamos a hacer –contestó Monfort–. Primero hablaremos con el concejal y luego iremos a ver a Rosa, por si aún conserva el número de teléfono de su hermano y por si, además, recuerda algo del viejo asesinado en la plaza de la Farola. Tan solo con que cualquiera de las dos cosas sea verdad, a usted quizá la quiten de detrás de esta lujosa mesa.

30

En la puerta de las bodegas Carmelitano había una mujer muy mayor, con la piel arrugada como un lagarto. Estaba sentada en un escalón junto a una gran bolsa de plástico llena de ropa y cacharros. Dos autocares de turistas visitaban el interior de las bodegas. La anciana aguardaba fuera a que salieran para pedir limosna.

–Inspector, déjeme ir a mí sola –dijo la agente Redó–. Deje que sea yo la que hable con ella.

–De acuerdo, esperaré en el coche. Llámame si hace falta.

–No creo que sea violenta. No tiene ese aspecto.

–Ten cuidado de todas formas, es nuestra única posible pista, nuestra tabla de salvación y la medalla que espera Romerales.

–Huy, sí, es verdad, lo haré bien por la medalla del comisario Romerales, descuide –rio con sorna la agente dirigiéndose ya hacia la anciana.

–Hola –dijo Silvia haciendo ademán de sentarse en el escalón, junto a la mujer.

–Y adiós –ofreció esta como toda respuesta.

–¿Es usted Rosa «la de Benicàssim»?

–No, ¿quién la busca?

–Nadie, solo quiero hablar con ella un momento.

–Dame veinte euros.

–¿Veinte euros?

–Sí, veinte euros, o mejor treinta.

–Vaya, ¿si le doy veinte euros me dirá dónde está Rosa?

–Puede.

–¿Puede qué?

–Puede que se lo diga o puede que no.

–Pues me voy. –La agente Redó se puso de pie.

–Espera, espera, golondrina. ¿Me vas a dar o no los veinte euros?

–¿Qué hará con ellos?

–Guardármelos.

–¿Para qué?

–Para comprar comida para los gatos.

–¿Gatos? ¿Qué gatos?

–Los del solar en el que vivo.

–¿Aquí en Benicàssim?

–Pues claro, tonta, por algo me llaman la de Benicà... –La vieja se dio cuenta de su metedura de pata y se tapó la cara con ambas manos como si le diera mucha vergüenza.

La agente Redó sacó un billete de veinte euros del bolsillo de su pantalón y se lo ofreció.

–No se los gaste en vino. Compre comida, o unos zapatos, o una manta, que falta le hace con este frío.

–¿Quién leches eres tú, *xiqueta?*

–Quiero ayudarle.

–¿Ayudarme a mí? Yo ya me ayudo sola, no necesito de ninguna guapeta como tú.

–Dicen en el comedor del Castalia que tiene usted un hermano en Buenos Aires.

Al oír aquellas palabras se le llenaron los ojos de lágrimas, pero tosió y se hizo la fuerte.

–La directora es una mala pécora, hay días que no me deja entrar porque dice que voy sucia y hablo demasiado.

–Ya lo sé. Pero se le va a acabar el rollo, se lo aseguro.

La anciana cerró los ojos y enjugó sus lágrimas incipientes, se sorbió los mocos de forma ruidosa y finalmente escupió a un lado.

–Es verdad, mi hermano Arturo vive desde hace poco tiempo en Buenos Aires. Si supiera de mi estado me ayudaría, y a lo mejor me llevaría con él –sonrió ilusionada como una niña.

–Dicen también que tenía usted su número de teléfono.

–Sí, aquí está.

La mujer empezó a buscar en los bolsillos hasta que sacó un pedazo de papel arrugado en el que había escrito a bolígrafo un largo número de teléfono.

–Este es el número de Arturo. –La anciana besó el pedazo de papel estrujándolo contra sus labios–. Me lo envió en una carta por si me pasaba algo, pero me dijo que no se lo enseñara a nadie.

–¿Quiere que lo llamemos nosotros?

–¿Nosotros?

–Soy policía, Rosa, no debe temer nada, solo estoy aquí para ayudarle.

La anciana, visiblemente asustada, se puso en pie con la intención de salir huyendo, pero la agente Redó se lo impidió agarrándola del brazo.

–¡Suéltame, zorra!

–No se enfade, Rosa, es por su bien.

En cuatro zancadas, el inspector Monfort, que lo había visto todo desde el coche, se plantó delante de las dos mujeres.

–¿Qué pasa aquí? –le preguntó a Silvia.

–Nada, inspector, tranquilo, esta es Rosa «la de Benicàssim», se viene con nosotros.

–¡Una mierda! ¡Yo no voy a ningún sitio! –gritó la anciana más asustada que otra cosa.

La agente Redó tendió el arrugado trozo de papel al inspector. Él lo cogió, a sabiendas de lo que era y significaba. Mientras las dos mujeres discutían sobre lo que era mejor o peor para la anciana, Monfort marcó un número de teléfono pulsando una sola tecla.

–Llama al número de teléfono que te voy a dar y pregunta por Arturo, el hermano de Rosa «la de Benicàssim». Soy el inspector Monfort. Deprisa. Comprueba si el tal Arturo está ahí y luego me llamas, ¿entendido? –Cerró la tapa de su móvil y se dispuso a mediar en la disputa de las dos mujeres.

»Vamos, Rosa, la agente Redó no le haría nunca ningún daño, solo quiere ayudarle. Venga con nosotros, la trataremos bien, solo queremos que nos explique de qué conocía al anciano asesinado en la plaza de la Farola. A cambio, le proporcionaremos comida, alojamiento, ropa y..., lo que es mejor, un posible acercamiento con su hermano Arturo.

La anciana rompió a llorar y Silvia la rodeó con sus brazos intentando calmarla.

El inspector Monfort abrió una de las puertas traseras del Volvo para que Silvia ayudara a entrar a Rosa. Finalmente introdujo en el maletero la enorme bolsa de plástico llena de cachivaches y se dirigieron hacia Castellón, a la comisaría de la ronda de la Magdalena.

31

Aseada y con ropa limpia, Rosa «la de Benicàssim» parecía quince años más joven y tenía un aspecto saludable. Estaba nerviosa. Ahora esperaba en el pequeño despacho a que llegara la agente Redó, que se había encargado de que le dieran comida, ropa y un baño caliente. Bebía café con leche en un vaso de plástico que sujetaba con ambas manos.

–Hola, Rosa –la saludó amigablemente Silvia con una sonrisa–. ¡Vaya cambio! Está usted estupenda así.

–¡Qué te pensabas tú, *xiqueta,* una tuvo y retuvo! –rio Rosa por primera vez, y la agente Redó se percató de que le faltaban más de la mitad de los dientes.

–Queremos que nos cuente lo que sabe del anciano que asesinaron en la plaza de la Farola, pero debemos esperar al inspector Monfort.

–*Qué alt y templat es eixe home!* –Rosa iba perdiendo la vergüenza inicial.

La agente Redó estaba de pie, apoyada en la puerta de su pequeño e improvisado despacho. Al pasar un agente por allí, Silvia preguntó:

–¿Ha visto al inspector Monfort?

–Sí –contestó el agente–, está hablando por teléfono en centralita, con el concejal de Bienestar Social del Ayuntamiento de Castellón. –Le guiñó un ojo–. Y, a juzgar por lo que dice, creo que a alguien se le va a caer el pelo. Habla de obstrucción a la investigación de un asesinato y cosas así.

Rosa sabía que hablaban de la directora del comedor benéfico.

–¡Que se chinche! –se le escapó a la anciana.

Monfort entró en el despacho.

–Hola. ¿Dónde está Rosa «la de Benicàssim»? –preguntó mirando a todos lados.

–Aquí, ¿no la ve, inspector? –habló en voz alta la agente Redó señalando a la anciana visiblemente mejorada.

–¡Dios mío! Si parece usted una actriz –exageró el gesto y el tono el inspector.

Rosa estaba muy contenta, no recordaba cuándo fue la última vez que le hicieron semejantes halagos.

–Necesitamos que nos ayude, Rosa –pidió el inspector a la mujer tomándola de las manos.

–Haré lo que pueda –contestó ella, nerviosa de nuevo.

–¿Quiere un pitillo? –Le tendió un paquete de tabaco.

–No he fumado nunca, no lo voy a hacer ahora –contestó segura Rosa.

–Le vamos a enseñar unas fotografías y luego le pondremos una grabación en la que aparece el cadáver del anciano. Necesitamos que nos diga si realmente lo conocía.

–No me hace falta ver nada. Ese hombre se llamaba Nicolás Armengol. Sí, Nicolás Armengol. Hace ya casi un mes que lo voy diciendo, se llamaba Nicolás Armengol. Vivió un tiempo con su hermana en una de esas villas tan bonitas que hay en el paseo de la playa de Benicàssim. Villa Armengol, se llama la casa. Yo trabajé allí, para su hermana, como una negra, desde que era una *xiqueta* como tú –dijo Rosa señalando a la agente Redó–. Ese hombre vino para cuidar de su hermana y cuando ella murió se quedó solo en este mundo. Era viudo, no tuvo hijos, estaba igual de solo que su hermana. Cuando la señora Concepción murió, él se echó a perder consumido por la tristeza. Solía decir que ya no le quedaba nada en esta vida. Yo me fui al cabo de un tiempo, bueno, me dijo que me marchara, pero nunca se lo he reprochado, le daba vergüenza llorar delante de la criada. Siempre me trató muy bien. Cuando él llegó, yo seguí haciendo mi trabajo habitual: por la mañana, antes de que se levantaran, les preparaba el desayuno, y luego salían a pasear cogidos del brazo como si fueran una pareja; entonces yo limpiaba toda la casa y hacía las camas y la comida. Por la tarde preparaba la cena y me marchaba. Así estuve muchos años, primero a solas con la señora Concepción, y al final también con el señor Nicolás. ¡Claro que conozco a este hombre! –exclamó Rosa con una foto del cadáver en la mano.

Un policía llamó a la puerta con los nudillos y pidió al inspector Monfort que saliera un momento.

–No, no hace falta, díganos lo que tiene que decirnos aquí mismo –dijo este haciéndole un gesto al policía para que entrara en el despacho.

–Hemos llamado al teléfono de Buenos Aires.

–¿Y? –preguntó el inspector.

Rosa «la de Benicàssim» y la agente Redó se quedaron sin aliento esperando la respuesta.

–Don Arturo Palau está al aparato; quiere hablar con su hermana. Dice que hace mucho tiempo que intenta localizarla sin éxito.

A Rosa casi le da un infarto. Las lágrimas caían por sus mejillas castigadas por la intemperie y las piernas le temblaban como si fuera una chiquilla enamorada.

–¿Me deja ir a hablar con él, inspector?

–Claro que sí, Rosa. Pero permítame una pregunta antes, por favor.

–Dígame, dígame. ¿Qué es lo que quiere saber? –dijo la anciana, hecha un manojo de nervios.

–¿Tenían algún familiar los hermanos Armengol?

–Creo que sí –contestó excitada la mujer–, aunque yo no lo vi nunca, y no hablaban casi nunca de él. Un sobrino, sí, era un sobrino que vivía aquí, en Castellón.

–Rosa, se lo suplico, una última pregunta, por favor. –Monfort puso cara de bueno.

–Dígame, inspector. –La mujer se frotaba las manos y le brillaban los ojillos de alegría.

–Los hermanos Armengol, Nicolás y Concepción, ¿eran ricos?

–Muchísimo –contestó Rosa sin pensárselo un segundo.

–Gracias, Rosa. Corra, corra, vaya a hablar con su hermano.

Rosa «la de Benicàssim» salió corriendo hacia la centralita de la Policía para hablar con su querido hermano Arturo.

Silvia Redó sonreía satisfecha y apretó los puños en señal de victoria.

–No está mal, Silvia –dijo Bartolomé–. Veintiocho días después, tenemos una pista. La primera.

–Sí, veintiocho días después le hemos puesto nombre y apellido al cadáver: Nicolás Armengol.

–Algo más que el nombre y el apellido, Silvia, algo más.

32

–Su Martini blanco, señor. –El camarero, un hombre de edad avanzada que llevaba la bandeja magistralmente, apoyó en la mesa un vaso ancho de vidrio grueso con tres cubitos de hielo y una aceituna rellena ensartada en un palillo. Vertió la bebida de una botella hasta que el inspector Monfort le hizo una señal con la mano.

–Gracias, es suficiente. Oiga, permítame una pregunta.

–Usted me dirá, señor. –El camarero hizo una pequeña reverencia.

–¿Lleva muchos años trabajando aquí, en el hotel Voramar?

–Muchos, señor, veintidós para ser exactos.

–Muchos son, en efecto. –Bebió un trago largo del Martini y notó cómo este le rascaba cariñosamente la garganta–. ¿Conoce usted Villa Armengol?

–Por supuesto, señor, todos aquí conocemos Villa Armengol. La casa es muy conocida, es una de las más antiguas de la llamada Ruta de las Villas. –Giró el cuello y dirigió la vista hacia la hilera de casas de principios de siglo que se alineaban majestuosamente a la orilla de la playa de Voramar, junto al paseo marítimo.

–¿Me puede indicar cuál es?

–Sí, claro, es aquella de allí. –El camarero estiró el brazo, señalándole una de las construcciones–. La que tiene las dos palmeras iguales, una a cada lado del porche de verano, la de la verja de color verde.

–¿Conoció a sus habitantes?

–No, señor. Esas casas parecen deshabitadas en invierno. Luego llega el verano, y aquí, en la terraza del Voramar, el trabajo es tan intenso que ya no se conoce a nadie.

–Pero tengo entendido que la casa estaba habitada todo el año por unas personas mayores. –El inspector Monfort puso voz de curioso.

–Sí, eso se decía –respondió el camarero dando un tiritón propiciado por la fría brisa marina que corría por la terraza–. Un hombre y una mujer, hermanos, creo que eran. Pero, si he de serle sincero, diría que no los he visto jamás; no sé, siquiera, si viven aún.

–No, no viven –contestó el inspector.

–Lo siento. –Hizo un ademán apesadumbrado–. ¿Usted los conocía?

–Estoy a punto de hacerlo, amigo, estoy a punto.

El camarero no entendió la última frase de su cliente y carraspeando volvió al interior de la cafetería, en busca de resguardo del frío aire que aquel invierno traicionero se había instalado en toda la provincia.

Bartolomé Monfort calculó que quizá era demasiado temprano para tomar un segundo vermú en la magnífica terraza del hotel de Benicàssim. El Voramar le recordó a los establecimientos playeros de la Costa Azul; su mente se dejó llevar a un lugar en el que se alojó con su malograda esposa, en Cannes. Apenas eran las once de la mañana y las sillas estaban vacías, a excepción de una pareja de jóvenes extranjeros, extremadamente delgados, que, con sus gafas de sol y sus jerséis marineros de rayas azules y blancas, se comían a besos bajo la atenta mirada de una decena de gaviotas que esperaban saltar sobre las migas de un cruasán que quedaba en un plato. Un hombre corría por la orilla junto a un perro de color canela y dos mujeres entradas en carnes caminaban a buen ritmo sobre la arena mojada.

Monfort se levantó el cuello de la gabardina, y tras dejar un billete de cinco euros bajo el plato en el que el camarero había traído la cuenta, salió despacio en busca de Villa Armengol.

33

Villa Armengol era un lujo de casa. Mejor dicho, lo había sido, porque ahora el césped se había convertido en matorral y los geranios se habían desmelenado, ocupando gran parte de la terraza polvorienta. Un enorme portón, pintado en color verde oscuro, tapiaba, literalmente, la entrada a la impresionante residencia de veraneo. Los toldos que en su día habían proporcionado magníficas sombras a la casa estaban raídos y manchados de barro y tierra. Los cuatro escaloncillos que subían desde el césped hasta el porche mostraban un aspecto sucio y dejado; la barandilla, que en otra época debió de estar limpia y bien pintada, ofrecía mal aspecto, oxidada y maltratada por la acción del salitre marítimo tan cercano.

El inspector Bartolomé Monfort observaba el jardín a través de la verja, entre el seto mal cortado. Imaginó frescas tardes de verano sentado en una butaca, junto a su mujer, escuchando buena música de Miles Davis, por ejemplo; con un buen whisky en la mano y una conversación tranquila sobre algún tema trivial. Imaginó niños jugando en el porche, un perro revolcándose en la hierba tras una pelota lanzada al aire. Imaginó alegría, cariño, sábanas blancas y noches de sueños fantásticos con el amor perdido tan tristemente...

–¿Busca usted a alguien? –interrumpió los pensamientos de Monfort la voz de una mujer al otro lado de la verja; de la verja de la casa colindante.

–Hola, no la veo –dijo un poco aturullado el inspector Monfort.

–Estoy aquí, al otro lado de la valla, junto al ficus.

Monfort dirigió la vista hacia un inmenso ficus que superaba los diez metros de altura.

–Ahora la veo, disculpe, estaba un tanto ensoñado con esta deliciosa casa.

–Es de las primeras que se construyeron. Una verdadera obra de arte. Es una lástima el estado en que se encuentra actualmente.

El inspector trató de acercarse al lugar donde estaba la mujer. Era una señora de unos cincuenta años, atractiva, rubia, con el pelo como recién salido de la peluquería, iba maquillada y elegantemente vestida con un traje de chaqueta gris y un abrigo negro.

–Pero, perdone, qué despistada, me llamo Natalia Monsonís. Esta es la casa de veraneo de la familia de mi marido. La compró mi suegro cuando volvió de Sudamérica en el cuarenta y tres. Estaba abandonada, igual que hoy lo está esta joya de Villa Armengol. He venido a regar las plantas. En invierno no solemos venir, salvo algún fin de semana señalado.

Villa Adelita era muy parecida a Villa Armengol, pero de una sola altura, como si fuera la hija pequeña de su vecina. A diferencia de la morada de los Armengol, Villa Adelita estaba perfectamente conservada.

–Yo me llamo Bartolomé Monfort, no tiene usted que disculparse por nada. Solo estaba paseando por la playa y me ha llamado la atención la casa. ¿Hace mucho que no vive nadie en ella? –le preguntó en tono despreocupado.

–La señora Concepción murió hace ya unos cuantos años. El señor Nicolás se trasladó a la casa para cuidar de la señora. Después se quedó en la villa durante algún tiempo. Apenas tuvimos oportunidad de conocerlo, era muy reservado y salía en contadas ocasiones. Solo hablaba con Rosa, la mujer que les hacía la limpieza y les cuidaba la casa. Un buen día se fue, sin dejar rastro.

–¿El señor Nicolás era el marido de Concepción?

–No, ja, ja, ja... Era su hermano. Ella no se casó nunca.

–¿Y él?

–Él parece ser que sí, aunque no lo sé muy bien. Las tías de mi marido, que en paz descansen, contaban que se casó con una rica heredera de Valencia. Vivió allí hasta que su esposa murió y luego se trasladó aquí con su hermana soltera, muerto de pena, contaban mis tías. Pero las tías eran unas chismosas, sin mala intención, pero unas chismosas al fin y al cabo, y no se las podía tomar muy en serio.

–Vaya una mala suerte –comentó el inspector Monfort.

–¿Por? –preguntó la señora ahuecándose el pelo.

–Porque el hombre se vino aquí cuando su esposa murió en Valencia, y al poco tiempo también falleció su hermana.

–Pues sí, pobre..., quizá por eso estaba siempre tan triste y era tan solitario. Solo decía hola y adiós levantando su sombrero con cortesía. Nunca nos pidió nada.

–Parece una telenovela. –El inspector trataba de quitar hierro a tanta pregunta.

–Y que usted lo diga. –La mujer parecía encantada con aquella conversación y Bartolomé se aprovechó de ello.

–¿Y qué pasó con el señor Nicolás?

–Se marchó. Meses antes, Rosa, la criada, había dejado de trabajar en la casa. Nos dijo que el señor Nicolás prefería estar solo y que prescindía de sus servicios.

–La mandó al paro. –Monfort intentó poner un poco de humor al asunto.

–Ja, ja, ja..., eso parece. Bueno, no está bien que me ría, resulta que han visto a Rosa mendigando por ahí, por Castellón.

–¡Pobre mujer!

–Pues sí, después de trabajar tantos años para gente tan rica.

–¿Sabe usted si los hermanos Armengol tenían familia?

–Sí, un sobrino. Del hijo del mayor de los hermanos Armengol.

–¿Usted lo conoce?

–Sí, se llama Roberto Armengol. Creo que vive aún en Castellón. Debe de tener más o menos mi misma edad.

–Será muy joven entonces –soltó el piropo seguro de hacer diana.

–Muchas gracias, señor... Perdone, soy tan despistada. ¿Cómo me ha dicho que se llama?

–Monfort, Bartolomé Monfort. –Y se permitió incluso poner acento de James Bond sin que le diera vergüenza–. Gracias a usted, Natalia, por tan agradable conversación. Volveré a pasear por aquí, espero verla de nuevo alguna vez.

–Igualmente, señor Monfort, ha sido un placer. –La mujer esgrimió la más seductora de sus sonrisas y se despidió de él con una leve caída de pestañas y un ligero movimiento de cabeza.

El inspector caminó de nuevo en dirección al hotel Voramar, seguro de que Natalia Monsonís lo observaba. Abrió la tapa de su teléfono móvil y marcó un número bien aprendido.

–¿Dígame, inspector?

–Hola, Silvia.

–¿Se ha perdido otra vez?

–No, de hecho estoy encontrándome. Localízame en Castellón a un tal Roberto Armengol, debe de tener unos cincuenta años. Necesitamos su dirección y todo lo que puedas averiguar de él. Ah, y te espero en una hora y media en el hotel Voramar. Voy a encargar un arroz con bogavante y si se pasa no vale nada, ¿comprendido?

–No le fallaré, inspector, ni a usted ni al bogavante. –La agente Silvia Redó esbozó una amplia sonrisa y, tras tragar saliva, colgó.

34

A través del inmenso ventanal del restaurante, se veían las olas romper mansamente a orillas de la playa. El azul del mar contrastaba con la espuma blanca esparcida sobre la fina arena de la playa de Voramar.

Tomaron dos copas de Campari, muy frío, de aperitivo. El arroz no se hizo esperar. El camarero sirvió, en cada plato, una mitad de exquisito bogavante y generosas cucharadas de un arroz meloso que olía a gloria bendita. El inspector Monfort se inclinó por una botella de vino tinto de Ribera del Duero, concretamente de la bodega del Pago de los Capellanes.

–Brutal –exclamó la agente Redó–, sencillamente brutal.

–El secreto está en el sofrito –apuntó seguro el inspector Monfort.

–No sé dónde está el secreto, pero tiene que estar en algún lado.

–En el sofrito, Silvia, créeme, en el sofrito. Me lo dijo alguien que entendía mucho del tema.

A medida que el arroz menguaba y el bogavante daba paso a un sinfín de pequeños huesecillos vacíos de preciada carne, empezaron a hablar del asunto para el que habían quedado.

–Supongo que quiere saber lo que he descubierto de Roberto Armengol.

–Cuando tú quieras –dijo el inspector, tranquilo, sirviendo el resto del exquisito vino que quedaba en la botella.

–De las cinco personas vivas que se llaman Roberto Armengol en la ciudad de Castellón, solo nos cuadra uno que vive en la calle Caballeros. Está casado y no tiene hijos.

–Vaya, lo de no tener hijos parece una constante en la familia. –Monfort aspiró los aromas de la copa de vino.

–Pues no, no tiene hijos. Es profesor en un colegio privado. De su esposa no tenemos ningún dato, debe de ser ama de casa. No hemos encontrado nada en su conducta que nos haga sospechar lo más mínimo. No tiene multas pendientes, está al corriente de todos los pagos como contribuyente, no hace trampas en su declaración de renta...

–Es un ciudadano ejemplar, ¿no? –interrumpió el inspector, y le hizo un gesto al camarero para pedir café.

–Eso parece –concluyó la agente Redó.

–Tenemos que hablar con él. Preguntarle por su familia, averiguar qué sabe del paradero de sus tíos, descubrir por qué demonios no sabe, o no quiere saber, que su tío Nicolás ha muerto asesinado en la plaza de la Farola.

–He puesto a dos policías de paisano a trabajar de día y de noche cerca de él. Les he pedido que se conviertan en su sombra.

–Pero que no nos descubra todavía. No tiene que sospechar nada. Si nos pillan, se irá todo al garete.

–Así se lo he pedido a los agentes.

–¿Quién se encarga de ello?

–Estará al mando la subinspectora Forcada con el agente Corral. Los agentes Terreros y García los sustituirán cuando sea necesario.

–Muy bien, Silvia, buen trabajo. ¡Camarero, por favor, dos cafés solos y un whisky de malta sin hielo!

–¿Laphroaig le parece bien, señor? –preguntó el camarero, que ya se acercaba a la mesa a recoger los platos.

–¡Estupendo! –contestó Monfort seguro de lo que decía–. El mejor whisky de malta de la costa oeste de Escocia.

El inspector le contó a Redó con todo lujo de detalles su conversación matinal con Natalia Monsonís, la vecina de Villa Armengol.

–Vamos, que ha ligado –dijo la agente apurando su café.

–Es coqueta, muy coqueta. Creo que ha disfrutado de la conversación, aunque haya sido a través de una verja de dos metros de altura.

–¡Qué lástima! –ironizó la agente.

El camarero sirvió otro Laphroaig al inspector Monfort. La agente Redó se animó y pidió un gin-tonic.

–Invita la casa –dijo el camarero, orgulloso de lo que hacía.

–¡Bendita casa! –exclamó el inspector sonriendo.

35

Rondaban las cinco de la tarde cuando la agente Redó y el inspector Monfort salieron del restaurante Voramar. Hacía mucho frío y un viento desagradable amenazaba con derribarlos en cualquier momento. Estaba oscureciendo muy deprisa, y sobre el mar caían los destellos de color morado del ocaso.

–No creo que sea muy buena idea pasear –dijo Monfort en tono jocoso.

–No, inspector, a no ser que queramos pillar un buen resfriado.

–¡No, por Dios! –ironizó Bartolomé–. Te acompaño al coche, ¿dónde has aparcado?

–Justo ahí delante, debajo del puente de la vía del tren.

–Te acompaño.

Una fina lluvia helada empezó a caer como agujas en aquel preciso momento y los dos policías se apresuraron hacia el vehículo que le habían prestado a la agente Redó en la comisaría.

–Buen coche te han dejado –observó Monfort.

–Es del agente Terreros –contestó ella, quizá demasiado deprisa.

–¡Vaya! Qué galante –carraspeó Monfort.

–¿Está celoso usted ahora?

–¿Ahora? –Arqueó las cejas exageradamente.

–Nada, nada, es igual, déjelo –dijo sonriendo coqueta y haciendo un gesto de desdén.

El inspector Monfort cerró la puerta del coche del agente Terreros y despidió a Silvia con la mano. Cuando el vehículo desapareció bajo la cortina de agua que ya caía de forma persistente, se alegró de estar solo y se dirigió a paso rápido hacia Villa Armengol. La noche había invadido con su negrura la playa de Voramar.

Saltó la verja. No le costó mucho entrar en la casa. Subió una de las persianas bajadas con una mano e introdujo la mitad de su cuerpo hasta que estuvo dentro; soltó entonces la forzada persiana y esta cayó dejando la casa de nuevo en una completa oscuridad. Olía a polvo y a cerrado, a tristeza y desencanto, a olvido. Sacó la linterna que llevaba en el bolsillo de su gabardina y la encendió. Había una cómoda butaca frente a la gran ventana desde la que se debía de ver el mar perfectamente. Una de las paredes del salón ofrecía, como única decoración, una espectacular chimenea en la que quedaban un par de troncos a medio quemar, apagados por el aburrimiento y la falta de chispa. A su lado, un leñero repleto de troncos parecía esperar a que alguien viniera en cualquier momento a encenderlos para dar calor y color a la magnífica estancia. En el sofá reposaban un par de libros, uno de ellos todavía abierto por la página que estaba leyendo su último lector. Monfort tomó el libro y alumbró su portada: *Los mares del Sur,* de Manuel Vázquez Montalbán. La investigación del asesinato de un rico empresario, pensó el inspector. Qué casualidad, masculló para sus adentros.

En el fregadero de la cocina había un plato sucio, una copa con restos de vino solidificados, un cuchillo y un tenedor usados hacía mucho tiempo. En los armarios todavía quedaban algunos restos de comida. Abrió un viejo tarro de galletas y salieron a la luz miles de pequeños gusanos, molestos por la intromisión del inspector.

La bombona de butano que suministraba gas a la cocina estaba debajo del fregadero, junto a un cubo de basura que apestaba a podrido. La bombona tenía todavía la espita abierta, como si tuviera que entrar alguien por la puerta y ponerse a preparar café.

Monfort se rascó la cabeza y empezó a malpensar de todos aquellos elementos abandonados como a la ligera, como con prisa, como con ánimo de volver en diez minutos.

Subió al piso superior. En la pared de la escalera colgaban cuadros de Villa Armengol en tiempos más felices. Un retrato en el que aparecía una joven muy guapa de mirada lánguida presidía el descansillo. Debía de ser una foto tomada hacía por lo menos cuarenta o cincuenta años dado el color del papel y el peinado y la vestimenta de la bella mujer. A esta se la veía en primer plano; junto a ella, un chico de rasgos muy similares sonreía alegre a la cámara. Al fondo de la fotografía lucía, majestuosa, Villa Armengol. Dos niños muy pequeños jugaban en el cuidado césped de la entrada de la casa, uno de ellos muy moreno y el otro muy muy rubio.

Entró en la primera habitación que se encontró después del descansillo. Estaba pulcramente recogida y ordenada. Todo se hallaba en su sitio, había mucho polvo, eso sí, pero todo estaba colocado y decorado con gusto femenino. El inspector Monfort dedujo que sería la habitación de doña Concepción, la hermana de Nicolás Armengol. Salió de la estancia con intención de regresar más tarde y abrió la siguiente puerta que encontró.

Vio el caos de una habitación masculina. La cama sin hacer, el armario revuelto. Una pequeña mesa que hacía las veces de escritorio estaba llena de papeles sin ordenar: facturas antiguas, fotografías, anotaciones escritas con mala letra... Debajo de la cama encontró calcetines y calzoncillos sucios, zapatos faltos de brillo. El inspector comprobó que sobre el armario descansaba una enorme maleta de viaje. Se subió a una silla y con ciertos apuros la bajó. Estaba llena de polvo, pero la abrió enseguida pues el candado que la cerraba no tenía combinación alguna de seguridad. Dentro no había absolutamente nada. Entonces lo tuvo claro por fin: Nicolás Armengol había abandonado aquella casa a la fuerza. No se había ido a ningún viaje, no había planeado marcharse con antelación. Nicolás Armengol abandonó la mansión precipitadamente por algún motivo desconocido aún.

Monfort buscó por toda la casa algún indicio, alguna prueba, cualquier cosa que le llevara a tirar del hilo. Tras pasar casi una hora revisando papeles y demás objetos en Villa Armengol, se sentó en la butaca que había frente a la ventana. Sacó su paquete de cigarrillos y encendió uno. Subió la persiana y miró cansado hacia el cercano Mediterráneo. Pensó cuán deliciosas tenían que haber sido las tardes en aquella casa junto al mar. Pese a que todo estaba sucio y descuidado le pareció mal tirar la ceniza al suelo de madera que en otra época tuvo que ser una joya. Buscó un cenicero y lo halló en la repisa de la chimenea. Lo llevó hasta la ventana y entonces cayó en la cuenta de que en el cenicero había dos colillas de cigarrillo; una de ellas de un pitillo a medio fumar y apagado como con prisa. Recordó, en un destello, el informe del Instituto de Medicina Legal de Castellón y el posterior del Instituto Anatómico Forense de Zaragoza: sus pulmones eran los típicos de un hombre que no ha fumado un cigarrillo en toda su vida.

El inspector Monfort metió las dos colillas con sumo cuidado en una bolsita de plástico, la cerró delicadamente y la guardó en uno de los bolsillos de su gabardina.

Salió de la casa por el mismo lugar por el que había entrado y procuró marcharse deprisa para no ser visto.

Fuera seguía lloviendo. El mar se confundía con el cielo y la arena parecía haber desaparecido. Corrió hacia el Volvo y al entrar en él se percató de que en la casa contigua a Villa Armengol había luz. Natalia Monsonís le había dicho que solo había ido allí para regar las plantas. Dudó entre bajar del coche y encaminarse hasta la casa de Natalia o salir de allí pitando. Optó por lo segundo en el momento en que su mente le lanzó un mensaje de que, quizá, la sensual Natalia estuviera esperándole. El inspector Monfort no quiso comprobarlo y se marchó de Benicàssim con la duda colgando de su cerebro.

Dos horas después cenaba, solo y en silencio, una dorada a la sal y una botella de vino blanco seco que le recomendó su ya amigo camarero del restaurante Eleazar. Finalizada la cena subió a la habitación del vecino hotel Mindoro con la idea fija de leer el libro que se había llevado de Villa Armengol: *Los mares del Sur.* Con toda seguridad, una de las últimas cosas que estaba haciendo Nicolás Armengol antes de que tuviera que abandonar su casa apresuradamente.

Pidió por teléfono al bar del hotel que le subieran cuatro dedos de whisky sin hielo. Acomodó el sillón junto a la ventana que daba a la rojiza fachada trasera del teatro Principal y empezó a leer.

36

La agente Redó se encargó de investigar acerca de la vida de Nicolás Armengol, conocido hasta ahora como el mendigo asesinado en la plaza de la Farola. En apenas tres días obtuvo un excelente resultado. Escribió el informe con su ordenador portátil y luego imprimió una sola copia que metió en un sobre.

Nicolás Armengol había nacido en Burriana, en el seno de una familia de clase alta que se dedicaba al comercio de la naranja. Los Armengol poseían grandes plantaciones de cítricos que iban desde las poblaciones de Almassora hasta La Vall d'Uixó, y la fama de sus frutos llegaba hasta los lugares más dispares de Europa y Norteamérica.

Nicolás Armengol era el menor de tres hermanos. Sus hermanos mayores se llamaban Manuel y Concepción.

Naranjas La Exquisita era el nombre comercial de la boyante empresa familiar. Los padres de Nicolás Armengol, Andrés y Concepción, habían trabajado muy duro para que las exportaciones de cítricos se convirtieran en un negocio rentable. Lo consiguieron con creces.

Manuel, Concepción y Nicolás, los tres hermanos Armengol, vivieron en la abundancia de una familia rica de aquella época. Manuel, el hermano mayor, estudió Derecho, y cuando acabó los estudios se hizo cargo del negocio familiar, comandando la empresa junto a su padre. Concepción, tras cursar unos limitados estudios relacionados con las bellas artes, se quedó en casa al cuidado y los mimos de su madre.

Llegada la edad, Nicolás Armengol marchó al servicio militar al puerto de El Ferrol y allí se quedó, fascinado con la inmensidad del océano. No quiso acabar sus estudios de Empresariales, y contrariado por no compartir la misma visión del negocio que su hermano y su padre habían previsto, decidió embarcarse en una expedición valenciana que dio la vuelta al mundo en una fragata que partió del puerto de Burriana. Su padre lo dio por imposible y, como si no existiera, dejó de pensar en él y se centró, junto al primogénito Manuel, en el próspero negocio de las naranjas.

Los Armengol poseían una bella casa de cuatro plantas en el centro de Burriana, mandada construir a un discípulo del mismísimo Antonio Gaudí. Tenían también una espectacular vivienda unifamiliar en la ciudad de Valencia, junto al parque Blasco Ibáñez. Adquirieron un enorme piso en la ciudad de Barcelona, al que solían escaparse padre e hijo para cerrar tratos con mercantes venidos de allende los mares. Cuando se puso de moda tomar el baño, Andrés Armengol mandó construir Villa Armengol, en la playa de Voramar, una zona de moda en la costa de Benicàssim, al más puro estilo de las villas de la Costa Azul francesa, habitadas por gentes de la burguesía emergente de Castellón y Valencia, que no dudaron en llamar al lugar «el pequeño San Sebastián» o «el Biarritz levantino».

Nicolás Armengol dio la vuelta al mundo en la fragata Marina *y empezó a escribir sus experiencias para la prestigiosa publicación* Selecciones del Reader's Digest. *Posteriormente se embarcó en nuevas aventuras: viajó al Ártico, al Antártico, cruzó el estrecho de Panamá, llegó hasta Nueva Zelanda, Madagascar, Groenlandia, Indonesia... Realizó aventuras extraordinarias emulando a los grandes descubridores. Sus colaboraciones en la revista eran muy apreciadas por todos los expertos en geografía y los amantes de los viajes. Su nombre se hizo un hueco en lo más alto del mundo literario aventurero. Sus conferencias eran seguidas con gran entusiasmo por los más prestigiosos profesores universitarios de todo el mundo.*

Famosas se hicieron sus ponencias en lugares tan emblemáticos como el museo de Historia Natural de Londres o el paraninfo de la Universidad de La Sorbonne de París.

Manuel Armengol, el hermano mayor, se casó con la hija de un millonario empresario textil de Burriana. Nicolás asistió a la fastuosa boda en la iglesia de San Salvador, acompañando del brazo a su hermana Concepción que ya apuntaba formas de solterona empedernida. En esta boda conoció a Enriqueta, la que luego sería su esposa: el único y gran amor de su vida. Era la heredera del dueño de una de las más importantes navieras del puerto de Valencia. Nicolás y Enriqueta se casaron en la catedral de Valencia, apenas seis meses después de haberse conocido. El viaje de novios fue una romántica travesía en barco a través del mar de Arabia que duró cerca de seis meses.

Pero pronto vinieron las desgracias para Nicolás. En poco menos de dos años perdió a sus padres. Primero falleció el padre, de difteria, y en pocos meses le siguió la madre, que según cuentan murió de pena al no poder resistir la soledad. Al poco tiempo y sin descendencia, Enriqueta enfermó de tuberculosis mientras él realizaba un viaje de investigación en las islas de Cabo Verde, y para cuando regresó a su casa de Valencia había fallecido llevándose con ella la juventud y la pasión de la joven pareja. Las ilusiones de Nicolás Armengol se fueron al traste y su vida cambió de forma radical. Dejó de escribir y a bordo de su fragata viajó sin rumbo fijo por los mares de todo el mundo, llorando su pena a escondidas en la cubierta de la nave noche tras noche, bajo la atenta mirada de millones de estrellas.

A la muerte de sus padres, el hermano mayor había tomado las riendas del negocio, haciéndose cargo de todo. Concepción, la hermana mediana, soltera, se retiró a la casa de la playa de Benicàssim al no poder soportar el dolor de vivir bajo el techo en que habían vivido sus padres. La terrible pérdida de sus progenitores y de su joven cuñada, a la que quería con locura, la había sumido en una profunda depresión de la que ya nunca se recuperaría. En una de estas crisis máximas de la enfermedad, Concepción acudió a su hermano Nicolás, con quien mantenía una estrecha relación, para que le acompañara en los últimos días de la poca vida que ella misma presentía que le quedaba.

Nicolás Armengol ancló la fragata en el puerto de Valencia, cerró las puertas de la casa del barrio del Carmen y se trasladó a la villa de Benicàssim, en la que tanto había jugado y chapoteado en la playa cuando era un niño. Había heredado una gran fortuna a la muerte de su joven esposa, dinero que todavía está depositado en un banco, aunque, extrañamente, en los últimos meses se han efectuado unos movimientos en forma de transferencias, quizá demasiado exageradas para una persona de esa edad.

Nicolás Armengol cuidó de su hermana enferma hasta que un día Concepción Armengol ya no despertó más de sus sueños efímeros de alegría y felicidad, en realidad inexistentes.

Tras darle cristiana sepultura, su hermano pequeño dejó de existir en el mundo de los vivos. Al poco tiempo prescindió de los servicios de la señora que desde hacía años cuidaba de la casa y se dispuso a continuar, solo, su penosa andadura en la vida. La muerte le rodeaba, la muerte le había arrebatado a todos sus seres queridos y él debió limitarse a esperarla sentado, leyendo sus libros, mirando sereno el mar al que tantos días y noches había rendido pleitesía.

Nada desde entonces se supo de él. Nadie oyó sus pasos. Nadie volvió a leer sus artículos, nadie escuchó su voz... Nadie, excepto el director de la sucursal del banco al que llamaba para hacer importantes transferencias desde su propia cuenta bancaria para ser ingresadas en una cuenta anónima en un banco extranjero.

Un gélido día 12 de enero, Nicolás Armengol fue hallado brutalmente asesinado en el interior de un cajero automático de una sucursal bancaria sita en la plaza de la Independencia de Castellón de la Plana, más conocida como la plaza de la Farola.

37

Bartolomé Monfort había leído de un tirón el libro que, supuestamente, estaba leyendo Nicolás Armengol en la casa de la playa antes de desaparecer. Había pedido un par de whiskys más y al final optó por que le dejasen la botella. Se percató de que aquel libro de Manuel Vázquez Montalbán no lo podía leer una persona sin cultura ni cordura. ¿Por qué demonios se había convertido aquel hombre en un miserable vagabundo? Las sienes del inspector latían como si fueran dos pequeños corazones instalados a ambos lados de su cabeza. El whisky y el tabaco, en vez de mitigar el dolor, lo potenciaban enormemente. Aun así, apuró el último trago de la botella ya vacía y encendió un nuevo cigarrillo. Pese al frío intenso que hacía fuera, abrió la ventana y expulsó el humo del tabaco con la intención de que este llegara hasta la fachada del vecino teatro Principal. Vio que un coche de policía aparcaba en la zona de llegadas del hotel. Nada bueno, dijo para sus adentros.

Tres minutos después, un joven agente llamaba a la puerta de su habitación.

–Le traigo un sobre de parte de la agente Silvia Redó. Me ha pedido que se lo entregue a usted en mano.

–Gracias, muchacho. –El inspector tomó el sobre cerrado y cerró la puerta.

Lo dejó encima del pequeño escritorio y se dio una ducha rápida. Quería estar sobrio para leer el contenido del sobre. La agente Redó debía de haber escrito algo importante, de eso no tenía la menor duda.

Con el albornoz puesto y el pelo aún mojado, el inspector Monfort tomó asiento, y rasgando el sobre sacó de él tres hojas escritas por una sola cara, a doble espacio y con una fuente de letra que le era muy familiar: Verdana, la misma que él utilizaba en su ordenador para escribir los informes policiales de sus propias investigaciones.

Leyó dos, tres y hasta cuatro veces aquel magnífico y contundente informe. En apenas tres días, Redó había solucionado más de la mitad del caso. Cogió el móvil y marcó el número de Silvia.

–¡Hola, inspector! –contestó ufana la agente Redó.

–Es magnífico, Silvia, enhorabuena. Es..., no sé si está bien decirlo, pero es el mejor informe que he leído jamás de un policía de este país.

–Sí que está bien decirlo, inspector, está muy bien, muchas gracias. De todas maneras es mi deber. Por eso me pidió que viniese el comisario Romerales.

–Es un cabrón.

–Bueno, eso yo no lo he dicho, lo dice usted.

–No me llames más de usted, Silvia, me siento como un carcamal.

–De acuerdo, así lo haré –contestó ella sonriendo.

–¿Alguien más tiene una copia de esto? –El inspector aún tenía en sus manos los tres folios escritos por la agente.

–No, por supuesto, solo existe la copia que usted tiene..., perdón, que tienes en la mano y la que hay dentro de mi ordenador portátil.

–¿Cómo sabes que lo tengo todavía en la mano?

–Oigo el sonido de las hojas de papel rasgar el aire cuando mueves la mano gesticulando.

–Eres una excelente policía, Silvia.

–Gracias, inspector, lo sé.

–Piensas que eso es lo que te dirían tu padre y tu hermano si pudieran hablarte, ¿verdad?

–Así es, inspector, eso es lo que creo que dirían si estuvieran aquí conmigo y no se los hubieran llevado unos malnacidos.

–Encontremos ahora a este malnacido, Silvia. Hagámoslo por nuestros muertos.

–Hagámoslo por ellos, inspector.

38

La subinspectora Ana Forcada y el agente José Manuel Corral seguían de cerca a Roberto Armengol y a una mujer que supuestamente era su esposa. Habían pasado el día de compras en el centro comercial La Salera; lo que antes era solo un Alcampo se había convertido en un macrolugar para las compras y el ocio en general, un ocio enlatado, por cierto, lleno de gente a todas horas, sin luz natural y con olores un tanto difíciles de descifrar. La subinspectora Forcada odiaba aquel lugar profundamente, pero no insistió demasiado en ello ya que sabía que el agente Corral solía acudir con su mujer y sus dos hijos los pocos días de fiesta que tenía, para comprar e ir al cine. Aun así, Forcada no pudo evitar decir:

–¿De verdad venís aquí a pasar las tardes de los sábados que libras?

–No todas..., pero algunas sí, a mi mujer le gusta ir de compras y los críos pasan la tarde enredando de pasillo en pasillo. Luego vamos al cine y comemos palomitas y a última hora hacemos la compra grande en el Alcampo y nos vamos a casa.

–¿Y ya está?

–Sí, subinspectora, y ya está. ¿Qué más quieres que hagamos si se puede saber?

La subinspectora Forcada no quiso seguir por aquella línea, consciente de que estaba a punto de atravesarla por donde no debía.

–¿Dónde se han metido? –exclamó el agente Corral.

–Están en el Zara –contestó aburrida Ana Forcada.

–Hay tanta gente que ya no los distingo.

–Es lo que tienen los sábados, pero eso tú ya lo sabes.

–Mira, jefa, yo trabajo muy a gusto contigo, pero, por favor, si no quieres chincharme, mejor no me preguntes, ¿estamos?

–Estamos, Corral, perdóname, estoy hasta el gorro de este sitio y esta pareja que seguimos son unos sosos.

–Pues lee una revista.

La subinspectora Forcada tragó saliva. Reconoció su tontería al juzgar los días de asueto del agente. Notó que su temperatura corporal subía un par de grados y el color de sus mejillas se tornaba más colorado.

–Te invito a un café, Corral.

–Eso está hecho, jefa.

El agente Corral regaló una sonrisa a la subinspectora Forcada, y dirigiéndose a la máquina de cafés supo que el pequeño pique había llegado a su fin.

Estaban apurando el café del vaso de plástico cuando Roberto Armengol y su esposa salieron de la tienda de Zara. Era la cuarta hora que llevaban allí dentro y Ana Forcada estaba que se subía por las paredes. Consultó su reloj. Tiraron los vasos a la papelera y empezaron a caminar tras ellos a una distancia prudente.

–¿Te has fijado lo morena que está esa chica?

–Parece mentira lo duros que sois los hombres para algunas cosas.

–¿Qué quieres decir?

–Pues está bastante claro: esa chica es de la India o de Pakistán o de algún país por el estilo.

–No me había dado cuenta.

–Pero si te pregunto de qué tamaño tiene las tetas seguro que me harás una aproximación bastante fehaciente.

–Ya estamos otra vez –contestó apesadumbrado el agente Corral apretando el paso para seguir las zancadas de las largas piernas de la subinspectora Forcada.

–¡Se meten en el ascensor!

–¡Vayamos por la escalera! ¡Hay que llegar antes que ellos al aparcamiento!

Con la lengua fuera, la pareja de la Policía Nacional llegó a su coche antes de que lo hicieran Roberto Armengol y su mujer cargados de bolsas.

Tenían los coches estacionados muy cerca uno del otro. Armengol y su esposa dejaron las bolsas de la compra en el maletero de su Seat Altea y subieron al interior del vehículo. Salieron de la plaza de aparcamiento despacio. Los policías los seguían a un par de coches de distancia.

Ambos tuvieron que detenerse antes de encarar la rampa, pues había una larga fila de coches esperando a abandonar el aparcamiento subterráneo del centro comercial.

Roberto Armengol tenía únicamente un coche delante antes de que le tocara el turno para subir la rampa. Un trabajador del centro comercial, ataviado con un chaleco reflectante, indicaba cuándo debían iniciar la salida al exterior. La subinspectora Forcada y el agente Corral, al volante, estaban situados tres coches después del matrimonio Armengol. Cuando el encargado del aparcamiento les hizo la señal de continuar, las ruedas del Seat Altea rechinaron violentamente y el coche salió disparado por la rampa como un bólido.

–¡Se escapan! –gritó el agente Corral.

–¡Pues trata de evitarlo! –exclamó la subinspectora bajando la ventanilla y sacando la sirena portátil para colocarla en el techo del coche.

El agente Corral dio un volantazo seco para tratar de adelantar a los automóviles que tenía delante y que se habían quedado parados de puro estupor. El vigilante intentó dar paso al coche de los policías, pero se puso muy nervioso y no atinó a que los demás vehículos dejaran el paso libre al agente Corral, que gritaba como un poseso.

–¡Quitaos de en medio, coño!

–No son coños, Corral, son coches y personas –dijo más tranquila la subinspectora.

Cuando lograron salir al exterior, vieron, a lo lejos, que el Seat Altea conducido por Roberto Armengol desaparecía. Volaba, literalmente, en dirección a la avenida de Alcora, saltándose en rojo el semáforo que había en el cruce. Giraron como una exhalación a la derecha por dicha avenida, en dirección al centro de la ciudad.

–No corras, Corral, deja que corran ellos –ordenó Ana Forcada.

–¿Ah, no? Y entonces, ¿qué hostias hago? –contestó indignado el agente.

–Primero revisar muy seriamente tu vocabulario y corregirlo, y luego te diriges a la calle Caballeros. Les haremos una visita en su propia casa y que nos enseñen los modelitos que se han comprado.

La subinspectora Forcada retiró la sirena del techo del coche y la volvió a guardar en la guantera. El agente Corral enfiló por la avenida de Alcora hacia abajo, en dirección a la peatonal calle Caballeros.

39

Estaban sentados frente a una bandeja de sabroso y humeante arroz tres delicias; dos platos contenían crujientes pedazos de pato cantonés perfectamente lacado con miel y otras exquisiteces orientales; otra fuente albergaba rollitos de primavera, recién fritos y convenientemente escurridos de aceite sobrante, junto a una jugosa ensalada elaborada con lechuga, zanahoria, soja germinada, jamón cocido, col china... El eficiente camarero del restaurante China I de la plaza del Real trajo otras tres cervezas más antes de que nadie probara bocado.

El comisario Romerales leía atentamente el informe de la agente Silvia Redó.

–Permíteme que lo lea otra vez, agente –dijo carraspeando el comisario Romerales.

–Por supuesto –repuso Redó risueña.

–Léelo las veces que quieras, Romerales, pero yo voy a empezar a comer, que estoy muerto de hambre. –El inspector Monfort acabó sus palabras a la vez que se servía un buen pedazo de pato cantonés con un par de generosas cucharadas de arroz tres delicias.

Nadie dijo nada. La agente Redó esperó, educadamente, a que el comisario acabara de leer por segunda vez su informe, y cuando lo posó sobre la mesa se sirvió un rollito de primavera con un poco de ensalada china.

–Enhorabuena, agente. Es fantástico, sensacional.

–Gracias, comisario.

–Te reclamé porque tu jefe, el comisario Balcells de la Policía de Valencia, me había hablado de tus investigaciones de campo y de tus magníficos informes. Ahora he comprobado cuánta razón tenía. He de confesarte que en un principio desconfié de sus palabras. El hecho de que seas «todavía» agente no me dio buena espina, pero Balcells insistía e insistía de tal manera que..., bien, aquí estás con este tremendo trabajo. ¿Qué dices tú, Monfort? ¿Qué te ha parecido?

Al inspector le pilló por sorpresa la pregunta y tuvo que apresurarse a masticar un trozo de rollito de primavera que se acababa de llevar a la boca. Tosió y bebió un trago largo de su Heineken.

–¿Que qué me parece?

La agente Redó soltó una sonora carcajada.

–Sí, hombre, sí, que qué te parece –volvió a preguntar un tanto incómodo el comisario Romerales.

–Mira, te hemos hecho venir a este estupendo restaurante tan poco habitual entre los de tu comisaría..., lo digo por la forma desconfiada en que miras todos estos deliciosos manjares que nos han traído a la mesa, para que leas ese informe de mi compañera Silvia a gusto, tranquilo, sin llamadas, sin interrupciones de teléfono ni tonterías por el estilo; aquí podemos hablar sin tapujos y sin temor a ser escuchados por nadie que sepa algo del caso. Ahora ya sabemos cómo se llamaba el viejo asesinado en el cajero, ahora conocemos su identidad, su procedencia, su modo de vida, su estatus social, su familia... Ahora estamos a punto de conocer de una vez a su asesino. ¡Camarero, por favor, otra Heineken! –Monfort aprovechó que uno de los camareros pasaba por allí–. Tú sabes bien que si tenemos datos de la víctima y conocemos perfectamente su entorno, estamos a un paso de desvelar quién lo mató.

–¿Y qué? ¿Qué queréis de mí ahora? –preguntó Romerales, con la boca llena, encontrándole el punto delicioso al pato cantonés.

–¡Que te calles! –soltó a bocajarro Bartolomé Monfort–. Queremos que te calles, que no montes numeritos, que no convoques ninguna rueda de prensa, que no hables con el alcalde de Castellón ni con el jodido ministro del Interior.

40

La casa de Roberto Armengol tenía dos plantas más una buhardilla, a juzgar por las pequeñas ventanas que se veían desde la calle. Era una casa antigua y estrecha, de las del casco viejo de la ciudad, pintada en tonos tierra. Tenía solamente un balcón por planta, y sus barandillas estaban pulcramente pintadas de color negro. La carpintería exterior era de madera antigua bien cuidada. Llamaron con la aldaba; tres golpes secos. Segundos después oyeron que alguien, desde dentro, giraba la mirilla.

–¿Quién es? –preguntó una voz de hombre asustado.

–Soy la subinspectora Forcada y él es el agente Corral, de la Policía Nacional de Castellón –dijo poniendo la placa delante de la mirilla.

–¿Qué quieren?

–Hacerle unas preguntas.

–¿Unas preguntas sobre qué?

–Preferiríamos hacerlo dentro y no aquí fuera a grito pelado.

–¿Y si me niego a abrirles la puerta?

–Bien, puede hacerlo...

–Pues lo siento, váyanse, no queremos saber nada de ustedes.

–De acuerdo –dijo ahora el agente Corral–. En ese caso, tendremos que detenerle por huir de la Policía a toda velocidad en su automóvil, poniendo en serio peligro la vida de otros conductores y peatones a la salida del centro comercial La Salera... Creo que eso está penado hasta con cinco años de prisión, ¿no es así, jefa?

–Así es, agente, así es –contestó la subinspectora Forcada.

La puerta de la casa empezó a abrirse tímidamente. Roberto Armengol tenía cara de pánico y se le notaba incluso un leve temblor en la mandíbula.

–No diré nada sin la presencia de mi abogado. No he hecho nada en absoluto. No tenemos nada que ocultar.

Al fondo del pasillo, su esposa, la mujer de tez morena, lloraba desconsolada como si ella sí hubiera hecho algo.

–Tendrá que acompañarnos hasta la comisaría –dijo en tono suave Ana Forcada–. Desde allí podrá llamar a su abogado.

41

La subinspectora Forcada y el agente Corral relataban al inspector Monfort y a la agente Redó todo lo sucedido con el matrimonio Armengol mientras apuraban cuatro cafés con leche en vasos de plástico que un joven policía les había proporcionado.

–¿Y qué habéis hecho con su mujer? –preguntó Monfort.

–La hemos dejado allí –contestó la subinspectora Forcada–. Creo que ella tiene algo que ocultar. Lloraba demasiado para no haber hecho nada ni saber nada.

–¿Y la habéis dejado allí sola? –preguntó la agente Redó tirando su vaso de plástico vacío a la papelera.

–Los agentes Terreros y García están vigilando si sale o entra en casa –contestó el agente Corral.

–Bien. –Monfort dio una palmada y se frotó las manos–. ¿Tú qué crees, Forcada?

–Ella oculta algo, eso está claro. Pero él..., no sé. No ha dicho nada en todo el camino. Pero tiene mucho miedo de algo.

–¿Ha llamado a su abogado?

–Sí, viene hacia aquí, es de los buenos.

–¿Por qué tiene un abogado tan bueno si no ha hecho nada?

La subinspectora se encogió de hombros sin poder dar una respuesta acertada a la pregunta del inspector.

–Gracias de todas maneras, Forcada –continuó Monfort–. Habéis hecho un buen trabajo, excelente, muchas gracias otra vez a los dos; no dudéis de que daré cuenta de ello al comisario Romerales.

–Estamos a su servicio, inspector –fue toda la respuesta que dio la subinspectora Forcada.

–Gracias –añadió la agente Redó estrechando la mano de los dos policías.

–Silvia, vamos a ver a Roberto –dijo Monfort mirando a su compañera.

–Vamos, inspector.

42

Roberto Armengol hablaba muy acaloradamente con el que debía de ser su abogado. El inspector y la agente entraron deprisa en el despacho del comisario Romerales, lugar que ellos mismos habían elegido para hablar con Armengol y su abogado. Romerales esperaba en silencio en la puerta de su propio despacho a que el inspector y la agente entraran primero; a continuación entró él también.

Hizo las presentaciones:

–Les presento al inspector Bartolomé Monfort y a la agente Silvia Redó; ellos son Roberto Armengol y su abogado Ramón Cénia.

Redó abrió una carpeta llena de fotografías del cadáver del tío de Roberto Armengol y las dejó caer sobre la mesa como si fueran naipes, delante de Armengol y su flamante abogado.

–¿Quién de los dos lleva esa colonia tan fuerte? –preguntó el inspector Monfort mientras tomaba asiento frente a los dos hombres.

El comisario Romerales le disparó una mirada fulminante por su inapropiado comentario, pese a que tenía toda la razón respecto a aquel insoportable olor de colonia de anuncio navideño de macho-man que llevaba el abogado.

Roberto Armengol se puso a llorar de repente como un niño chico. Se cubrió la cara con ambas manos y los entrecortados sollozos le cortaban la respiración.

–¿Reconoce usted en estas fotografías a su tío Nicolás Armengol? –preguntó con voz dura la agente Redó.

–Sí, es él –contestó sorbiéndose los mocos Roberto Armengol.

–¿Le mató usted? –preguntó ahora el inspector Monfort.

–No contestaremos a esa pregunta –dijo con mal genio el perfumado abogado.

–¿No contestaremos? No creo habérselo preguntado a usted, señor... ¿Cómo ha dicho que se llama?

–Soy Ramón Cénia, de Cénia Abogados S. A. Quizá usted no conoce nuestro prestigioso bufete, pero le aseguro que...

–Lo único que quiero que me asegure es que este hombre –dijo Monfort señalando a Roberto Armengol– no está involucrado en la muerte de su tío. Solo eso. Bueno, y de paso, si puede hacer algo para cambiar de colonia también se lo agradeceré eternamente.

–No tienen derecho a retenernos aquí ni un minuto más. Hemos venido voluntariamente...

–¡Qué manía tiene con hablar en plural! –El inspector movió la cabeza en señal de disgusto y continuó hablando–: Vamos a ver, señor Cénia: usted sí ha venido voluntariamente, pero le recuerdo que su cliente puede pasar a disposición judicial en el momento que a mí, sin plurales, me dé la gana. Ha huido de un aviso de la Policía, poniendo en serio peligro la integridad de peatones y conductores en una fuga por el centro de la ciudad y, es más, de momento, está detenido por ser sospechoso del asesinato de Nicolás Armengol.

–¡Yo no maté a mi tío! –interrumpió la discusión Roberto Armengol con un grito.

–¿Ah, no? ¿Y por qué no ha dicho nada en todos estos días desde que lo encontramos muerto en la plaza de la Farola?

–No sabía que era él.

–¿Vio el cadáver por televisión? –preguntó con voz dulce la agente Redó, con la intención de relevar al inspector Monfort, que miraba al abogado con hostilidad manifiesta.

–Sí, lo vimos mi mujer y yo.

–¿Y no lo reconoció?

–La tercera o cuarta vez que lo vimos en las noticias de Canal 9 le dije a mi mujer que se parecía un poco de lejos a mi padre, pero él lleva mucho tiempo muerto.

–¿No pensó en que se podría tratar de su tío?

–No, sinceramente, no sabía que mi tío andaba por Castellón. Él navegaba por esos mares con su fragata haciendo reportajes para distintas publicaciones, y hacía muchos años, desde que yo era un niño pequeño, que no lo había visto.

–¿Tampoco pensó en su tía Concepción? –continuó preguntando la agente Redó, consiguiendo con su tono amable atraer la atención de Armengol.

–A mis tíos Nicolás y Concepción los quise con locura cuando era un crío. Iba a jugar a la villa que el abuelo mandó construir en la playa de Benicàssim, una casa preciosa con un encanto especial al estilo de las villas veraniegas de la Costa Azul. El abuelo se dedicaba a la exportación de naranjas, a Estados Unidos principalmente, y se hizo muy rico, inmensamente rico. Su hijo mayor, mi padre, Manuel Armengol, tomó las riendas de la empresa cuando el abuelo enfermó. Tras la muerte del patriarca murió también mi abuela, y mi padre heredó la totalidad de aquella prolífica empresa de exportación de cítricos. Mi tío Nicolás nada quiso saber de los encorsetados negocios familiares, y cambió aquella triste vida de oficina por ver cada noche una bóveda celeste plagada de estrellas maravillosas. Navegaba por los mares, viviendo con su joven esposa una luna de miel interminable, a base de puertos exóticos y tierras ignotas. Más tarde, su bella esposa contrajo una grave enfermedad y al poco tiempo murió. Mi tía, Concepción Armengol, apartada de los negocios destinados a los hombres y despechada por un amor que le clavó un puñal en el corazón al enamorarse perdidamente de su mejor amiga, se recluyó en Villa Armengol y únicamente dejó que la vida se le escurriera por entre los dedos día a día, mes a mes, año a año, hasta que un día alguien me dijo que había fallecido. No llegué a tiempo ni siquiera a su entierro.

–¿Qué es lo que quiere explicarnos con este relato digno de una novela de Dostoievski? –preguntó con algo de sorna el inspector, rompiendo un momento mágico de la declaración de Roberto Armengol.

–¡Mi padre me odiaba! –Roberto dio un golpe sobre la mesa que hizo dar un respingo al perfumado y caro abogado Cénia.

–¿Le odiaba? –continuó pinchando Monfort.

–Sí, me odiaba porque yo quería estudiar arte dramático, teatro, danza, interpretación...

–Vaya, que su padre lo veía a usted como a un marica.

–¡Esto es intolerable! ¡Le denunciaremos por difamación! –Cénia se puso como un basilisco, estaba realmente hecho una furia, quizá más de lo necesario.

–¡Cálmense, señores, cálmense, por favor! –medió el comisario Romerales taladrando con la vista al inspector Monfort; la agente Redó tuvo que volverse para que no la vieran reírse de semejante ocurrencia.

–¡Cállense, maldita sea! –zanjó Roberto Armengol la disputa con un grito tajante–. Tiene usted razón, inspector, mi padre creía que era homosexual solo por amar el arte, por leer poemas de Bécquer, por cantar óperas de

Puccini, por no beber carajillos de ron en el ateneo de Burriana jugando al dominó con sus amigotes y... por no irme de putas con él cuando así me lo sugería. Cuando me libré del servicio militar por problemas de espalda, él lo achacó a que era gay y me pegó tal paliza que me ha dejado secuelas físicas y mentales.

–Y entonces, ¿qué hizo usted?

–Estudié Magisterio a escondidas, mi madre me ayudó a que mi padre creyera que estaba estudiando Derecho. Y por las tardes iba a un centro de Castellón y estudiaba interpretación con varios amigos.

–¿Y luego?

Todos miraron al inspector Monfort, no sabían adónde quería ir a parar.

–Luego me fui a Pakistán.

–Y fue allí donde conoció a la que hoy es su esposa –dijo seguro el inspector.

–Sí, allí, en la ciudad de Karachi, a orillas del mar Arábigo, trabajé como maestro en una escuela para niños tan pobres que apenas tenían nada para comer. Todo me daba igual con tal de estar lejos de mi padre y de su intransigencia. Un amigo de la compañía de teatro se había ido voluntario como maestro de escuela a Pakistán, y al año siguiente regresó y me llenó la cabeza de ilusiones y esperanzas. Me fui con él y dejé parte de mi corazón roto en Burriana al separarme de mi querida madre, a la que ya, tristemente, no volví a ver más, pues su repentina muerte después de la de mi padre me pilló por sorpresa en Karachi, sin dinero ni visado para volver a España. Viví mucho tiempo en Pakistán, hasta que me casé con Benazir, una chica muy pobre de un barrio en el que conseguir agua potable y medicamentos era un reto imposible, y decidí que mis hijos tenían que vivir en España.

–Pero no han tenido hijos –dijo en tono suave el inspector.

–No, no puedo tener hijos, soy estéril –contestó apesadumbrado Roberto Armengol.

–¿Mató usted a su tío Nicolás como venganza por el odio que su padre le tenía? –preguntó definitivamente Monfort.

–¡Se lo juro, inspector, yo no maté a mi tío! ¡No podría hacerlo aunque quisiera! ¡Yo no le maté! ¡No le maté! ¡Lo juro, no he matado a nadie! –lloraba desconsolado Roberto Armengol.

43

En un pequeño comedor reservado del restaurante del Club Náutico del Grao de Castellón, cuatro personas debatían airadas sobre la posible implicación de Roberto Armengol en el crimen de Nicolás Armengol, su tío. Monfort miraba por la ventana. Fuera, el frío se podía palpar. Las gaviotas volaban bajo por encima de las cubiertas de los barcos pesqueros en busca de alimento. El cielo era del mismo color que el mar, un gris espeso y contundente, frío y desangelado, misteriosamente extraño.

–¿Les sirvo el arroz negro? –preguntó el *maître* del famoso restaurante del puerto.

–Sí, por favor –dijo el comisario Romerales apartando de la mesa una bandeja de mejillones vacíos.

–¿Les han gustado los caracoles de mar... y las almejas... y estas gambas de Peñíscola...? –El hombre preguntaba sin esperar respuesta, pues sabía a ciencia cierta que todos aquellos platos estaban deliciosos.

–¡Por favor! –El inspector Monfort alzó la mano–. ¿Puedes traer ya el vino tinto? Es que a mí, la verdad, tanto blanco me ablanda el cerebro y me remoja las ideas.

–Claro, señor, usted me dirá qué vino prefiere.

–Nada, nada, el que te parezca bien, yo me conformo con el que tú creas que acompañará bien el arroz negro.

–Pues, si me deja aconsejarle, apostaría por un Pago de los Capellanes, de Ribera del Duero.

–Perfecto, perfecto... ¿Dónde he bebido ese vino por aquí últimamente? –se preguntó el inspector más para él que para los demás.

–A saber, Bartolomé... Tú y los vinos... –dijo el comisario haciéndose el gracioso a costa de la fama de buen bebedor del inspector Monfort.

–No te pases, Romerales, no te pases. ¡Ah, ahora lo recuerdo! Fue en un bonito lugar, con buena compañía y degustando un magnífico arroz con bogavante. –El inspector pareció evadirse de allí momentáneamente y de sus labios salieron palabras de sabio enólogo; la agente Redó se ruborizó levemente–: Embotellado en Pedrosa de Duero, provincia de Burgos, ochenta por ciento de Tempranillo, diez por ciento de Cabernet Sauvignon y otro diez por ciento de Merlot... Cinco meses en barrica de roble. –De repente el inspector cambió el tono de voz como si hubiese bajado de nuevo a la Tierra–: Por cierto, Romerales, acércame el ajoaceite, que ya está aquí el arroz negro.

–¡Buen provecho! –les deseó el *maître* después de descorchar la botella de vino.

Desapareció del pequeño comedor para que pudieran hablar a sus anchas. Tras él cerró la puerta.

El comisario Romerales, el inspector Monfort, la agente Redó y la subinspectora Forcada discutían y repasaban al milímetro la declaración de Roberto Armengol, el principal sospechoso de la muerte de Nicolás Armengol, que seguía retenido en las dependencias de la Policía en la ronda de la Magdalena, esperando a que aquellas cuatro personas encontraran algún indicio que pudiera implicarle en el asesinato. Disponían de menos de cuarenta y ocho horas; transcurrido ese período de tiempo su perfumado abogado, Ramón Cénia, le sacaría de allí con todas las de la ley.

La agente Silvia Redó se dio cuenta de que, mientras el comisario Romerales, la subinspectora Forcada y ella misma sacaban conjeturas una y otra vez cambiando cada cinco minutos su postura sobre la posible culpabilidad de Roberto Armengol, el inspector Monfort no decía nada de nada, cosa, por otra parte, muy extraña en aquel explosivo inspector de policía.

En un descuido, Redó dejó la discusión en la que estaban sumidos y se dirigió al inspector que, mirando por la cristalera el infinito mar grisáceo, sostenía en una mano una copa de vino medio vacía y en la otra un cigarrillo sin encender que no dejaba de olisquear.

–Dime, inspector, si es que se puede saber, ¿qué es lo que te tiene tan preocupado?

–¿Por qué lo dices, Silvia?

–Porque no has pedido whisky de malta –ironizó la agente.

Monfort no pudo disimular una sonrisa por la aguda salida de su compañera.

–Supongo que te has fijado... Roberto Armengol no fuma. No ha pedido tabaco, ni tampoco ha solicitado tiempo para fumarse un cigarrillo, y la subinspectora y el agente no lo han mencionado en ningún momento durante el tiempo que estuvieron observando al matrimonio.

–Cierto, inspector, pero... no sé qué tiene eso que ver, la verdad.

La subinspectora Forcada y el comisario Romerales interrumpieron su discusión acerca de la posible autoría del crimen y prestaron total atención a lo que el inspector contaba.

–Espero que no te enfades, Silvia. El día que comimos en el restaurante del hotel Voramar –el inspector encendió el cigarrillo aspirando una gran cantidad de humo–, el mismo día que se puso a llover a mares y que tú te marchaste a Castellón con el coche que te prestó el agente Terreros, yo entré en Villa Armengol y permanecí allí dentro durante un rato, curioseando.

–¿Y qué encontraste? –preguntó impaciente el comisario Romerales.

–Nicolás Armengol abandonó la casa a toda prisa, no hizo ni las maletas. Todo en la villa estaba como si ese hombre tuviera que volver para cenar.

–¿Y qué tiene que ver que Roberto Armengol fume o no? –La agente Silvia Redó, lejos de enojarse, sonreía satisfecha por las indagaciones de su jefe.

–Tiene que ver. –Monfort apuró el vino antes de seguir hablando–. Nicolás Armengol no fumaba, lo sabemos por los resultados de los exámenes forenses de Castellón y Zaragoza. Pero alguien fumó en aquel salón.

Sacó del bolsillo de su gabardina una bolsita con autocierre que contenía varias colillas de cigarrillo y la sacudió en el aire para que todos la vieran.

–Pero pudo ser cualquiera que hubiera hecho una visita a Nicolás Armengol en la villa de Benicàssim –terció la subinspectora Forcada.

–Sí, en efecto, pero ese mismo día hablé con una vecina de la casa de al lado.

La agente Redó tosió sarcásticamente.

–Y me comentó que hacía mucho tiempo que nadie entraba en aquella casa, y que, además, Nicolás Armengol era poco menos que un hombre solitario que no hablaba con nadie. Un camarero del Voramar que lleva muchos años trabajando en el restaurante tampoco conocía nada de la víctima, no lo había visto nunca.

»No hablaba con nadie salvo con la mujer que les hacía la limpieza, Rosa «la de Benicàssim», a la que sabemos que despidió porque no quería a nadie en la casa que no fuera él mismo.

–En efecto, Silvia, en efecto. Pero Rosa tampoco fuma. Recuerda que el día que la interrogamos, cuando su hermano esperaba al teléfono, se puso tan nerviosa que le ofrecí un pitillo y ella lo rechazó argumentando que no había fumado jamás.

–Podemos hacer pruebas de ADN a los sospechosos si lo vemos necesario –apuntó el comisario Romerales.

–Quizá no sea necesario –sentenció Monfort creando gran estupefacción entre los demás policías.

–¿Me disculpan un segundo los señores? –interrumpió el momento tan delicado el *maître* del restaurante del club náutico.

–Estás perdonado –dijo con pesar el comisario Romerales.

–Es que han venido el alcalde de Castellón y el vicepresidente de la Diputación y quieren saludarles.

–Ah, bien, que pasen, que pasen. –El comisario Romerales se anudó de nuevo la corbata y se repasó el traje por si tenía alguna arruga.

–¿Van a pagar ellos la cuenta? –soltó por lo bajo Monfort.

–No te pases, Bartolomé, compórtate por una vez, te lo ruego.

–Pues tú, Romerales, acuérdate de lo que te dije el otro día en aquel restaurante chino.

–¿Qué me dijiste?

El inspector Monfort acercó su boca a la oreja del comisario y le dijo casi susurrando:

–Que te calles y que no montes numeritos.

44

–Buenos días, quisiera hablar con el director, por favor.

–¿De parte de quién le digo?

–Del inspector Bartolomé Monfort, de la Policía Nacional de Castellón –lo dijo en voz baja, enseñando la placa con disimulo a la muchacha delgada que atendía una de las dos ventanillas de la sucursal bancaria sita en la calle Gobernador Bermúdez de Castro.

La muchacha abandonó su puesto visiblemente azorada y se dirigió hacia un despacho que estaba al otro lado de la oficina. Llamó a la puerta y entró deprisa sin esperar respuesta. Tardó apenas un minuto. Del despacho salió enseguida, poniéndose la americana, un hombre de unos cincuenta años, con el poco pelo que le quedaba de color blanco y el semblante serio. Abrió la puerta que separaba la zona de clientes de la de los trabajadores y tendió la mano cortésmente al inspector Monfort.

–Soy Miguel Sanz, el director de la oficina.

–Inspector Bartolomé Monfort.

–Sé quién es. Pero, por favor, pase, pase... –Le abrió la puerta–. Pase a mi despacho.

Sentados uno frente al otro, Miguel Sanz levantó el auricular del teléfono y dijo a alguien que no le pasaran ninguna llamada.

–Usted habló con la agente Silvia Redó, ¿verdad? –dijo Monfort sin andarse por las ramas.

–Así es. –El director de la sucursal hizo un gesto afirmativo con la cabeza y juntó sus manos regordetas encima de la mesa.

–¿Por qué lo hizo? ¿No tiene usted la obligación de guardar en secreto las operaciones de sus clientes?

–El viejo llamaba coaccionado por alguien, estoy seguro.

–¿Cómo está tan seguro?

–Aquel dinero, que por cierto era mucho, llegó de golpe a nuestra oficina desde una cuenta bancaria que Nicolás Armengol y su esposa tenían en la central de Valencia. Vi que había mucho dinero ahorrado, planes de pensiones y plazos fijos. Al principio creí que aquel dinero serviría para financiar la estancia del señor Armengol mientras residía en Castellón, pero cuando empezó a llamarnos para hacer transferencias a una cuenta extranjera dudé de ello, además... –prosiguió el hombre visiblemente excitado– era tan raro no verle por aquí y que todo esto lo hiciese únicamente por teléfono, tan raro enviar tanto dinero al extranjero, tan raro..., tan raro todo.

–No le pasan cosas de estas normalmente, ¿verdad? –preguntó en tono amistoso el inspector.

–Jamás. Parecía de película. Un rico enviando su dinero a una oficina sencilla como esta, y luego esas transferencias, cada vez mayores y más frecuentes... Y finalmente la voz del viejo, rota, quebrada, muy extraña, se lo digo de veras. Cuando oí su nombre y apellidos en las noticias no me pude aguantar y llamé a la Policía.

–Se lo agradecemos, señor Sanz, más de lo que se imagina.

Monfort se puso de pie, tendió la mano al director y se dirigió hacia la puerta. Antes de salir dijo:

–¿Ha intentado, por casualidad, averiguar a qué país iba a parar el dinero?

Miguel Sanz pareció dudar al principio.

–Esto... Yo..., verá... Sí, inspector Monfort, está mal decirlo dado el código ético al que nos vemos obligados, pero... he hecho todo lo que he podido para saber a qué lugar iba ese dinero, se lo aseguro, pero no he conseguido nada.

–¿Podría tratarse de un banco suizo?

–Podría ser, por supuesto.

–Gracias otra vez, señor Sanz.

–De nada, inspector... Aunque... –El director de la oficina volvió a dudar antes de hablar mientras Monfort abría ya la puerta del despacho– también podría tratarse de un país sudamericano.

45

Bartolomé Monfort abrió las cortinas del gran ventanal de su habitación en el hotel Mindoro. Los rayos del sol inundaron toda la estancia de luz y calor. En camiseta y calzoncillos, el inspector comprobó que un preludio de la primavera había llegado de sopetón para fulminar aquel lúgubre y atípico invierno. Abrió la ventana y se colaron velozmente los sonidos de la ciudad, además de una brisa cálida que le devolvió a la infancia por un momento y le trajo palabras oídas a su padre: «Ya está aquí el *llevant,* el viento que sopla cuando todo va bien». Y como por arte de magia, aquella premonitoria brisa templada trajo luz y color a Castellón.

Roberto Armengol fue conducido hasta el depósito de cadáveres para que diera fe de la identidad de su tío, Nicolás Armengol, asesinado en la plaza de la Farola. Esposado, lloró desconsoladamente cuando el forense abrió la cremallera del saco de plástico que albergaba el cuerpo congelado del muerto, y como única respuesta ofreció una leve inclinación de cabeza en tono afirmativo a la subinspectora Ana Forcada.

En la casa que Roberto Armengol y su esposa pakistaní tenían en la céntrica calle Caballeros, se hallaron varios billetes de avión con destino a la ciudad suiza de Ginebra. Él argumentó que se debían a simples viajes de turismo, pero para la Policía fue demasiada coincidencia que realizara dos viajes en apenas mes y medio a dicho país, sin un motivo más sólido que el simple placer de la visita turística. La agente Silvia Redó envió, vía correo electrónico, una fotografía de Roberto Armengol a varias oficinas de bancos de la ciudad suiza y en dos de ellas dijeron haber visto al hombre de la fotografía, pero se ampararon en la ley de confidencialidad y no dieron más datos sobre qué hacía Roberto Armengol en dichos establecimientos. Para la jueza que instruía el caso fue definitivo. Los últimos movimientos conocidos de Nicolás Armengol en vida habían sido aquellas transacciones bancarias que el finado había realizado por teléfono a una cuenta en el extranjero. Su sobrino había viajado a Suiza presumiblemente con la intención de desviar el dinero que supuestamente había obligado a su tío a transferir hacia otras cuentas o bien para conseguir el dinero en metálico.

La noticia de la detención de Roberto Armengol, y su probable autoría del asesinato, se filtró a la prensa y corrió como la pólvora entre los periodistas. Al día siguiente, las portadas de los periódicos *El Mundo, Levante de Castellón* y *El Periódico Mediterráneo* despertaban a los castellonenses con una foto a toda página de un Roberto esposado, con el rostro roto de dolor, acompañado por el conocido abogado Ramón Cénia y la subinspectora Forcada a la salida del depósito de cadáveres de la ciudad.

«Mató a su tío», «El asesino de la plaza de la Farola», «El asesino de Nicolás Armengol también es un Armengol», «Por fin caso resuelto», «Todo queda en familia» fueron algunos de los titulares con los que desayunaron en la provincia unos ciudadanos poco acostumbrados a tales asuntos.

La jueza decretó prisión incondicional y estableció el secreto de sumario hasta nueva orden.

Nicolás Armengol recibió cristiana sepultura en el Cementerio General de Valencia al día siguiente. Sus restos fueron depositados en el panteón familiar, junto a su amada esposa, en un nicho que esperaba su llegada y que él mismo mandó construir tras la dolorosa e inesperada muerte de Enriqueta.

Muy al contrario de lo que Monfort hubiera pensado días atrás, Nicolás Armengol estuvo acompañado en el sepelio por muchos familiares y amigos. La familia de su esposa se hizo cargo del sencillo funeral y a él acudieron ancianos compañeros del finado, periodistas, fotógrafos, escritores, personajes ilustres del mundo de las ciencias, marinos y navegantes jubilados del puerto de Valencia y de muchos otros rincones del mundo.

Bartolomé Monfort, a una distancia prudente, observó apesadumbrado cómo daban sepultura a aquel extraño personaje al que le hubiera gustado conocer en vida. «Se lo ha llevado un hijo de puta», dijo en voz alta. Apagó con la suela de su zapato la colilla del cigarrillo y abandonó deprisa el cementerio camino del aparcamiento.

46

Además de los primos Enescu, fueron arrestados otros tres hombres más, igualmente de nacionalidad rumana, que vivían con ellos en un piso en las inmediaciones de la plaza de la Farola. Uno de los hombres tenía emitida orden de busca y captura por las policías española y rumana por el secuestro de una menor, que fue hallada en el piso, donde la obligaban a ejercer la prostitución. Cuando la brigada policial, al mando de los agentes Terreros y García, procedió a la detención de los cinco hombres, la joven presentaba una fractura en el tobillo a causa de una paliza propinada por el proxeneta un par de días antes: el ojo morado y las marcas en el cuello daban fe de ello.

La jueza ordenó su expatriación inmediata tras deliberar telefónicamente con su colega en Rumanía, el cual decretó prisión incondicional en cuanto llegaran al país.

Dolores Gaviria y Andrés González ingresaron en prisión preventiva a la espera de un juicio por tráfico de estupefacientes.

Andrés González escupió a la cara al inspector Bartolomé Monfort en uno de los pasillos de la comisaría de la ronda de la Magdalena cuando era conducido al juez de instrucción que decretó su ingreso en prisión.

Dolores Gaviria, a la que en un principio no se le incautaron más que unas papelinas en la casa en la que vivía entre Almassora y Castellón, fue víctima del chivatazo de uno de los detenidos. Finalmente se encontraron las llaves de un pequeño trastero de un bloque de pisos de Benicarló, en el que la Policía halló una gran cantidad de cocaína sin manipular, así como dinero en metálico y una bolsa con todo el material necesario para el corte de la droga.

Dolores lloró amargamente el dictamen del juez y, a la salida de los juzgados, rogó a la agente Silvia Redó para que su madre jamás se enterara de aquello.

Isabel Soto y Fernando Malpás quedaron en libertad sin cargos. Miguel Malpás, el padre de Fernando, denunció al inspector Monfort por allanamiento de morada y abuso de autoridad. Pidió una indemnización por daños y perjuicios y algunos periodistas de la prensa local le apoyaron con titulares como: «Grave error de la Policía de Castellón».

La pareja fue vista bailando en una discoteca del polígono de los Cipreses tres días después de que se retiraran las acusaciones.

47

En cuanto el inspector Monfort regresó del entierro de Nicolás Armengol, en Valencia, fue directamente hasta Benicàssim, a Villa Armengol. La Policía Científica la estaba registrando a fondo. La agente Silvia Redó y la subinspectora Ana Forcada dirigían concienzudamente la operación.

–¿No tenéis hambre? –dijo el inspector a modo de saludo a las dos mujeres.

–Más que Carpanta –contestó sin levantar la vista la subinspectora.

–Buenos días, inspector. ¿A qué se debe tan grata visita? –preguntó con guasa la agente Redó.

–Pues que es casi la hora de almorzar... y a juzgar por vuestras caras me parece que no habéis comido nada aún.

–Vaya –Forcada interrumpió su tarea–, encima nos ve feas.

–No, mujer, eso nunca, un poco hambrientas, pero nada más.

El inspector pensó que sería mejor ir a reservar mesa al cercano restaurante del hotel Voramar y dejar a las dos mujeres policías acabar su trabajo.

–Ahora vuelvo –dijo escabulléndose de allí.

–Qué cara más dura tiene –masculló la subinspectora Forcada.

–Déjale, a lo mejor tenemos suerte y nos trae unos bocatas –resopló Silvia llevándose un mechón de pelo detrás de la oreja.

La subinspectora Forcada y la agente Redó estaban en la casa al mando de media docena de policías que habían puesto patas arriba cada una de las estancias de la vieja mansión costera. El polvillo para detectar huellas dactilares se podía ver bien por todos los rincones de la vivienda. Los muebles habían sido registrados a fondo, los papeles revisados cuidadosamente..., pero no habían encontrado nada que no hubiese visto el inspector Monfort la noche que entró a escondidas en la casa.

–Por eso no ha venido esta mañana, y por eso tampoco está aquí ahora –dijo como si hablara sola la agente Redó.

–¿Cómo dices? –preguntó extrañada la subinspectora.

–Quiero decir –continuó Redó en voz baja, dirigiéndose directamente a su compañera– que el inspector Monfort no está aquí ahora porque ya sabe que no vamos a encontrar nada. Ya lo encontró todo en su día él solo.

–Es bueno, ¿verdad?

–Mucho, Ana, mucho. Es una persona difí... –Una llamada en su teléfono móvil interrumpió la frase–. ¿Dígame?

–Espero que a las dos os guste el arroz con setas y bacalao.

–Vaya, inspector, no me digas que piensas invitarnos a comer...

–Media hora y nos lo ponen en la mesa. Y si queréis seguir trabajando, no os preocupéis, desde aquí se ve perfectamente Villa Armengol.

Monfort se apoyó en la barra del bar del restaurante Voramar y pidió un Martini blanco para esperar a sus dos compañeras y a que estuviera listo el arroz con setas y bacalao. Una mujer que podía ser la dueña del establecimiento le sirvió el Martini.

–¿Están ustedes investigando lo de Villa Armengol?

–Sí, señora –contestó él cortés.

–Pobre viejo –suspiró la mujer–. Yo no le conocía. Mi padre seguramente conoció bien a toda esa familia. Trabajó aquí en el Voramar desde mil novecientos cuarenta y algo.

–¿Murió? –preguntó Monfort tomando un trago de la bebida.

–En efecto –suspiró de nuevo la señora–, hace ya catorce años; la vida pasa en un tris y no nos damos cuenta de nada. Quizá los que a lo mejor conocen algo a la familia de Villa Armengol sean Natalia y su marido, los vecinos de al lado. Tienen esa casa más o menos desde la misma época que ellos, principios de siglo, era del padre del marido de Natalia.

–Ellos, los vecinos, ¿viven en la casa todo el año? –preguntó con aire despreocupado el inspector.

–Ella no. Es demasiado presumida para vivir en la playa en invierno y que no le vean su peinado de peluquería por el centro de Castellón –soltó la mujer con una risa como de cotilleo.

–¿Qué quiere decir... ella no? ¿Acaso él sí?

–Él es médico, el doctor Eugenio Sánchez, especialista en nefrología.

–¿Nefro... qué? –preguntó arrugando excesivamente la frente el inspector Monfort.

–Nefrología –contestó la señora haciéndose ahora la lista–, la especialidad médica que trata los problemas del riñón.

–¿Y solo porque es médico vive él en la casa de la playa y ella en la de la ciudad?

–Dicen que el matrimonio de Eugenio y Natalia está roto desde hace un año –dijo la mujer poniéndose la mano junto a la boca, como haciendo pantalla para hablar más bajo y que el inspector pudiera oírla bien.

–Ella no debe de soportar que el doctor esté siempre en el hospital y cosas así, ¿no?

–¡Qué va, hombre! –exclamó exageradamente la señora–. Lo que pasa es que ella tiene un amante.

La subinspectora Forcada y la agente Redó entraron en el salón del restaurante Voramar y Monfort y la señora no tuvieron más remedio que dar por concluida la conversación. Pero para el inspector era suficiente.

–¡El arroz meloso con setas y bacalao para tres personas estará listo en tan solo cinco minutos! –anunció con gran orgullo un camarero que salía de la cocina.

48

La agente Silvia Redó acababa de salir de la bañera. Su habitación estaba en el sexto piso del hotel AC, y desde el gran ventanal se veían los tejados del centro de la ciudad. Contempló su cuerpo desnudo reflejado en el gran espejo de la entrada. No se vio nada mal. No había ganado mucho peso en los últimos meses, sus hombros seguían rectos, sus piernas, tersas, sus pechos, firmes. Pensó en Juan, el que fuera su novio hasta apenas dos meses antes. No fue Juan el que rompió con ella, fue ella quien decidió no amargarle la vida con su mundo policial, tan duro, tan raro, tan lleno de maleantes y de mala vida... «Eres bueno, Juan, no creo que pueda hacerte feliz, lo siento..., de verdad, lo siento mucho, prefiero que sea ahora, antes de que pierda la cabeza por ti.» Estas fueron las últimas palabras de Silvia antes de que Juan, mudo de estupor, dejara el solomillo al *foie* sin probar en aquel moderno restaurante de la playa de la Malvarrosa. Una lágrima resbaló mejilla abajo, solo una.

Se vistió con ropa cómoda para ir hasta el centro penitenciario de Castellón para tener una nueva entrevista con Roberto Armengol. Se lo había encargado Monfort ya que algo seguía sin cuadrarle, lo cual, en boca del inspector, quería decir que no tenía del todo clara la autoría del crimen.

Estaba dándose unos últimos retoques de maquillaje cuando recibió una llamada en su teléfono móvil del comisario Romerales.

–¿Dónde cojones anda Monfort?

–Buenos días, comisario. No lo sé, son las siete y media de la mañana.

–¿Y a mí qué me importa la hora que es?

–¿Quiere que le busque, comisario?

–¡Lo que vas a hacer ahora mismo es escucharme atentamente y luego le buscas y le dices que me llame de inmediato!

Tras la conversación con el enojado comisario Romerales, Redó llamó al inspector Monfort, que al ver el número de la agente contestó con voz ronca.

–Buenos días, Silvia.

–Esta noche Roberto Armengol ha pedido hablar con el juez de guardia.

–Pero si apenas lleva veinticuatro horas en prisión –contestó Monfort visiblemente aturdido.

–Ya, pero espera a escuchar esto: es cierto que fue visto en un par de oficinas bancarias de Ginebra, pero resulta que el dinero que llevó a Suiza era para enviarlo secretamente a una cuenta de Pakistán, con el fin de financiar una escuela en uno de los barrios más pobres de la ciudad de Karachi. Roberto Armengol fue desheredado por su padre, ¿recuerdas? –preguntó la agente, más que nada para cerciorarse de que Monfort seguía allí, al otro lado del aparato–, pero su madre, con la que siempre se llevó muy bien pese a los conflictos paternos, le fue ingresando, año tras año, importantes sumas de dinero en una cuenta a su nombre. La madre, que ocultó a su marido esos ingresos, murió confiada de que su hijo haría un buen uso de aquellos ahorros, y Roberto Armengol quiso agradecer a su madre aquel noble gesto ayudando a los que más lo necesitaban. Los años vividos en Pakistán, rodeado de niños que nada tenían, y la propia experiencia de su esposa, lo llevaron a realizar aquel acto de generosidad. Quiso hacer las cosas legalmente enviando el dinero desde España, pero se topó con que las corruptas autoridades de la capital pakistaní le cobraban unos injustos y desmesurados impuestos que a buen seguro acabarían enriqueciendo las arcas de alguna de las mafias dedicadas al tráfico de drogas o las de algún cacique sin escrúpulos. Un amigo que trabajaba en un banco de Castellón le recomendó llevar en primer lugar el dinero a un banco de Suiza y desde allí enviarlo después hasta Pakistán a una cuenta privada, de manera que fuera más difícil seguir la pista del dinero. Y... hay algo más.

–Suéltalo ya –masculló el inspector.

–El día que mataron a Nicolás Armengol, el 12 de enero, Roberto Armengol estaba en Ginebra.

–¡Mierda! ¿Y por qué no lo dijo?

–Por amor. No lo dijo por amor.

–¿Por amor? –preguntó Monfort, estupefacto, poniéndose los pantalones con una mano mientras con la otra sostenía el móvil.

–Sí –continuó la agente Redó–. Las transferencias iban a nombre de su mujer, y el dinero lo enviaban a una escuela de un barrio marginal fundada por la hermana de su esposa y su cuñado, en Karachi. Si los corruptos infiltrados en el Gobierno pakistaní se hubieran dado cuenta de aquello, la familia de la esposa de Roberto Armengol hubiese sufrido consecuencias dramáticas.

–Cárcel, o incluso la muerte –contestó seguro Monfort.

–Exacto –remató Silvia.

–¿El juez le ha soltado?

–Sí, anoche mismo. No puede abandonar la ciudad y debe personarse en el juzgado cada día, pero está en libertad.

–¿Y la prensa? –preguntó Monfort pensando en el escándalo mediático.

–Pues supongo que imprimiendo ya los titulares. El comisario Romerales nos quiere matar.

–Más a mí que a ti, seguro –dijo el inspector abrochándose la camisa con una sola mano.

–Seguro –balbuceó la agente Redó.

–Pues si lo ves, le dices que se espere un poquitín más y que luego haga lo que quiera conmigo. De momento te agradecería que visitaras a Roberto Armengol para que te cuente todo eso que le ha dicho al juez. Ah, y ten cuidado con el abogado perfumado, estará deseando destrozarnos vivos.

–Más a ti que a mí –contestó con sorna Silvia Redó.

49

Eran las ocho y media de la mañana. El inspector Monfort bajó a la recepción del hotel Mindoro sin afeitar, bastante mal vestido y, por supuesto, sin haber desayunado. Hizo ademán de dirigirse al aparcamiento para ir a buscar su coche, pero al final se echó atrás y subió a un taxi que había quedado libre en la puerta del hotel, tras descargar las maletas de una joven pareja que acababa de apearse.

–Al Hospital General, por favor.

–Buenos días, caballero, ¿quiere usted que vayamos por la ronda Mijares o tomamos la circunvalación?

–Quiero ir al Hospital General, nada más, y deprisa si no le es demasiada molestia.

–No, ya, pero... es que...

–¡Ni pero ni nada! –le interrumpió visiblemente enojado el inspector sacando su placa–. Soy policía, lléveme lo más pronto que pueda y listos, ¿entendido?

–Sí, señor, esto..., disculpe, allá vamos –tartamudeó el taxista al ver que había metido la pata.

El Hospital General de Castellón era un hervidero de gente que entraba y salía y abarrotaba los pasillos, las salas de espera, el servicio de urgencias, las ventanillas de información, los lavabos, el quiosco..., todo estaba lleno de personas con los rostros endurecidos por hallarse en semejante lugar. Bartolomé Monfort no desentonaba aunque fuese mal vestido, sin afeitar y con cara de pocos amigos. El taxista le había llevado deprisa e incluso insistió en no cobrarle la carrera. Monfort se negó en rotundo y le pagó religiosamente su trabajo.

Se acercó a un mostrador de información que milagrosamente había quedado libre.

–Por favor, ¿podría localizarme al doctor Eugenio Sánchez?

–¿Sabe su especialidad? –preguntó un hombre amable enfundado en una bata blanca dos tallas más grande de lo que necesitaba.

–Nefrología –contestó Monfort seguro.

El hombre consultó la pantalla de su ordenador achinando los ojillos como si le hiciesen falta unas gafas que no llevaba.

–Nefrología, nefrología... Sánchez, Sánchez... ¡Eugenio Sánchez! ¡Aquí está! –celebró al encontrar al doctor, como si hubiese marcado un gol su equipo preferido–. Tercera planta, pasillo seis, puerta doce.

–¿Puede usted llamarle si es tan amable? –preguntó el inspector sin haber retenido, ni por un instante, la retahíla de datos que le había dicho el hombre.

–No podemos hacer eso, señor, no nos está permi...

–Dígale que le busca el inspector Monfort, de la Policía Nacional de Castellón –le interrumpió este.

–Lo llamo enseguida.

–Gracias.

Monfort se retiró un metro hacia atrás para no interferir en lo que el hombre de la bata blanca le iba a decir al doctor Eugenio Sánchez.

–Dice que si es tan amable lo espere en la cafetería, bajará en cinco minutos.

La cafetería estaba igual de atestada de gente que el resto del hospital. Quince minutos después apareció el doctor Eugenio Sánchez. Era un hombre fuerte, de estatura media, con el pelo rubio pero con una ya generosa calvicie que le hacía parecer mayor. Usaba gafas redondas de montura fina que le daban un aire de intelectual. Vestía la clásica bata blanca de médico, vaqueros azules desgastados y zuecos en los pies. El inspector Monfort supo que era él inmediatamente porque miraba nervioso hacia todos lados buscando a alguien. Le hizo una señal con la mano y se puso de pie.

–Buenos días, doctor.

–Buenos días, inspector...

–Inspector Bartolomé Monfort, de la Policía Nacional de Castellón –contestó estrechando su mano, que notó fría y escurridiza–. Disculpe que no le haya podido avisar antes.

–No se preocupe. –El doctor tomó asiento.

–¿Quiere tomar algo? –le ofreció el inspector, que tenía frente a él una taza de café solo.

–Sí, je, je, un cortado descafeinado, ahora me lo traerán, je, je, siempre tomo lo mismo, no hace falta que pida nada, las chicas de la barra ya me lo sirven nada más verme.

El doctor Sánchez quiso imprimir un poco de humor al encuentro, pero a Monfort no le hizo demasiada gracia. Se fijó en esa costumbre de algunos médicos de no llevar una camiseta o algo por el estilo debajo de la bata, para evitar que asomen los cuatro pelos del pecho y la cadenita de oro.

–¿Sabe por qué he venido?

–Imagino que es por lo del anciano de Villa Armengol que encontraron muerto en la plaza de la Farola.

–¿No lo reconoció cuando salió por la tele?

–No veo la tele.

–¿No tiene tiempo?

–Entre otras cosas... No, verá, apenas conocía a ese hombre. Lo había visto alguna vez, pero muy pocas. Rosa, la mujer que trabajaba en su villa nos contó que no salía nunca, por lo visto era un hombre triste y solitario. Nos dijo también que vivía en Valencia, que su mujer había muerto de una dura enfermedad y que cuando su hermana cayó enferma él vino para estar a su lado hasta que le llegara la hora.

–Muy bonito, doctor, todo eso que me cuenta ya lo sabemos, pero... dígame, ¿dónde estaba usted la noche del 12 de enero?

–¿La noche del 12 de enero?

–Eso creo haber dicho –contestó Monfort apurando el café y echando mano del paquete de tabaco a sabiendas de que allí no podía fumar.

–Déjeme consultar mi agenda un momento.

El doctor Sánchez sacó del bolsillo de su bata una pequeña agenda que abrió por las primeras páginas.

–Pues estaba aquí, en el hospital, trabajando, haciendo una guardia, concretamente los días 11, 12 y 13 de enero.

–¿Puede alguien corroborarlo? –preguntó el inspector mirando a los ojos cansados del doctor.

–Sí, por supuesto, todo el equipo médico de esa noche podría dar fe de ello... Pero... ¿no creerá usted que yo tengo algo que ver en todo esto?

–Yo no creo nada ni dejo de creer, doctor.

–No me falte al respeto, inspector, soy un médico reputado en el hospital, hace quince años que ejerzo en el Departamento de Nefrología del General de Castellón, pregunte por ahí a quien quiera, pregunte, pregunte.

–Doctor, no me malinterprete. Entiéndame, yo no sé quién mató al viejo; usted es su vecino, usted vive solo en esa casa, justo al lado de donde vivía la víctima –pronunció con énfasis las palabras «vive solo», con toda la intención, y el doctor, sintiéndose aludido, bajó la cabeza un instante y arrugó visiblemente la frente.

–¿Cómo sabe que vivo solo? –El doctor Sánchez levantó la vista.

–Se lo oí decir a alguien –contestó como despistado el inspector mirando hacia otro lado.

–¿A alguien? ¡Cómo que a alguien! ¡Explíquese, por favor! –El doctor estaba irritándose por momentos y en su frente aparecieron dos gotas de sudor.

–No creo que haga falta decir quién... –probó suerte el inspector Monfort.

–¡Mi mujer! ¡Seguro que ha sido la ingrata de mi esposa! Se lo he dado todo en esta vida y me lo paga de esta manera, contando por ahí que vivo solo en la casa de la playa, tendrá poca vergüenza, apenas si me deja entrar en nuestro piso de Castellón y ella lo adorna como si yo quisiera vivir solo en la playa, ¿suena bucólico, verdad?, pues es una pura patraña, un embuste, un acto injusto en el que me veo obligado a participar y, por supuesto, a llevarme la peor parte. No hay derecho, no me lo merezco, se lo aseguro, inspector, no me lo merezco. –El tono enfadado con el que el doctor había empezado el discurso fue convirtiéndose en un quejido, en un lamento casi de súplica–. Ella ya no quiere vivir conmigo, se ha atrincherado en el piso de Castellón y solo aparece por la villa de Benicàssim un día a la semana, más que nada para acallar las voces de sus conocidos, de sus finas amistades; esa es la gente que nos ha llevado a esta desgracia, sus conocidos...

–Disculpe, doctor, que le haga una pregunta personal, no conteste si no quiere pero...

–Diga, diga...

El médico se pasaba la palma de la mano por su amplia calva, y en ese momento el inspector se fijó en sus profundas ojeras fruto de tantas noches en vela.

–¿Cuál es el motivo de su teatral ruptura?

–Un hombre.

–¿Un hombre? ¿Qué hombre?

–No sé cómo se llama, solo sé que hace unos meses se marchó al extranjero, a trabajar, según me dijo ella misma. Desde que su amante se fue he intentado acercarme a ella, pedirle perdón si es que he cometido alguna cosa por la que deba perdonarme.

El inspector Monfort pensó que lo que acababa de decir era la peor manera para hacer que una mujer volviera, pero no se lo dijo y en cambio empezó a ponerse de pie con idea de despedirse de aquel hombre hundido.

–Gracias, doctor. Si recuerda algo, si cree que hay algo en lo que pueda ayudarnos, no dude en ponerse en contacto conmigo, se lo agradeceré enormemente. –Le tendió una tarjeta con el número de su teléfono móvil.

–De nada, inspector, siento no haber sido de mucha ayuda, pero ya ve que no estoy pasando por un buen momento personal.

El doctor Eugenio Sánchez y el inspector Monfort se estrecharon la mano a la puerta de la cafetería del Hospital General de Castellón.

–Una cosa más –interrumpió la despedida Monfort.

–Dígame.

–¿A qué país se ha ido el amante de su esposa?

–No lo sé con seguridad, pero de lo que sí estoy seguro es de que se trata de algún país sudamericano.

50

La agente Silvia Redó llamó al timbre de la casa de la céntrica y peatonal calle Caballeros. Abrió Benazir, la esposa de Roberto Armengol. La mujer guardó silencio sin apartar sus oscuros y profundos ojos de los de Redó. Silvia se sintió mujer antes que agente de policía y brotó en ella una mezcla de rabia y vergüenza a partes iguales.

–Soy la agente Silvia Redó. –Enseñó su placa.

–Sé quién es –contestó la esposa de Armengol en un correcto español con acento inglés–. ¿Qué quiere?

–Hablar con su esposo, si es posible.

–En estos momentos no está en casa, ha ido al juzgado... Vuelva otro día. Adiós. –La mujer empezó a empujar la puerta para cerrarla.

–Perdone, Benazir. Deje que hablemos un momento, podemos hablar aquí, en la puerta, si quiere.

Benazir abrió la puerta despacio y dejó entrar a Silvia Redó en su cálido domicilio.

–Gracias –dijo la agente quitándose la chaqueta vaquera que llevaba.

–No tengo muchas ganas de hablar con nadie, entiéndame –le dijo la mujer tomando la chaqueta para colgarla en el perchero de la entrada.

–Lo comprendo, serán solo un par de minutos, se lo aseguro.

–No sé si debo.

La agente Redó tomó asiento en un sofá de piel gastada por los años y el uso. Benazir se sentó frente a ella, en un sillón de orejas. La agente tomó la palabra.

–Siento mucho lo que les ha pasado. Siento profundamente que les hayamos hecho pasar por todo esto. Pero si su esposo nos hubiese contado la verdad, nada de esto hubiera ocurrido...; nos cuesta entender por qué no nos contó toda la verdad en los interrogatorios, y por qué razón tampoco se la contó a la juez. Jamás debió pisar la cárcel, jamás.

Benazir se echó a llorar desconsoladamente y la agente Redó no supo qué hacer. Un torrente de lágrimas caía por sus mejillas y Silvia Redó le tomó las manos y las apretó en señal de apoyo.

–Váyase, váyase, no necesitamos sus mentiras, no necesitamos nada de ustedes, nada podrá borrar de la mente de mi esposo las voces de acusación de homicidio y todo lo demás que tuvo que oír por parte de ustedes y de la juez, ¡váyase, por favor!

–Entiendo que nos odie, lo entiendo perfectamente, pero piense que sin la verdad absoluta nosotros estamos perdidos, damos palos de ciego y cometemos errores... imperdonables.

Benazir enjugó sus lágrimas y aclarando la voz dijo:

–Roberto mintió por mí y por mi familia. Mi hermana y su esposo fundaron una escuela para niños muy pobres en un barrio marginal de Karachi. Nada hay allí, nada de nada, solo hambre y miseria. Las autoridades del país les dan migajas de vez en cuando, pero eso no mitiga el hambre de un pueblo. Las mafias se quedan con todo lo que tiene algo de valor y obligan a la gente a que no tenga más remedio que robar y matar para conseguir algo; robar y matar con las armas que ellos mismos venden. Nada hay, nada tienen, nada pueden conseguir. Mi hermana y su esposo son maestros en una escuela privada de la ciudad a la que acuden niños de clase alta que pueden costearse los estudios, pero al volver al barrio se encuentran con la verdad absoluta, cientos, miles de niños sin escolarizar, mendigando, prostituyéndose, robando..., matando. La droga acaba con ellos, esnifan pegamento que venden los mismos corruptos que luego les venden las armas. Es un círculo vicioso del que solo se sale muriendo. Mi marido trabajó en la escuela que mi hermana y mi cuñado montaron clandestinamente en el barrio. Roberto daba clases por la mañana, por la tarde, por la noche, se desvivió por aquella escuela hecha con paredes de chapa y techos de paja; se dejó en Karachi los mejores años de su vida. Su padre le odiaba porque estudiaba teatro y amaba la poesía. Tuvo una infancia dura de niño rico y por eso seguramente vino a Pakistán, para ver el lado más salvaje de la vida de los miserables. Roberto me conoció un día que mi hermana y mi cuñado lo invitaron a cenar a casa de mis padres. Yo me enamoré perdidamente de él en el mismo momento en que lo vi, pero no tuve valor para decirle nada, creía que jamás me miraría a los ojos, a los ojos de una pobre pakistaní a la que su hermana debía dejarle la ropa para poder vestirse. Supe, meses más tarde, que Roberto se había enamorado de mí aquel mismo día en el que yo caí embelesada por su alma de hombre bueno. Rompimos con todas las normas de la sociedad pakistaní, y con la bendición de mis padres y mi hermana mayor nos casamos clandestinamente en la ciudad de Karachi una tarde de lluvia torrencial. Yo ayudaba a Roberto en sus clases, no soy maestra, pero era capaz de ayudarle en las tareas que él me había enseñado. Mi hermana y mi cuñado trabajaban por la mañana en la escuela privada y por la tarde le echaban una mano con aquella legión de niños que venían encantados a la escuela, agarrándose a ella como la última esperanza de una vida menos miserable. Un día, mi anciano padre entró corriendo en el aula en la que Roberto impartía una de sus clases. Se lo llevó corriendo de allí y lo ocultó en el sótano de una vieja casa de nuestro barrio. Estaban deteniendo a todos aquellos extranjeros que trabajaran en la enseñanza en los barrios pobres del país. La intención de los corruptos era abortar todo tipo de intento de educar a la población de los barrios marginales. Los detenían y casi al momento los llevaban al aeropuerto más cercano, expatriándolos inmediatamente. Nosotros nos amábamos con locura y, en medio de aquella miseria que nos rodeaba, éramos felices. Mi hermana nos proporcionó el dinero necesario para que pudiésemos marcharnos del país antes de que la cosa se pusiera peor. Y así, un día, partimos en un avión rumbo a España. El resto..., el resto ya lo conocen ustedes. Roberto solo quería ayudar a mi familia, devolverles el favor tan grande que nos había hecho mi hermana reuniendo el dinero suficiente para que yo pudiese marcharme con él. Pero ellos siguen allí, y nosotros..., nosotros hacemos todo lo que podemos desde aquí para ayudarles. Tendría que ver la sonrisa de aquellos niños, agente, tendría que ver sus ojos brillar con una palabra amistosa, con una caricia, con una simple sonrisa.

La agente Redó tenía los ojos enrojecidos. Se puso en pie, estrechó la mano de Benazir y se despidió de ella; había recibido un duro golpe en lo más profundo de su ser.

51

El inspector Bartolomé Monfort fumaba un cigarrillo con avidez en la puerta del Hospital General de Castellón. La conversación con el doctor Eugenio Sánchez le había producido unas ganas tremendas de fumar. Daba fuertes caladas a su cigarrillo mientras discutía con alguien de la central telefónica de la comisaría de la ronda de la Magdalena.

–¿Pero es que nadie me va a saber decir dónde demonios vive una mujer que se llama Natalia Monsonís?

–Disculpe, inspector –se excusó el joven agente al otro lado del aparato–, vamos a tope esta mañana, pero la encontraremos, no lo dude.

–Eso espero –masculló el inspector Monfort, cerrando la tapa de su teléfono móvil para dar por concluida la llamada.

Un taxista lo llevó deprisa y sin hacer preguntas acerca del itinerario hasta el hotel Mindoro. Cuando llegó, subió rápidamente a la habitación para darse una buena ducha, rasurarse la incipiente barba y vestirse con ropa limpia. Pensó que sería mejor ofrecer un buen aspecto a Natalia Monsonís.

Mientras, cerca de allí, en la segunda planta del aparcamiento de la plaza Santa Clara, debajo del magnífico mercado municipal de Castellón, la agente Redó lloraba con amargura. En la oscuridad del aparcamiento subterráneo, Silvia derramaba lágrimas gordas como puños. Lloraba por todo lo que había oído de boca de Benazir, pero también lloraba por ella misma, por su vida, perdida quizá detrás de aquella imagen de mujer policía dura, intachablemente profesional. Silvia Redó, la mujer, no sabía en aquellos momentos si habría equivocado sus pasos, no sabía a ciencia cierta si cuando tomó la decisión de ingresar en el cuerpo, tras los viles asesinatos de su padre y su hermano a manos de terroristas, había sido la mejor opción o se trataba de una burda manera de escapar de todo y refugiarse únicamente en atrapar a los malnacidos que día tras día acababan con las vidas de gente inocente como su padre y su hermano. No lo sabía, no sabía si estaba bien lo que hacía. En aquellos momentos dudaba de todo, de por qué había abandonado a Juan, el único hombre que la había tratado bondadosamente tras enterarse de su profesión, el único hombre que no había salido corriendo al encontrar una pistola y una placa junto al cajón de su ropa interior. Pero lo había tirado por la borda, había despreciado su relación, y tampoco sabía la razón con total exactitud. Allí, en el aparcamiento del centro de la ciudad, se sintió muy pequeña, y recordó a su padre cuando la abrazaba y le daba ánimos para seguir haciendo los deberes, aunque no siempre le salieran bien.

Silvia Redó había nacido en Massalfassar, a dos pasos de la ciudad de Valencia, en el seno de una familia de policías. Su padre y su hermano pertenecían a la Policía Nacional, en la Jefatura Superior de Valencia. Una fría noche de noviembre, en una montaña cercana a Tolosa, en Guipúzcoa, una bomba colocada a la entrada de un zulo acabó con la vida de cinco agentes de policía, entre ellos su padre y su hermano, que realizaban prácticas con el grupo de la lucha antiterrorista de la capital guipuzcoana.

Cuando hubieron llorado todo el odio y la rabia que llevaban dentro, Silvia le rompió un poco más el corazón a su madre ingresando en la academia de Policía para seguir los pasos de sus familiares asesinados. Se trataba de buscar venganza, de acabar con los que habían segado la vida de sus seres queridos. Dedicó los mejores años de su juventud a la Policía.

Fue destinada a la Jefatura de Policía de Valencia en deferencia a su dramático pasado familiar, para que pudiera estar cerca de su madre. En poco tiempo ingresó en la Policía Científica. Sus exhaustivas investigaciones y los minuciosos y ejemplares informes posteriores hicieron que se ganara un puesto entre los mejores. Trabajó en importantes casos de homicidio en la Comunidad Valenciana, y el comisario Romerales, de la Policía Nacional de Castellón, pensó en ella cuando se vio agobiado por la poca claridad de la extraña muerte del mendigo en la plaza de la Farola.

Silvia Redó medía un metro setenta, era delgada pero no demasiado, de piernas firmes y espalda recta. Sus cabellos rubios le daban un aire muy femenino del que otras compañeras carecían. Las facciones de su cara eran dulces y sensuales. Sus grandes ojos de color castaño tenían una profundidad enigmática. En el cuartel no le habían faltado los pretendientes, a los que ella siempre había rechazado guardando la compostura en todo momento.

Cuando le informaron de su traslado temporal a Castellón para encargarse de un caso de asesinato y le dijeron que trabajaría a las órdenes de «Kamikaze Monfort», un inspector catalán de origen castellonense famoso por sus trepidantes aventuras en los límites de la justicia a la caza de todo criminal que se le cruzara en el camino, Silvia sintió una mezcla de curiosidad y entusiasmo que no hizo más que animarla a aceptar gustosa el encargo de sus superiores.

La agente Redó había dejado de llorar. Enjugó sus lágrimas y sintió que algo extraño corría por su interior al revivir la tarea realizada junto al inspector Monfort. Se encontraban al final del trabajo, presentía que su jefe estaba a punto de resolver el caso del asesinato de Nicolás Armengol. Pero se topaba una y otra vez con un hombre que se cerraba en banda, no le explicaba casi nada de lo que pensaba del asunto, pero tampoco la apartaba de él, le pedía colaboración, y eso, a ella, la motivaba a seguir trabajando en pos de la resolución del caso. Qué extraño hombre, pensó coqueta Silvia Redó.

Se aplicó sombra de ojos ayudada del retrovisor del coche que le había prestado el agente Terreros y, finalmente, pintó sus atractivos labios de rojo carmín. Besó un pañuelo de papel para deshacerse del pintalabios sobrante: unos labios perfectos quedaron dibujados en el fino tisú. Llamó con su móvil al inspector Monfort, pero no había cobertura en el subterráneo. Puso en marcha el automóvil y salió deprisa del aparcamiento. Se miró en el espejo retrovisor y se vio atractiva.

52

–¿El inspector Monfort?

–Sí.

–Tenemos la dirección de la señora Natalia Monsonís, la esposa del doctor Eugenio Sánchez.

–Ya era hora.

–¿Puede tomar nota?

–Di.

–Calle Echegaray número 7, en el cuarto piso.

–Gracias –dijo el inspector colgando el móvil instantáneamente.

Bajó a recepción y se fumó un cigarrillo ojeando un periódico que había encima del mostrador. No vio ninguna noticia del caso que llevaban entre manos. Miró, instintivamente, las páginas centrales dedicadas a las noticias de las comarcas de la provincia. En Vilafranca del Cid, la fábrica de Marie Claire estaba atravesando un mal momento y habían empezado a negociar los despidos pactados de muchos de sus trabajadores. Bartolomé Monfort pensó en el montón de familias de la comarca de L'Alt Maestrat que trabajaban en la conocida fábrica de medias.

–Tiene una llamada del comisario Romerales –le anunció la joven recepcionista rubia que tan bien le trataba.

–Que espere –contestó Monfort guiñando un ojo a la simpática muchacha.

–¿Le digo que espere? –preguntó ella con una pizca de sorna.

–Dile lo que quieras; con esa boquita que tienes todo lo que sale queda bien. –Lanzó el cumplido dirigiéndose ya al aparcamiento del hotel, en el que estaba aparcado el Volvo.

Monfort comprobó, una vez más, cuán pequeño era el centro de la ciudad de Castellón. En apenas cinco minutos pasaba con su coche frente al número 7 de la calle Echegaray. Encontró de casualidad una plaza libre en la zona azul, diez o doce casas más allá de la finca en la que vivía Natalia Monsonís. Echó unas monedas en el parquímetro, pero no sabía si serían suficientes. Pensó en llevar el coche hasta un aparcamiento subterráneo, pero al final apeló a su condición de policía para quitarse la multa en caso de que cayera.

Mientras caminaba hacia el número 7 sonó su teléfono. Levantó la tapa para ver quién era. Era la agente Redó. Le supo mal, pero dejó que sonara sin descolgar hasta que la llamada se cortó automáticamente. «Lo siento, Silvia», dijo en voz alta a la vez que llamaba al cuarto piso del número 7 de la calle Echegaray.

–¿Hola? –contestó en el interfono una cálida voz de mujer.

–No sé si se acordará de mí, nos vimos un día en su villa de Benicàssim. Me llamo...

–Bartolomé Monfort, se llama usted Bartolomé Monfort, ¿o debo llamarle inspector Monfort? –le interrumpió Natalia Monsonís con cierto aire altivo.

–Puede usted llamarme como lo prefiera, pero... ¿puedo subir un momento?

La puerta ya se había accionado automáticamente desde el piso de Natalia Monsonís.

Solamente había un piso por planta, y Monfort intuyó que se trataba de una gran vivienda de las del centro de la ciudad. La puerta estaba entreabierta y por ella se escapaba el sonido aterciopelado de música de jazz y un profundo aroma a perfume caro.

–Adelante, adelante, pase sin reparo –se oyó decir desde el interior del piso.

–John Coltrane –dijo Monfort agudizando su oído musical.

–¿Cómo dice usted?

Natalia Monsonís apareció en el pasillo, vestida con una vaporosa camisa blanca y una falda negra ceñida que dejaba ver gran parte de sus estilizadas piernas enfundadas en unas medias negras. Su rubio pelo teñido estaba alborotado, despeinado despreocupadamente, como hecho adrede. Unos zapatos de fino tacón la elevaban del suelo unos seis o siete centímetros.

Monfort no pudo resistir mirar las medias y pensar en los trabajadores de la fábrica de Marie Claire en Vilafranca del Cid, el pueblo de sus padres. Eliminó aquel pensamiento de inmediato.

–Me refería a la música que suena –repuso Monfort señalando uno de los altavoces–. Es del saxofonista John Coltrane, uno de mis músicos de jazz preferidos. Este disco me encanta, el *Bye bye blackbird,* es bárbaro.

–Celebro que le guste –contestó la mujer acariciándose el pelo, y Monfort se dio cuenta de que ella no conocía a Coltrane–. ¿Quiere beber algo? ¿Martini, whisky, cerveza...?

–Un Martini es sensacional a estas horas –sonrió el inspector Monfort.

Natalia Monsonís fue a servírselo, contoneando musicalmente sus caderas hasta el mueble bar.

–¿Por qué razón no me dijo que era usted policía?

–No me lo preguntó.

Natalia dejó escapar una risa sensual, echando la cabeza hacia atrás para mostrarle su estilizada garganta y sus dientes blancos como la nieve.

El inspector Monfort tomó el ancho vaso de cristal grueso lleno hasta la mitad de Martini blanco con hielo.

–¿Cómo me ha reconocido? –preguntó mientras se sentaba en un enorme sofá de piel marrón.

–Lo vi por la tele –contestó ella sentándose a un par de palmos escasos de él en el mismo sofá–. Parece hecho usted para la pequeña pantalla.

–Gracias, lo tendré en cuenta cuando vuelvan a hacer uno de esos *castings* para Gran Hermano. –Bebió un trago largo después de hablar.

Sonó un teléfono en la casa. Natalia Monsonís se disculpó y salió del salón para hablar desde otro aparato para mayor intimidad. El inspector la oía: se trataba de una amiga, sin duda, estaban quedando para ir de compras. Dejó de prestar atención a la banal conversación.

El salón era muy grande. Dos sofás de al menos cuatro plazas presidían la estancia y envolvían una chimenea que nunca había sido encendida. Varios cuadros de gran formato con pinturas abstractas decoraban las paredes. El enorme televisor era uno de esos de la marca Loewe, con aspecto de ser carísimo, colgado a la pared sin que se viera ni rastro de cable alguno. Encima de un mueble había un pequeño equipo de música del que salían los acordes de jazz del estadounidense John Coltrane. En un lateral del gran salón, una alargada mesa de cristal para unos doce comensales. Varias vitrinas dejaban ver una cara cristalería. Sobre la repisa de la chimenea había muchas fotografías con marcos plateados que brillaban como si acabaran de pasarles un paño. Instantáneas de Natalia y de su marido el doctor, abrazados, cogidos de la mano, con una niña; fotos de la misma niña más crecida; en su graduación en la universidad; fotografías de viajes: en Canarias, junto al drago milenario; en las casas colgantes de Cuenca; cerca del Big Ben en Londres; en las desaparecidas torres gemelas de Nueva York... Había una del doctor en un safari, montado en un Land Rover junto a un par de indígenas de piel negra y rifle al hombro. La colección de fotos era inacabable...

–¿Le gustan las fotografías, inspector? –preguntó Natalia haciendo de nuevo acto de presencia en el gran salón.

–He ido esta mañana a hablar con su marido, el doctor Sánchez.

Natalia no pudo reprimir una mueca de estupor.

–Entonces, se lo habrá dicho, ¿no?

–¿Decirme?

–No se haga el tonto, inspector, que de eso no tiene usted nada de nada.

–El doctor no es un hombre muy feliz que digamos.

–Eso no es asunto suyo.

–Según para qué, señora Monsonís.

–Ya va siendo hora de que deje de llamarme de usted, ¿no cree? ¿O es que acaso me ves demasiado mayor?

–Ya te dije una vez que me parecías muy... muy joven.

Natalia Monsonís se sentó junto a él, más cerca que antes, cruzó sus piernas y la ceñida falda negra subió dejando ver gran parte de una de sus bellas piernas, bastante más arriba de la rodilla.

–Dime, Natalia, ¿dónde estabas la noche del 12 de enero?

–Supongo que aquí, en casa, o tal vez no, es posible que estuviese cenando con alguna amiga.

–¿Con alguna amiga? ¿Qué amiga?

–¿Qué es lo que quieres...? ¿Puedo llamarte Bartolomé?

–Háblame de los habitantes de Villa Armengol.

Monfort sacó un paquete de tabaco y ofreció un cigarrillo a Natalia, que sostenía en su mano otro vaso de Martini como el que tenía él casi vacío.

–Concepción Armengol vivió sola muchos años. Era una abuela adorable, siempre estaba dándoles chucherías a mis hijos, los que estabas mirando antes en las fotos. Era una mujer muy reservada, muy discreta, muy silenciosa, apenas crucé con ella más que palabras de cortesía acerca de la temperatura y esas cosas triviales que se cuentan los vecinos que no han intimado nunca demasiado. Nosotros, mi marido y yo...

Bebió un trago largo del Martini, y dejando que los cubitos chocaran entre sí con el consiguiente tintineo continuó:

–Solo íbamos en verano, pero entonces estábamos muy ocupados con los niños, no teníamos tiempo para mucho roce con el vecindario. Rosa, la mujer que trabajaba en Villa Armengol, también hacía la limpieza de nuestra casa de la playa un par de días a la semana, y por ella conocimos los detalles de la enfermedad de la señora Concepción. Un día nos dijo que el señor Nicolás Armengol, hermano de la señora, había llegado desde Valencia para cuidar de su hermana. Nicolás Armengol había perdido a su esposa, víctima de una horrible enfermedad. Con él apenas llegamos a tener un contacto más allá del hola y adiós; si su hermana era reservada, él parecía mudo. Al cabo de poco tiempo, la señora Concepción falleció y Nicolás Armengol cayó presa de una gran tristeza y dejadez personal. Parecía un alma en pena. Nosotros sabíamos que eran muy ricos porque nos lo habían dicho Rosa y su hermano.

–¿Su hermano? –interrumpió el inspector poniéndose de pie para servir más Martini blanco en los vasos de ambos.

–Sí, su hermano ayudaba a Rosa en los trabajos más duros de la villa: lavar los toldos de las terrazas, cortar el césped, podar las palmeras...

–Pero... el hermano de Rosa se fue a Buenos Aires, ¿no lo sabía?

–Dicen que está allí temporalmente, por asuntos de negocios o algo así.

Natalia Monsonís se levantó con la intención de ponerse más hielo, pero al inspector Monfort le pareció que era una excusa para cambiar de tema.

–Dime, Bartolomé, ¿qué hipótesis tenéis acerca de la identidad del asesino del señor Nicolás?

–Poca cosa, la verdad. Perdona que vuelva de nuevo al tema de Rosa: ¿qué ha llevado a esa mujer a convertirse en una pordiosera harapienta?

–No lo sé, dicen que se le ha ido la cabeza. Desde que el señor Nicolás Armengol la echó de casa no ha vuelto a ser la misma.

–Y que lo digas.

–¿Tienes hambre? Tengo rosbif y salsa de chalotas caramelizadas, si te apetece. Ah, y algo de buen vino tinto. –Natalia frunció los labios al pronunciar las últimas palabras.

Desapareció momentáneamente en la cocina, pero Monfort la siguió y se apoyó en el marco de la puerta mientras la veía abrir la enorme nevera de dos puertas. Natalia se giró y no pudo reprimir mirarlo de arriba abajo. La cabeza del inspector llegaba casi hasta el marco de la puerta.

Sentados a la mesa del *office* de la cocina, Natalia sirvió dos platos con filetes de rosbif acompañados de una salsa que olía a gloria, y que sin duda se trataba de las chalotas caramelizadas.

–Voy a buscar el vino –dijo ella, desabrochándose un botón más de la ya de por sí escotada camisa.

Monfort probó a escondidas la salsa de cebolla con el dedo y tuvo que ahogar un gemido de placer que estuvo a punto de manar de su boca.

–¡El vino! –anunció Natalia–. Descórchalo tú, por favor.

El inspector tomó la botella de manos de la mujer y antes de coger el abridor se recreó leyendo la etiqueta.

–¡Vaya! ¡Qué tenemos aquí! –celebró en voz alta–. ¡Pero si es un reserva del 96 de las bodegas Nicolás Catena Zapata, de la ciudad de Mendoza, en Argentina! Este vino es sensacional. En Argentina se producen unos tintos excelentes... Pero ¿cómo tienes aquí este vino tan cotizado? Es casi exclusivo para expertos *sommeliers*.

–¿Lo vas a abrir, o seguimos elogiando la etiqueta?

Natalia encendía dos velas que había colocado encima de la mesa y con la otra mano se atusaba coquetamente el pelo.

Monfort descorchó la botella y buscó con la mirada por el salón por si veía un decantador, pero no lo encontró y tampoco osó pedirlo. Sirvió el vino argentino y brindó con Natalia, que no apartó los ojos de los suyos mientras entrechocaban las copas.

–Salud –dijo esta mordiéndose lascivamente el labio inferior.

Ambos bebieron un trago del gustoso vino tinto.

–¡Está riquísimo! –dijo Natalia con los ojos clavados en los labios del inspector.

–Cabernet Sauvignon y Malbec, curiosa combinación de uva tinta.

–No me refería tanto al tipo de uva, cariño –dijo ella en tono seductor a la vez que se introducía en la boca un pedazo de rojizo rosbif.

–Dime una cosa, Natalia, si no es indiscreción, ¿qué pasó entre tu marido y tú?

–Es una indiscreción, por supuesto, pero te contestaré si me sirves más vino... Se acabó, se gastó el amor, se disipó el deseo, se esfumó la chispa, se apagó la llama...

–Y... ¿apareció otro hombre? –preguntó con indiferencia Monfort mientras le servía más vino.

–Los hombres sois... Los hombres sois tan simples, tan sencillos, tan primitivamente fáciles.

Se levantó de la silla en la que estaba sentada y se acercó al inspector. A dos dedos escasos de su oreja le preguntó con un susurro erótico:

–¿Cuántos días has pensado en mí desde la tarde que me viste en la villa de Benicàssim?

–Algunos –contestó con voz recia Monfort, y apuró de un trago más de media copa del exquisito vino de Mendoza.

Natalia Monsonís rozó intencionadamente con su generoso busto el brazo de Bartolomé y luego le giró con la mano la barbilla hasta que sus bocas estuvieron a menos de un suspiro de separación.

El perfume de Natalia era muy fuerte. Las fragancias de aquella mujer y los aromas del vino se mezclaban en su cerebro, en su cuerpo en general y en alguna zona en particular. Natalia sonreía lascivamente y se guardaba de ser ella la que diera el paso, segura de que el hombre se abalanzaría sobre su boca. El inspector no sabía hasta cuándo podría durar aquello. No habían pasado más de tres segundos, pero sus instintos estaban a punto de jugarle una mala pasada. Había partes de su cuerpo que ya no podía controlar.

Cuando el cerebro de Monfort ordenó, pese a todo, besar los labios de la voluptuosa Natalia Monsonís, sonó el timbre del portero automático del piso. Ambos se echaron hacia atrás en un movimiento mecánico, como si una palanca hubiera sido accionada a la vez para los dos.

–Voy a ver quién es –dijo con voz de fastidio Natalia, y corrigió la altura de la falda, abrochó varios botones de su camisa y se toqueteó el pelo para que volviera a unas formas más acordes.

El inspector se sirvió media copa de vino más que se bebió de un trago rápido.

–¡Es mi hija y su marido! –dijo Natalia Monsonís como si estuviese asustada.

–¿Prefieres que me vaya? –repuso instintivamente el inspector Monfort, pero Natalia ya recogía los platos y los llevaba a la zona de la cocina.

–Llámame otro día, cuando tú quieras... Mi hija... no lo entendería, está demasiado a favor de su padre... Entiéndeme, te lo ruego.

El tono de Natalia había pasado del puro erotismo al miedo total, de la lascivia al pánico, de lo glamuroso a lo patético. Para intentar quedar bien, sacó del armario otra botella de vino como la que acababan de descorchar y se la puso en las manos a guisa de regalo. El inspector vio de reojo que dentro del armario había una caja entera de aquel caro vino tinto argentino.

–Toma, la próxima la beberemos juntos –dijo Natalia casi empujándolo hasta la puerta.

–Pero esta me la beberé hoy a tu salud –contestó él saliendo y tomando las escaleras, a sabiendas de que la hija y el yerno de Natalia subían por el ascensor.

Justo en el momento en que ella cerraba la puerta del piso el ascensor llegaba a la planta. Monfort se agazapó para poder ver sin ser visto. Del ascensor salió una pareja joven. La chica era como debió de ser Natalia treinta años atrás. El joven era muy alto y muy delgado. Hablaba la chica.

–¡Me va a oír! ¡Te lo juro! ¡Mi madre me va a oír! ¡Una cosa es que no se divorcien, y la otra es que le amargue la vida de esta manera!

–No sé cómo tiene el valor de irse a Argentina otra vez, si ya estuvo hace un par de meses –dijo con un tono más comedido el yerno de Natalia mientras pulsaba el timbre de la puerta.

–¡Ya está bien de que mi padre sea cornudo y además apaleado!

Natalia Monsonís abrió y, antes de que dijera nada, la pareja entró en tropel. Tras cerrarse la puerta se oyeron las voces acaloradas de la hija de Natalia y el doctor Eugenio Sánchez.

El inspector sonrió pensando en todo lo que había pasado en el interior del lujoso piso de la calle Echegaray. Antes de empezar a bajar las escaleras sacó del bolsillo de su pantalón un teléfono móvil que lanzó al aire y que después de un par de vueltas cayó de nuevo en su mano. Accionó la tecla de llamadas entrantes y salientes y comprobó que la mayoría eran de números realizados a un país extranjero, posiblemente Argentina. Monfort soltó una carcajada al comprobar lo fácil que había sido sustraerle el teléfono móvil a Natalia Monsonís.

53

–Inspector, hueles a perfume caro y hortera.

–Eso parece.

–¿De quién es?

–Quieres saber demasiado.

–¿Demasiado?

–Sí, demasiado.

–Vaya, hombre. Ahora resulta que quiero saber demasiado.

–¿Me cuentas cómo ha ido la conversación con Roberto Armengol?

–No estaba.

–¿Roberto Armengol no estaba?

–No, estaba su mujer. Se llama Benazir.

–Lo sé.

–Tiene una historia dura.

–Me la imagino.

–¿Ah, sí?

–Sí, los emigrantes suelen tener historias duras. ¿Te contó lo de Suiza?

–Sí, y lo de Pakistán también. Oye, huele como..., no sé..., como a..., me sabe mal decírtelo, pero huele a burdel.

El inspector Monfort se desternillaba de risa mientras conducía el Volvo ranchera por la carretera nacional en dirección a Benicàssim.

–¿Una chica como tú sabe cómo huele un burdel?

–Yo sé muchas cosas, inspector. Gira a la derecha por la siguiente –indicó Silvia Redó consultando el GPS de su teléfono.

–¿A la derecha? ¿Ya estás otra vez con el cacharro ese?

–Sí, a la derecha, plaza de la Estación, ahí vive Rosa «la de Benicàssim».

–¿Eso también lo sabe el «gepe ese» dichoso?

–No, eso lo sé yo, mi perfumado inspector.

Aparcaron el coche junto a la vieja estación. El móvil del inspector Monfort tenía seis llamadas perdidas, todas del comisario Romerales. «Que se joda», dijo Monfort en voz alta cerrando de nuevo la tapa del teléfono.

Antes de llamar a casa de Rosa, la agente Silvia Redó le contó al inspector Monfort que «la de Benicàssim» había cambiado mucho desde aquel día en que la encontraron en la puerta de las bodegas Carmelitano. Gracias a la Policía, un equipo médico se había hecho cargo de ella en el Hospital General de Castellón por espacio de cuatro días en los que procedieron a varios tratamientos. Con la medicación adecuada, aquella mujer volvió a recuperar parte de la vitalidad que había tenido antaño. Lo que más extrañó a los médicos que la atendieron fue que la medicación ya había sido indicada años antes por su doctor de medicina general del Centro de Atención Primaria de Benicàssim. Incomprensiblemente, Rosa había dejado de tomarla, cambiándola por otra totalmente inadecuada, durante un período de tiempo más largo de lo recomendable, por lo que el equipo médico del Hospital General diagnosticó que su transitoria locura, por llamar de alguna manera a su enfermedad, se debía a la brusca interrupción de la ingesta de unos medicamentos vitales para su actividad cotidiana. La incógnita se centraba ahora en saber quién había recetado la medicación errónea que estaba tomando.

–¿Podría ser que alguien la hubiera animado a no tomar unas pastillas y otras sí? –preguntó el inspector mirando de reojo la fachada del edificio en el que vivía Rosa.

–Pudiera ser –contestó la agente.

Releía una y otra vez el papel en el que llevaba escrita la dirección de Rosa «la de Benicàssim», como si no acabara de creerse que la mujer viviera allí.

–Un poco lujosa esta finca para una pordiosera, ¿no? –preguntó con cara de extrañeza el inspector.

–Un poco –contestó igualmente perpleja la agente Redó al ver la entrada del edificio.

–¿Quién es? –preguntó de mala gana una mujer a la llamada del timbre.

–Rosa, somos la agente Silvia Redó y el inspector Monfort. ¿Te acuerdas de nosotros?

–Ah, sí, claro, claro, suban, suban. –Rosa accionó el botón que abría desde el piso.

Abrió y el inspector y la agente se miraron el uno al otro. Era otra mujer. Su rostro era el mismo, pero era otra mujer. Iba vestida decentemente, limpia, con la cabeza tiesa y la espalda recta. Rosa se echó a llorar al ver a la pareja de policías. Silvia la cogió de las manos y la abrazó consoladora.

–Pasen, pasen –dijo Rosa entre sollozos y pucheros–. Ustedes me han salvado la vida.

El piso estaba bien amueblado, muy sencillo, pero bien amueblado y limpio. Cortinas blancas de tejidos humildes colgaban de las ventanas. En el salón había un tresillo no demasiado viejo y un mueble con una vajilla sin usar. La televisión estaba en marcha, era antigua pero se veía bien. De la pequeña cocina salían aromas de comida en el fuego.

–Estoy haciendo potaje de calabaza, con espinacas y garbanzos. Si quieren pongo dos platos más.

–No, gracias, Rosa, no hace falta, nos marcharemos enseguida –dijo el inspector Monfort husmeando las pocas cosas que había en la vivienda–. ¿Desde cuándo vives en este piso?

–Por lo visto, mi hermano lo compró hace algún tiempo.

–¿Y por qué no vivías en él? –preguntó la agente Redó levantando la tapa de la olla en la que se cocinaba el potaje de calabaza.

–No lo sé. Los médicos dicen que tengo... ¿Cómo leches me han dicho que se llama lo que me pasa?... Ah, sí, episodios transitorios de pérdida de identidad.

–¿Qué quieres decir? ¿No te acuerdas de las cosas? –siguió preguntando Redó.

–Eso parece. –Rosa volvió a llorar, tapándose la cara con el paño de cocina.

–Cuando tu hermano te compró el piso, ¿estabas bien?

–No recuerdo nada de este piso hasta hace unos días. Después de que me recogieran ustedes en las bodegas Carmelitano y yo hablara con mi hermano, unos compañeros de ustedes me llevaron al hospital y unos días más tarde vine aquí.

–Entonces... a lo mejor este piso resulta que es de tu hermano y no tuyo. –Monfort toqueteaba los cuatro papeles que había en uno de los cajones del armario del comedor.

–Sí, sí... El piso es de mi hermano, pero estando en el hospital hablamos un día por teléfono y me dijo que si quería podía venir a vivir aquí, porque él estará todavía un tiempo en Argentina.

–¿A qué se dedica tu hermano en Argentina?

–No lo sé, me dijo que tiene negocios, que yo no lo entendería, y que no me preocupara de nada. Que me enviaría dinero cada mes.

–Si tu hermano estaba en Argentina, ¿quién tenía la llave del piso?, ¿quién te la dio para que entraras? –preguntó como un disparo el inspector Monfort.

–No lo sé, de verdad, no puedo acordarme, por más que lo intento no soy capaz de acordarme de quién me dio la llave del piso. Solo sé que me la dieron estando en el hospital.

Rosa rompió a llorar como si fuera una niña pequeña.

54

En la habitación del hotel Mindoro, Bartolomé Monfort sostenía en la mano el teléfono móvil de Natalia Monsonís. Accionó la tecla del menú, buscó las llamadas salientes y apuntó en un papel cuatro números de teléfono correspondientes a llamadas internacionales. Las cuatro tenían el mismo prefijo. Buscó las llamadas entrantes y anotó también, únicamente, los números realizados como llamadas desde el extranjero. Comparó los números de las llamadas entrantes con los de las salientes. «Bingo, son las mismas», dijo en voz alta seguro de haber llegado a algún lado. Natalia Monsonís había sido astuta en parte: no había grabado con nombre alguno aquellos números para que no los identificaran con nadie, simplemente los había memorizado en la agenda telefónica. Pero a Monfort le bastó con pulsar la tecla de llamada. Mientras el operador se ponía en contacto con el número marcado, se repanchingó en el sillón junto a la ventana que daba a la parte trasera del teatro Principal. Sonaron un par de pitidos, tres, cuatro... Y alguien descolgó por fin al otro lado del aparato. Habló Monfort antes de que lo hiciera la otra persona:

–¿Arturo Palau?

–¿Quién es? ¿Con quién hablo? ¿Natalia? ¿Dónde está Natalia?

–Tranquilo, Natalia está bien, pero tú... ¿Eres Arturo Palau?

–¡Claro que soy Arturo Palau! ¿Qué clase de broma es esta?

–No, no es ninguna broma, te lo aseguro. –Y colgó antes de que Palau pudiera seguir hablando.

–¿Silvia? –dijo al teléfono el inspector Monfort.

–Sí, inspector.

–Vamos otra vez a casa de Rosa.

–¿A casa de Rosa? Pero si hemos ido hace apenas un par de horas. Además, creo que tenía visita en el hospital después de comer, si mal no recuerdo.

–Por eso mismo quiero ir a su casa. Porque no está.

–¿Me cuentas qué pasa?

–Por el camino.

–Qué misterioso.

–Va, de paso te contaré lo de mi olor a perfume de lupanar.

–Ahora sí que me interesa. Pero tengo hambre y no he comido aún.

–Yo tampoco. Luego te invito.

–No sé decir que no, jefe, ya lo sabes.

En el trayecto en coche de nuevo hacia Benicàssim, Monfort le contó a Silvia sus sospechas, ahora ya fundadas, acerca de la relación amorosa entre Natalia Monsonís y Arturo Palau.

–¡Qué fuerte! –soltó la agente con un resoplido.

–Es más, creo que Arturo, el hermano de Rosa, podría tener algo que ver en el asesinato.

–¡Claro! –exclamó Silvia chasqueando los dedos–. Las transferencias al extranjero podrían ser para Argentina.

–Pudiera ser –sonrió Monfort–. Pero aún no lo sabemos con certeza, y además... quiero comprobar otra cosa.

–Soy toda oídos.

–Verás, como ya sabes, cuando estuve en Villa Armengol aquella tarde que llovía me llevé unas colillas de un cenicero de la casa. Ninguno de los que allí vivían fumaba. De Nicolás Armengol nos dijeron los forenses que jamás había fumado. Su hermana, Concepción, tampoco era fumadora. Rosa, ya viste en la comisaría cuando le ofrecí, tampoco fuma... En aquella casa entraba alguien que fumaba, eso está claro, pero falta saber quién es.

–¿Crees que se trata del hermano de Rosa?

–Tal vez. Ahora lo sabremos. Hace un rato, cuando hemos estado en su casa, he visto un par de ceniceros vacíos, pero que se han usado muchas veces a juzgar por la negrura del interior.

–Pero no habrá colillas.

–No, pero en esa casa aún hay cosas de Arturo Palau. He visto ropa suya en uno de los armarios, y confío en que encontremos alguna cajetilla de cigarrillos que coincida con la marca de las colillas que encontré en Villa Armengol.

–¿Crees que Natalia Monsonís pueda estar involucrada?

–¡Bah! No lo sé, a lo mejor sí, pero me parece que le falta un tornillo. Creo que Arturo Palau la ha engatusado con algún fin que desconozco.

Cuando llegaron a la plaza de la Estación de Benicàssim, la agente Redó y el inspector Monfort se introdujeron en la finca llamando a un timbre al azar y anunciándose como el cartero. Una vez en la puerta del piso de Rosa, a Silvia le costó apenas dos minutos abrir la puerta con una llave especial. Entraron y registraron concienzudamente la vivienda.

–¡Aquí está! –gritó Redó abriendo uno de los cajones del interior del armario de la habitación donde ahora dormía Rosa.

El inspector Monfort salió de la cocina corriendo con el corazón en un puño.

–¡Mierda! ¡Mierda! ¡Mierda! –exclamó al ver la marca del cartón de tabaco que había encontrado su compañera. No era la misma que la de las colillas de Villa Armengol.

Antes de salir del piso, el inspector tomó de un cajón una fotografía en la que se podía ver a Rosa y a un hombre muy parecido a ella, que Monfort supuso su hermano, apoyados en la verja de Villa Armengol en épocas más felices. Rosa y su hermano eran muy morenos, tenían el pelo negro como el azabache.

55

Dando un portazo tremendo, la agente Silvia Redó salió colorada como un tomate del despacho del comisario Romerales. «Será cabrón», dijo apretando los dientes y dirigiéndose al suyo. Marcó un número de móvil y se sentó en su silla mordisqueando un lápiz sin punta.

–Dime, Silvia –contestó casi de inmediato el inspector Monfort.

–Es mejor que no vengas por aquí de momento.

–Vaya, ¿me están preparando una fiesta sorpresa?

–El comisario Romerales está cansado de que no atiendas sus llamadas.

–Pobrecillo.

–Quiere apartarte del caso.

–¿Quiere qué?

–Lo que has oído. Quiere que dejes de encargarte del caso del asesinato en la plaza de la Farola.

–¿Y a quién va a poner?

–A la subinspectora Forcada.

–¿Estás segura?

–Sí. Estaba conmigo en el despacho de Romerales mientras se despachaba a gusto echándome la bronca como si yo fuera tú.

–Y ella ¿qué dice?

–No lo sé, no he hablado con ella aún, pero tenía cara de susto gordo.

–Y contigo ¿qué quiere hacer?

–Me ha dicho que haga lo que quiera, que vuelva a Valencia o que me ponga a las órdenes de Forcada.

–¿Y qué vas a hacer?

–Estás un poco preguntón, ¿no te parece? –dijo algo molesta la agente Redó.

–Hay un restaurante cerca del hotel, se llama Arropes, en la calle Benárabe, ¿quedamos allí a las dos?

–Allí estaré, jefe.

–¿Jefe? Eso habrá que preguntárselo al comisario Romerales después de que le pasemos la factura del *suquet de peix* que nos vamos a meter entre pecho y espalda.

56

–Lo siento, inspector Monfort, no era mi intención liar más el asunto de lo que ya está. –La subinspectora Ana Forcada hablaba con voz apesadumbrada–. No ha sido idea mía lo de querer tomar las riendas de este complicado y enmarañado caso.

Bartolomé Monfort pidió dos cafés solos y un dedo de whisky a la camarera de la cafetería del hotel Mindoro.

–Gracias por venir a verme de forma espontánea, Ana –dijo Monfort después de pedir.

–Pensé que era lo justo.

–Mira, te voy a ser sincero. –El inspector acercó un poco más la silla a la mesa haciendo un ruido molesto–. El comisario Romerales no tiene ninguna intención de que vuelva a Barcelona ni de que deje el caso ni por un solo segundo.

–¿Ah, no?

–No. Todo esto lo hace premeditadamente. Entre tú y yo, Ana, el comisario es un cabrón muy listo... aunque a veces no lo parezca.

La camarera llegó con una bandeja y sirvió los dos cafés solos y el culín de whisky sin hielo, como le gustaba al inspector. La subinspectora guardó silencio pero cayó en la cuenta de que ya sabían cómo debían servirle el fuerte licor escocés.

–Bueno, ¿y qué hacemos? –preguntó Ana Forcada.

El inspector Monfort rehusó el sobrecito de azúcar y bebió un sorbo del amargo café.

–Nada, seguir como hasta ahora, si te parece bien, claro.

–¿Nada?

–Me gustaría que trabajáramos juntos, Ana. Tú, Silvia y yo.

–Me puede costar el puesto.

–No te preocupes, esto está a punto de acabar. Me gustaría que confiaras en mí en los últimos pasos antes de que consigamos desvelar la verdadera identidad del asesino. Romerales no te hará nada, de eso puedes estar segura.

–Dime, Monfort, ¿qué quieres que haga?

–Que despistes a todo el mundo. A la prensa, a los sospechosos, a los políticos... y sobre todo a Romerales.

–Creo que sé cómo hacerlo –sentenció la subinspectora Forcada apurando el café y poniéndose en pie.

A escasa distancia de allí, la agente Redó descansaba en la habitación de su hotel después de la exquisita comida del restaurante Arropes. Alguien llamó a la puerta de forma insistente y Silvia se levantó de la cama apenas vestida con una camiseta de tirantes y un pantaloncito corto. Abrió la puerta.

–¡Vaya! ¡El viejo zorro ha ligado con una jovencita!

Era una mujer rubia de unos cincuenta años, atractiva, bien vestida, aunque su perfume era excesivo. Estaba visiblemente nerviosa y muy enfadada.

–¿Perdón? –Silvia se había quedado de piedra, con la puerta entreabierta.

–Vamos, niñata, quítate de en medio, ¿dónde está tu amiguito?

–No sé de qué me habla. –La agente Redó empezaba a enojarse.

–¿No sabes de qué te hablo? Vamos a ver a quién tienes en la cama.

La mujer empujó levemente a Silvia y entró como una exhalación en el interior de la habitación.

–¡Oiga! ¿Dónde cree que va? ¡Deténgase ahora mismo! –gritó la agente Redó.

La mujer rubia se quedó petrificada al ver que en la cama de Silvia no había nadie, y en un acto desesperado se abalanzó hacia el cuarto de baño y abrió la puerta de una patada.

–¡Sal de ahí, policía hijo de puta! ¡Devuélveme el móvil ahora mismo!

Con aquellas palabras, la agente se dio cuenta enseguida de que la mujer era Natalia Monsonís, la esposa del doctor Eugenio Sánchez, los vecinos de Villa Armengol. Pero no entendió bien por qué Monfort tenía su teléfono móvil.

–Dile a tu amigo que me devuelva mi teléfono enseguida y que se atenga a las consecuencias, porque pienso denunciarlo por robo y allanamiento de morada.

La mujer salió a toda prisa, con el pelo alborotado y un intenso arrebol en las mejillas, dejando la puerta de la habitación abierta de par en par.

–¡Este Monfort es tremendo! –exclamó para sí misma la agente Redó.

57

Pasadas las cuatro de la madrugada, el inspector Monfort dio por finalizada la reunión clandestina que habían mantenido la subinspectora Ana Forcada, la agente Silvia Redó y él mismo. El encuentro había tenido lugar en la habitación del propio inspector, en el hotel Mindoro. Monfort miró la hora en su teléfono móvil y silbó a modo de exclamación.

–No está mal –dijo–. Desde las nueve de la noche hasta las cuatro de la mañana.

–Gracias por la cena, inspector –dijo la subinspectora Forcada poniéndose por encima una fina chaqueta de punto.

–Sí, eso, gracias por la cena... y por el vino –añadió con ojillos de sueño la agente Redó.

La cena había consistido en distintos platos con tapas variadas que Monfort había encargado por teléfono al vecino restaurante Eleazar. Albóndigas de bacalao, taquitos de salmón al aceite de oliva, boquerones, gambas a la plancha, revuelto de setas... y un par de botellas de Marqués de Cáceres. Lo había subido hasta la habitación del inspector el mismo camarero que normalmente le servía en el restaurante. Bartolomé pagó la cuenta y dio, generosamente, diez euros de propina.

El inspector Monfort y la agente Redó contaron a la subinspectora Ana Forcada, con todo tipo de detalles, cuál era su opinión acerca del desenlace del caso y todo lo que pensaban que debían hacer para dar de una vez con el asesino o asesinos de Nicolás Armengol. La agente Redó también se sorprendió con algunas de las revelaciones efectuadas por Monfort, pero, impertérrita, puso cara de saber de manera fehaciente todo lo que el inspector iba contando.

Bartolomé Monfort había convocado aquella reunión llamando primero a la agente Redó para que luego ella llamara a la subinspectora Forcada, con la condición de que nadie más supiera ni el más mínimo detalle de aquel encuentro clandestino. Las dos mujeres policía habían quedado en una cafetería sita en la entrada del teatro Principal, justo detrás de la entrada del hotel Mindoro. La subinspectora había llegado primero. Pidió una coca-cola y se sentó en una mesa de una esquina para no llamar la atención.

Ana tenía cuarenta años. Alta, muy delgada, con un rostro anguloso y perfilado. Su mandíbula, quizá demasiado prominente, le proporcionaba un aire de mujer fuerte e incluso un tanto ruda. Tenía el pelo negro, teñido de un negro reluciente que la luz artificial le daba un brillo azabache. Sus ojos, grandes y redondos, eran de un color parecido al de su pelo. Enfundada casi siempre en vaqueros de marca, remataba su vestimenta, casi a diario, con elegantes jerséis de cuello alto que disimulaban su largo cuello. La subinspectora Forcada se había forjado profesionalmente al lado del comisario Romerales, convirtiéndose en su mano derecha e izquierda, en sus ojos y muchas veces en su boca. Romerales la tenía en gran estima, tanta, que muchos compañeros llegaron a pensar en algún momento que entre ellos podía haber algo más que amistad y compañerismo. Ana Forcada se especializó en homicidios en el período de su formación en la academia de Policía. Su familia era de Vila-real, y en cuanto pudo pidió el traslado para estar cerca de los suyos. Atrás quedaban ya los años de policía rasa en Valladolid y Zamora.

La agente Redó llegó a la cafetería vestida como si fuera de fiesta. Llevaba una falda roja y una chaquetilla negra abotonada de manera que resaltaba su escote, zapatos de fino tacón y el pelo recogido en un gracioso moño que dejaba ver un sugerente cuello desnudo.

–Perdona, Ana, llego tarde.

–Qué guapa te has puesto.

–Puede que luego me lleves a algún sitio –deseó en voz alta Silvia–. Tantos días con Monfort... Él no es mucho de salir por ahí con chicas, la verdad.

La subinspectora Forcada rio a gusto la ocurrencia de su compañera.

–Si quieres, y no acabamos demasiado tarde, te puedo llevar a algún lugar.

–¡Por fin! –gritó exageradamente Silvia Redó.

Ana Forcada pagó su consumición y se encaminaron al cercano hotel Mindoro.

Acabada la reunión, el inspector dio las gracias y un par de besos a las dos mujeres.

–Confío en vosotras –les dijo abriendo la puerta de la habitación.

–Creo que voy a llevar a Silvia a que vea algo más de Castellón, además de los restaurantes tan buenos a los que tú la llevas –dijo Ana Forcada despidiéndose de Monfort.

–Pero si quieres puedes venir –ronroneó Silvia.

–No, gracias, chicas, si voy con vosotras os asustaré al personal con esta cara de poli que se me ha quedado. Además, me espera un buen whisky en ese sillón junto a la ventana; echaré de menos ambas cosas cuando todo esto se acabe... Y no falta mucho, os lo aseguro.

Bajaron a recepción y desde allí pidieron un taxi. Monfort las observó a través de la ventana de su habitación. Las vio guapas e inmensamente atractivas, pero él prefería soñar, como todas las noches, con su único amor, con Violeta.

Llegó un taxi y se subieron a él. Silvia miró de reojo a la ventana del inspector y al verlo allí lo saludó con la mano.

–Menudo peligro –dijo el inspector en voz alta.

58

El comisario Romerales de la Policía Nacional de Castellón había convocado, a regañadientes, una rueda de prensa con la intención de presentar a la subinspectora Forcada como la nueva encargada del caso del asesinato de Nicolás Armengol. Junto a ella se encontraba la agente Silvia Redó.

–¿Y dónde está el «tan magnífico policía» que habían traído desde Barcelona y que sin duda iba a esclarecer el caso en apenas un par de días? –fue la primera cuestión que todos esperaban y que lanzó una joven periodista en el momento en que se abrió el turno de preguntas.

–El inspector Bartolomé Monfort ha tenido que tomar las riendas de un nuevo caso –contestó de forma un tanto ambigua el comisario Romerales.

–¿De un nuevo caso? ¿Qué caso? –insistió la periodista.

–Un caso que se encuentra bajo secreto de sumario y, como comprenderá, del que no vamos a hablar ni aquí ni ahora.

–O sea, que le han echado –interrumpió un hombre que tomaba notas entre el público.

–No, no le hemos echado de ningún sitio. –El comisario ya se sentía bastante molesto–. Hemos decidido que se encargue de otro caso para el que está más preparado y que su lugar lo ocupe la subinspectora Ana Forcada.

–¿Ella sí está preparada para este caso? –preguntó en tono jocoso otra joven periodista.

–Contestaré yo por alusiones, si no les importa. –Forcada levantó la mano–. Muchos de ustedes saben que llevo ya bastantes años trabajando en el Departamento de Homicidios de esta comisaría, ¿no es así? –preguntó en tono intimidatorio señalando con la mirada a varios de los periodistas allí presentes–. Por ese motivo, y tanto si me lo permiten como si no, les diré que mis superiores han decidido que tome las riendas de este complicado caso de asesinato. Sabemos quién era la víctima, hemos hecho algunas detenciones...

–¡Algunas realmente de pena! –gritó un reportero desde las últimas filas.

–Sí, es cierto –continuó sin inmutarse la subinspectora–, algunas de las detenciones realizadas han sido graves errores. Por eso vamos a tratar de enmendar lo que no hemos hecho bien...

–Ya, pero ahora... –quiso interrumpir otro periodista, pero Ana Forcada no le dejó.

–¡Cállense! ¡Déjenme hablar! ¡No me interrumpan más o doy por concluida esta rueda de prensa inmediatamente!

La agente Redó esgrimió una tenue sonrisa y el comisario Romerales dirigió una mirada llena de rencor a la subinspectora.

–No les voy a permitir que pongan en duda ni que menosprecien el trabajo del inspector Bartolomé Monfort. No escriban mentiras ni cosas de las que sus periódicos tengan que arrepentirse y retractarse. –Y entonces Ana Forcada soltó la bomba–: El inspector Bartolomé Monfort tiene ya el caso resuelto.

En la sala se formó un barullo y los periodistas empezaron a tomar notas enseguida. La agente Redó sonrió a placer y el comisario Romerales creyó que iba a darle un infarto allí mismo.

—¡Silencio, por favor! —pidió Forcada—. En pocos días daremos a conocer la identidad del asesino de Nicolás Armengol, conocido por todos como el mendigo de la plaza de la Farola. Al inspector Monfort nadie le ha relegado de su cargo, nadie le ha echado del caso, nadie me ha puesto a mí para que se vaya él. —Miró de manera fulminante al comisario Romerales—. ¡Le estamos dejando trabajar tranquilo para que nada, ni nadie, interfiera en las últimas y decisivas pesquisas! Y les repito una vez más: ¡él ya tiene el caso resuelto! ¡No escriban más mentiras!

—Oiga... subinspectora.

—¿Podría decirnos...?

—¿Sabe usted quién...?

—¿Dónde se encuentra el inspector?

—¿Cuándo podemos saber quién fue?

La sala en pleno era un clamor. Todos los periodistas estaban de pie y lanzaban preguntas sin cesar a la subinspectora Forcada, a un perplejo comisario Romerales y a la agente Silvia Redó, quien, finalmente, se acercó a uno de los micrófonos y dijo con tono de satisfacción: «No hay más preguntas».

59

Aunque lucía tibiamente el sol, la mañana era húmeda y un tanto desangelada. Unos nubarrones amenazaban con deslucir aquel día en el paseo marítimo Pilar Coloma de Benicàssim, a orillas de la playa de Voramar. El paseo estaba prácticamente desierto. Bartolomé Monfort ya se había percatado de que en aquella playa, salvo los fines de semana y, con total seguridad, la época estival, el resto del año era un perfecto remanso de paz. Apenas un par de turistas centroeuropeos, con sus enormes bicicletas, circulaban ensimismados en dirección al hotel Voramar. El inspector había aparcado su coche en la puerta del hotel y, tras entrar un momento en la cafetería a comprar tabaco, había caminado hacia Villa Armengol arrastrando ligeramente los pies, pensando en cómo atar definitivamente aquel montón de hilos sueltos que quedaban por desenmarañar en el tortuoso caso de Nicolás Armengol.

Los dos policías uniformados que custodiaban la puerta precintada de Villa Armengol tenían cara de cansados. Con las manos metidas en los bolsillos del pantalón y el cuello encogido, daban pequeños saltitos a fin de sacudirse la modorra.

–Buenos días –saludó Monfort.

–Buenos días –contestaron casi al unísono los dos agentes.

–Soy el inspector Monfort.

–A sus órdenes, inspector –saludó en posición de firmes uno de los policías y el otro le siguió inmediatamente.

–Tranquilos, tranquilos, no os preocupéis, estoy dando una vuelta simplemente –dijo relajadamente el inspector sacando la cajetilla de cigarrillos y tendiéndola hacia los dos policías, que aceptaron gustosos la invitación.

»¿Estáis haciendo el turno de mañana? –les preguntó dándoles fuego con su encendedor.

–Sí, señor, hemos empezado a las seis de la mañana... Pero aquí no pasa nada, no viene nadie.

–Es lo que tienen este tipo de casos –dijo Monfort intentando hacerse amigo de los jóvenes policías–. El comisario Romerales cree que en cualquier momento puede venir el asesino a buscar algo que se dejó casualmente. Cosas de películas americanas.

Los dos policías rieron y fumaron distendidamente con el inspector.

–¿Qué cree usted acerca de la ley esa que prohibirá fumar en cualquier lugar público? –preguntó uno de ellos.

–Pues ya ves, al final nos convertiremos en unos malditos proscritos. Nos señalarán por la calle y nos dirán: «Mira, ahí va uno que fuma».

Uno de los dos policías apagó la colilla del cigarrillo con la suela del zapato y soltó una pregunta a Monfort, como si ya le tuviese total confianza.

–Se dice en la comisaría que le han relegado del caso. ¿Es cierto, inspector?

–Entre nosotros –dijo Monfort bajando el tono de voz aunque nadie más había allí; en plan confidencial–. El comisario Romerales es más listo que los ratones coloraos.

Lo que trata de hacer provocando ese rumor es desviar la atención sobre mi persona. He aparecido demasiado en los medios y mi presencia intimida a los implicados en el caso. El comisario está tratando de lanzar un golpe de efecto para que yo pueda resolver el caso a mis anchas, ¿comprendéis? –acabó la frase Monfort con un exagerado guiño de ojo a los dos policías.

–Ah, claro... Lo que quiere el jefe es despistar a la prensa para que no saquen conclusiones equivocadas y el autor del crimen se confíe un poco más.

–Exacto –afirmó Monfort dando una palmada–, la has clavado, amigo. Por cierto, ¿queréis tomar un café?

–Ya nos gustaría –dijeron los dos policías casi a la vez.

–Os invito yo –dijo animosamente el inspector–. Ya que decís que no viene nadie, me quedo yo aquí mientras os acercáis a la cafetería del Voramar a tomaros unos cafés y unas pastas, que bien os irán con este tiempo tan raro que hace esta mañana. La humedad se mete dentro de los huesos y la mejor manera de quitársela de encima es con un buen café con leche caliente y un chorrillo de coñac.

–¿De verdad que no le importa, inspector?

–¿A mí? –Monfort se encogió de hombros–. Claro que no. Decidle al camarero que luego pasaré a pagarle, ya somos casi amigos –concluyó con un ademán para que se fueran.

En cuanto los dos policías desaparecieron de su radio de visión, el inspector saltó el precinto y entró en Villa Armengol.

Fue directamente hasta la pared de la escalera, descolgó el retrato de la mujer joven y la miró con todo detalle. La bella mujer era Concepción Armengol y el muchacho su hermano Nicolás. Pero lo que reclamaba su atención desde hacía días, y el verdadero motivo de volver a la villa, eran los dos niños pequeños que se veían en la fotografía jugando en el jardín de la casa. Ninguno de ellos se parecía en nada a los hermanos Armengol. Uno era muy moreno y, el otro, muy rubio.

–¡Como el hermano de Rosa y el doctor Eugenio Sánchez! –dijo en voz alta Monfort mientras desmontaba el marco para guardarse la fotografía en uno de los bolsillos de su gabardina.

60

Tras una visita rutinaria, Rosa «la de Benicàssim» abandonaba el Hospital General por la puerta que daba al aparcamiento. De repente se encontró con la agente Redó y la subinspectora Forcada.

–¡Hola, Rosa! ¡Qué sorpresa! –fingió Redó.

–Hola, *xiquetes.* ¿Qué hacéis aquí?

–Hemos venido a ver a un compañero enfermo –mintió a la perfección Forcada.

–Sí que me sabe mal... ¿Está muy malherido? –preguntó Rosa un poco desconcertada por el encuentro repentino con las dos policías.

–Se curará –contestó Silvia asintiendo con la cabeza.

–Me alegro –dijo la mujer mirando su viejo reloj de pulsera.

–¿Tienes prisa, Rosa? Si quieres podemos llevarte hasta tu casa –sugirió en tono amable la subinspectora.

–Voy a perder el autobús a Benicàssim. –Parecía apurada.

–Nosotras te llevaremos –afirmó la agente Redó.

–Vosotras queréis algo, ¿verdad? –les preguntó Rosa mirándolas de reojo.

–Veo que las pastillas que te dan ahora no te han hecho perder ni un ápice de sabiduría –contestó la agente pasando su brazo por el hombro de Rosa.

Rosa acompañó a las mujeres hasta el aparcamiento subterráneo. Recogieron el coche de la subinspectora y realizaron el trayecto entre el Hospital General de Castellón y la casa de la mujer sin apenas pronunciar palabra. Una vez en el domicilio fue ella misma la que tomó las riendas de la conversación.

–¿Qué queréis saber? Vamos, no os hagáis las remolonas conmigo. Soy vieja y pobre, pero no tonta. No recuerdo bien qué ha pasado conmigo últimamente. De repente tengo este piso que no sé ni yo misma de dónde ha salido. He pasado por una etapa espantosa, no era yo, no sé aún quién soy en realidad, estoy muy despistada todavía. He hablado con los médicos, y con la asistenta social del Ayuntamiento de Castellón, y ella me ha contado el monstruo en el que llegué a convertirme. He visto fotos, he visitado los lugares a los que solía ir... y todo por unas pastillas mal recetadas... Deberían encerrar a los médicos que lo consintieron y que se pudrieran en la cárcel igual que yo me pudría en la calle. Yo era una mujer decente, trabajé muchos años en casa de los Armengol, ellos ahora están muertos, pero nadie, repito, nadie, puede decir una mala palabra sobre mi trabajo ni mi trato con esa familia. No sé si todo esto tiene algo que ver con el asesinato del señor Nicolás, pero me temo que sí. Todo se empezó a desenredar aquel día que tú –dijo Rosa señalando a la agente Redó– y el inspector alto y guapo vinisteis a buscarme.

–Le diremos a Monfort lo de alto y guapo –dijo Silvia para romper un poco la seriedad que había tomado la conversación.

–A él, al inspector, le debo estar ahora en este piso, con decencia –continuó Rosa sin tener en cuenta el punto distendido que había intentado imprimir Redó–. Llamó a mi hermano en Argentina y le contó mi situación tan... tan...

La mujer rompió a llorar desconsoladamente.

La subinspectora Forcada y la agente Redó sonsacaron a Rosa todo lo que necesitaban saber acerca de su hermano, y ambas coincidieron después en que la mujer conocía únicamente una parte muy pequeña de la corteza de su hermano, Arturo Palau.

Forcada había grabado todo lo hablado con Rosa Palau en su nuevo e inesperado piso de la plaza de la Estación de Benicàssim. Lo que más les llamó la atención fue un fragmento del relato de Rosa, que escucharon en el reproductor del coche de vuelta a la comisaría:

«Cuando era un niño, mi hermano Arturo venía a jugar en verano a Villa Armengol mientras yo trabajaba en la casa. Jugaba con el señor Nicolás, que era bastante mayor que él, pero sobre todo hizo amistad con el hijo de los vecinos de al lado, los de Villa Adelita. El niño se llamaba Eugenio y hacían mucha gracia los dos porque uno era muy muy rubio y el otro muy muy moreno, y la señora Concepción los llamaba Zipi y Zape. Pero, a medida que fue creciendo, mi hermano dejó de venir a jugar a Villa Armengol porque decía que eran unos estúpidos niños ricos; llegó a odiarlos profundamente. Años más tarde, Arturo retomó la amistad con el entonces ya doctor Eugenio Sánchez, el niño rubio de Villa Adelita».

61

Los gritos del comisario Romerales helaban la sangre del más pintado. Acompañaba las voces con golpes secos y contundentes de su puño contra la mesa del despacho. Fuera, en el pasillo, se arremolinaban agentes y oficiales de policía que chismorreaban acerca del origen del griterío del jefe de la Policía de Castellón.

En el interior del despacho, la discusión se había convertido en un soliloquio. El comisario iba y venía alzando los brazos, gesticulando, debatiéndose entre el abatimiento y el ataque verbal. Frente a él, el inspector Monfort, la subinspectora Forcada y la agente Redó, esperaban que aquel calvario pasara lo más rápido posible. Ninguno de los tres decía nada de nada, tampoco Romerales les hubiera dejado hablar. De repente alguien cruzó el pasillo a toda prisa. Un policía llamó a la puerta del comisario sin importarle la bronca que allí dentro acontecía.

–¡Adelante! ¡Y procure que sea importante! –siguió gritando Romerales.

–Perdone. –El policía metió la cabeza en el despacho–. Es del Hospital General. Acaban de ingresar a Rosa Palau, «la de Benicàssim», con un infarto de miocardio. Está en la UCI y su pronóstico es muy grave. No saben si su pobre corazón podrá resistirlo.

La subinspectora Forcada y la agente Redó aguardaban en el pasillo de la Unidad de Cuidados Intensivos, a la espera de que algún médico les diera el nuevo parte de Rosa Palau.

Bartolomé Monfort se excusó alegando aversión al olor de los medicamentos. A cambio caminó por el centro de Castellón hasta llegar a la calle Caballeros. Buscó la casa de Roberto Armengol y su esposa pakistaní y llamó al timbre. Abrió la puerta un desmejorado Roberto. Estaba sin afeitar y mal vestido, lucía unas ojeras dignas de un noctámbulo y la casa olía a una mezcla de cerrado y comida rancia.

–¿Qué quiere, inspector? ¿No le parece que ya me ha jodido bastante?

–Veo que su mujer se ha marchado –dijo Monfort aleteando sus fosas nasales.

–¿Cómo lo sabe? ¿Es adivino?

–No, simplemente huele como mi casa, y usted viste y tiene el mismo aspecto que yo cuando no salgo de ella.

–Deduzco que vive solo, inspector. ¿Le dejó su mujer?

–Soy viudo, a mi mujer la mataron unos cerdos hijos de puta.

–Discúlpeme. –Roberto Armengol bajó la cabeza, arrepentido de lo que había dicho–. Pase.

Sentados en un viejo sofá lleno de revistas y libros, junto a una mesa baja en la que se mezclaban cajas de galletas y medicamentos con más libros y libretas usadas, Armengol tomó la palabra.

–Mi abogado quiere denunciarle.

–¿El de la colonia?

–Vamos, inspector, déjese de tonterías y vayamos al grano: ¿en qué puedo ayudarle?

–Rosa «la de Benicàssim» ha sufrido un infarto muy grave.

–Lo siento.

–¿Conocía a esa mujer?

–Solo un poco, yo era muy pequeño cuando iba a jugar a la villa y a bañarme en la playa. Mi tía Concepción la tuvo muchos años trabajando en la casa. Estaba sola y supongo que Rosa le hacía compañía.

–He visto una fotografía en la escalera de la villa en la que aparece su tía Concepción, muy guapa, por cierto, junto a un joven muy parecido a ella, y detrás dos niños juegan en el césped, uno es muy moreno y el otro muy rubio, ¿cuál de ellos tres es usted?

–Ja, ja, ja –rio relajadamente Roberto Armengol–. ¿Me ve usted muy rubio, o muy moreno, o muy mayor? No, inspector, no, no soy ninguno de los tres. El chico que está junto a mi tía es, obviamente, mi tío Nicolás, y los dos niños que juegan en la hierba no son de la familia: el moreno es Arturo, el hermano de Rosa, que a veces venía a jugar a la villa mientras ella trabajaba. El rubio es Eugenio Sánchez, el hijo de los vecinos de la casa de al lado.

Bartolomé Monfort se puso en pie y tendió su mano hacia Roberto Armengol.

–Gracias, señor Armengol, no quiero molestarle más de lo que ya le hemos incordiado últimamente.

–¿Le da igual si mi abogado sigue adelante con la denuncia?

–Hagan lo que tengan que hacer. La vida es así, a veces tenemos que meter la pata para poder solucionar los casos. Le aseguro que hubiese deseado que nada de esto hubiera pasado jamás.

–No sé por qué razón pero le creo, inspector –sentenció Roberto, y abrió la puerta de la calle.

–Una cosa más, si me lo permite –pidió Monfort con un pie ya en la acera–. ¿Dónde está su esposa?

–Mire, para qué le voy a mentir... Está en Pakistán, solucionando algunos problemas por los que pasa nuestra escuela.

–Si no recuerdo mal –apuntó el inspector–, el juez le dijo que nadie de su familia podía salir del país hasta nuevo aviso, ¿no es así?

–Después de lo que hemos pasado, merecemos que alguien como usted haga la vista gorda, ¿no cree, inspector?

62

La agente Silvia Redó marcó el número del inspector y esperó a que descolgara. Habló ella primero:

–¿Monfort?

–Dime, Silvia.

–Rosa está muy mal.

–¿Va a morir?

–El médico dice que es probable que no llegue al fin de semana.

–Teniendo en cuenta que hoy es miércoles, no es mucho.

–No, no es mucho, ¿dónde estás, jefe?

–En la calle, acabo de salir de casa de Roberto Armengol.

–Vaya, qué valiente –ironizó Silvia.

–¿Cómo pudimos equivocarnos tanto con él?

–No te castigues. Roberto Armengol es un tipo raro. Y se llevaba muy mal con su familia; llegó a odiarlos. Era normal que sospecháramos de él más que de los otros.

–Los niños de la fotografía de Villa Armengol son el doctor Sánchez y el hermano de Rosa.

–¿Zipi y Zape? –preguntó Silvia alzando la voz.

–Suena a banda de delincuentes.

–Oye, Monfort, ¿podríamos aprovecharnos de que Rosa está tan grave para hacer venir a su hermano desde Argentina?

–Para eso me llamabas, ¿verdad?

–Sí.

–¿Ha sido idea tuya o también de la subinspectora Forcada?

–De las dos.

–Sois las mejores.

–Sí, ya, pero...

–¿Pero qué? –preguntó Monfort meneando la cabeza.

–Alguien tendrá que hablar con Romerales para que financie el viaje desde Argentina, si no, no creo que Arturo Palau quiera venir.

–A no ser que tenga mucho dinero –repuso el inspector.

–¿Mucho dinero? ¿Dinero de transferencias ilegales?

–Por ejemplo.

–¿Podríamos comprobarlo?

–Es lo que pensaba hacer, Silvia. –Y colgó su teléfono al tiempo que palpaba en el bolsillo el aparato sustraído a Natalia Monsonís.

Sentado en un bar, frente a una jarra de cerveza fría y un plato de ensaladilla rusa, Monfort anotó, del móvil de Natalia, el número de Arturo Palau en Buenos Aires. Llamó con el suyo, puso voz de policía de centralita e informó a Palau del grave estado en el que se encontraba su hermana Rosa. Arturo prometió tomar un vuelo lo más pronto posible y estar en Castellón antes del fin de semana. Ni una sola palabra acerca del dinero del billete.

–¡Bingo! –dijo Monfort una vez hubo colgado–. Así que tienes pasta para venir pitando desde Buenos Aires hasta Castellón.

63

El inspector Monfort llamó al interfono del piso de Natalia Monsonís.

–¿Quién es? –contestó esta con voz áspera.

–Soy el inspector Bartolomé Monfort.

La señora Monsonís tardó más tiempo de la cuenta en volver a hablar.

–¿Qué demonios quiere?

–Devolverle el móvil.

–Métaselo por el... –escupió Natalia, pero Monfort no le dejó acabar la frase.

–Le debo una disculpa.

–¿Una disculpa? No me haga reír, señor policía –dijo con sorna–. No sé por qué pero creo que usted no se disculpa muy a menudo.

–Quizá pueda sorprenderle.

–Ya me ha sorprendido dos veces. Una para bien, y la otra..., de la otra mejor no hablar.

–Por favor, Natalia, déjeme subir.

Natalia Monsonís se ablandó, y sin dar contestación alguna pulsó instintivamente el botón que accionaba el mecanismo de la puerta.

–Hola –dijo únicamente Monfort.

–Pase, pero solo un minuto, tengo cosas más importantes que hacer.

Natalia Monsonís vestía un chándal rojo bastante holgado, una sudadera a juego, zapatillas blancas de tenis y unas enormes gafas de sol que ocultaban por completo sus ojos. Ambos permanecieron unos instantes en el pasillo del lujoso piso de la calle Echegaray.

–¿Me puede ofrecer un café? –preguntó sin vergüenza alguna el inspector.

–Iba a tomarme un té... pero... Ya se lo he dicho, no tengo tiempo.

–¡Perfecto! Un té será perfecto –agradeció con exageración el inspector entrando en el salón y sentándose en el caro sofá.

La mujer desapareció en la cocina. Monfort observó que estaba visiblemente nerviosa. Volvió con una bandeja y dos tazas de las que pendían sendas bolsitas de té.

–¿Azúcar? –ofreció la mujer.

–No, gracias, lo tomo sin –contestó el inspector tomando su taza con ambas manos–. ¿Lleva siempre esas gafas de sol por la casa? –le preguntó.

–¿No le gustan?

–Creo que le quedan bien –dijo Monfort dando un sorbo del oloroso té–. Pero sus ojos son más bonitos que las gafas.

Natalia Monsonís bajó el rostro y Monfort vio algo oscuro en la parte superior de uno de sus ojos, junto a la ceja.

El inspector dejó la taza en la mesilla baja y plantó una rodilla sobre la mullida alfombra, se acercó a Natalia y, sin que ella opusiera resistencia alguna, le levantó las gafas con una de las manos. Sus ojos quedaron al descubierto. Uno de ellos estaba prácticamente cerrado y rodeado de un enorme hematoma que iba desde la ceja hasta el pómulo.

–Eso... ¿lo ha visto un médico? –preguntó señalando el ojo en cuestión.

–Claro, eso... lo ha hecho un médico.

Arturo Palau llegó al Hospital General de Castellón mucho antes de lo que la subinspectora Forcada y la agente Redó hubiesen imaginado.

Tenía la piel morena y el pelo negro como el azabache. Vestía como un galán, con traje de raya diplomática, corbata y gabardina a juego colgada de uno de sus brazos. Preguntó inmediatamente por el doctor que atendía a su hermana en la Unidad de Cuidados Intensivos.

–¿Es usted el hermano de Rosa Palau? –preguntó una enfermera.

–Sí, soy yo... ¿Cómo se encuentra mi hermana?

–Acompáñeme, por favor –dijo la enfermera tomándolo por el brazo y pasando por delante de donde estaban la subinspectora Forcada y la agente Redó.

64

El inspector Monfort leía apoyado en la barandilla de la entrada del Hospital General. Se trataba de un informe de tres páginas, escrito por la agente Redó. En él se explicaba que cuando los abogados de la familia abrieron el testamento de Nicolás Armengol, este desveló que gran parte de la herencia correspondía a su sobrino Roberto. Cierto era que Nicolás Armengol tenía poco contacto con Roberto, pero estaba al corriente de la escuela en Pakistán y de las acciones humanitarias que había realizado en ese país para con los más necesitados. En el informe, la agente Redó opinaba que el verdadero motivo que impulsó a Nicolás Armengol a decantarse en favor de su sobrino era el maltrato psicológico que este había sufrido por parte de su padre durante muchos años.

Pequeñas pero jugosas porciones del resto de la herencia fueron a parar a distintos familiares de la esposa de Nicolás, así como a sociedades de escritores, antiguas asociaciones de navegantes, amigos de todos los rincones del planeta y hasta un casal fallero de Valencia iba a recibir una pequeña parte del capital de Nicolás Armengol y su amada esposa.

La agente Redó también informaba de que el abogado Ramón Cénia y su cliente, Roberto Armengol, habían decidido, a última hora, retirar la denuncia interpuesta contra el inspector Bartolomé Monfort.

El inspector esperaba al doctor Eugenio Sánchez en la puerta del hospital. No quiso volver a pasar por el mal trago de meterse en la cafetería, ya tuvo bastante la otra vez. Todavía recordaba el olor de los bocadillos de calamares a la romana recalentados hasta la saciedad. Tiró la colilla al suelo y tuvo serias tentaciones de sacar de nuevo el paquete de cigarrillos. La tarde era desapacible y, según las previsiones, la noche amenazaba con lluvia y frío.

El doctor Eugenio Sánchez apareció ansioso, con la bata desabrochada y mirando a todos lados. Monfort se fijó en que el poco pelo que le quedaba era muy rubio. Finalmente levantó la mano para que lo viera entre la maraña de gente que entraba y salía del hospital.

–¿Y ahora qué quiere, inspector?

–Hablar con usted un momento.

–Solo un momento, estoy de guardia, no puedo estar aquí...

–¿Por qué le ha pegado a su mujer? –le cortó secamente Monfort.

–¿Eso le ha dicho? ¿Usted cree que le he pegado yo?

–Sí, eso es lo que me ha dicho.

–Mire, inspector... –El doctor Sánchez apoyó uno de sus pies en la barandilla–. Mi mujer sería capaz de autolesionarse para que le concediera el divorcio. Es la única manera que tiene de conseguir dinero: amenazas, extorsiones, mentiras..., todo para lograr que nos divorciemos y con ello sacar el máximo posible del dinero que siempre soñó tener.

–Ha vuelto Arturo Palau –soltó Monfort cambiando el peso de un pie a otro.

–Lo sé –contestó el doctor sacando un cigarrillo suelto del bolsillo de su bata y encendiéndolo al instante.

–¿Lo sabe?

–Sí, lo sé. Todo lo que hace mi mujer lo sé en cuestión de pocas horas: adónde va, con quién va...; es fácil si se saben mover los hilos. Esa mujer está desquiciada, es capaz de todo. Y ahora le faltaba liarse con el *latin lover* ese.

–Pero ustedes eran amigos, ¿no?

–Jugábamos en la playa cuando éramos niños. Venía con su hermana y, mientras ella trabajaba, él jugaba conmigo y con otros niños. Pero luego se volvió un envidioso de mierda –endureció el tono y el vocabulario el doctor Sánchez–, no venía casi nunca y cuando lo hacía nos insultaba, llamándonos niños pijos, mariquitas y cosas así.

–¿Y después siguieron en contacto?

–Se encargaba de las tareas pesadas de Villa Armengol. Cortaba el césped, podaba la hiedra de la fachada, las palmeras...

–Y siguieron viéndose.

–Sí, retomamos la amistad que habíamos perdido de adolescentes. Venía a cenar a casa alguna noche, con mi mujer y conmigo. Él es soltero, no le conocimos pareja alguna.

–Hasta que se lio con su mujer –le cortó Monfort.

–¡Menudo hipócrita! ¡En mi propia casa! –El médico apretó los dientes–. Luego, cuando yo ya los había descubierto, va y se larga a Buenos Aires con la excusa de montar una empresa o no sé qué, ja, ja, y una mierda, si es un desgraciado. Cómo se iba a ir a Argentina a montar ningún negocio. De dónde narices iba a sacar el dinero, si entre su hermana y él no tenían más que lo que llevaban puesto. Vivían en un destartalado piso de alquiler en el centro de Benicàssim, y todo el mundo sabe que estaban juntos porque no tenían dinero para poder tirar cada uno por su lado. Solo ella tenía un trabajo estable, y de su sueldo vivían los dos, porque él siempre ha sido un vago... ¡Y la gilipollas de mi mujer se lía con él como si no hubiera más hombre en el mundo! Arturo siempre estaba merodeando por Villa Armengol, se debía relamer pensando en la cuenta corriente de los propietarios. A saber de dónde sacó el dinero para irse a Buenos Aires. Y luego está la historia esa de su hermana, mendigando por ahí mientras él se pasea por Argentina, montando negocios. Es muy raro todo, inspector, muy raro. ¿Sabe usted que Arturo Palau es un hombre muy violento?

Monfort negó con la cabeza. Cogió su paquete de cigarrillos, sacó uno y lo posó en sus labios. El doctor le ofreció lumbre al instante con el encendedor que aún llevaba en la mano.

–Doctor –repuso con tono firme el inspector–, usted se ha enterado del regreso de Arturo Palau, ha discutido con su mujer y por eso le ha pegado.

–Yo no he pegado a mi mujer, qué pesado es usted. Y ahora, si me lo permite, tengo que volver a mi trabajo, no olvide que consiste en salvar vidas, no en echarlas a perder. Buenas tardes, inspector.

El doctor Sánchez tiró el cigarrillo al suelo y salió disparado hacia el interior del hospital, perdiéndose entre la multitud que entraba y salía.

El inspector Monfort se agachó y recogió delicadamente la colilla, la apagó en uno de los barrotes de la barandilla y, tras leer la marca del tabaco, la introdujo en una bolsita con autocierre. La guardó en el bolsillo del pantalón y salió con aire sonriente camino del aparcamiento subterráneo.

65

El inspector Bartolomé Monfort asía una botella de whisky sin empezar. Sentado en el que ya era su sillón preferido, veía, muy cerca, el final del caso del asesinato de la plaza de la Farola. Pero su problema era... ¿y después qué? Siempre le ocurría lo mismo: antes de dar por finalizado el caso de turno, antes de saber al cien por cien quién era el asesino, dudaba y se perdía en un mar de preguntas y dilemas sin resolver. El alcohol no lo sacaba del apuro, pero empapando su sangre en licor se sentía menos cobarde. Pensó en Silvia Redó, en Ana Forcada, en el jefe Romerales, en todos los sospechosos que habían circulado ante sus preguntas mordaces. Una sirena atronó a su paso por la calle Herrero. Una patrulla de policía iba rauda y veloz hacia un destino. ¿Cuántas veces habría oído aquel sonido tan irritante? ¿Habría algún caso más para un inspector cansado como él?, retumbaba en sus sienes una y otra vez la misma pregunta. Percibió, como por arte de magia, el perfume de su esposa. El olor de la piel de Violeta inundó la habitación del hotel. Prefería vivir en aquel pequeño cuarto, y la idea de tener que volver a su casa y a todos sus recuerdos le producía miedo y desesperación, sudor frío, temblor en las rodillas... Volvió a notar el aroma, la fresca fragancia que tantas veces había olido en el cuello de su esposa. Sacó su vieja fotografía y la apoyó en el marco de la ventana. Primero sonrió y luego..., luego un nudo enorme se instaló en su garganta para no dejar pasar más que un fino soplo de aire para continuar con vida. Volvió a tomar la botella y giró despacio el tapón... El teléfono móvil empezó a dar sacudidas sobre la pequeña mesa de escritorio. Se acercó instintivamente, la mano agarrando el cuello de la botella. Miró la pantalla. Era la abuela Irene. Dejó la botella en el suelo y abrió rápidamente la tapa del teléfono.

–¡Abuela Irene! –la saludó Monfort como si necesitara con urgencia aquella llamada.

–Bartolomé, hijo, ¿cómo estás? –El aparato se inundó al instante de la aterciopelada voz de la mujer.

–Ahora mismo pensaba en Violeta, es como si... como si...

–Supongo que siempre debes de estar pensando en Violeta, hijo.

–No siempre, abuela, no siempre, hay veces que lucho por no olvidarla.

–No creo que sea necesario luchar, no la olvidarás. No te atormentes, vive tranquilo, ella nos ve, nos arropa e ilumina.

–¿Dónde estás, abuela?

–En Castellón, por eso te llamo. ¿Te apetece una taza de té con una vieja decrépita?

–¡Claro! –contestó Bartolomé mirando de reojo la botella de whisky–. ¿Dónde quieres que vaya?

–Estoy en una librería de la calle San Vicente, se llama Argot, tienen libros y tazas de té también. Entre montañas de libros me encuentro arropada. Ven si puedes y charlaremos un rato.

–Voy enseguida, abuela.

El inspector Monfort se afeitó y se cambió de ropa y luego guardó en el fondo del armario la botella de Glenfiddich aún sin empezar.

Preguntó en recepción por la calle San Vicente y decidió ir andando desde el hotel. No tardó ni diez minutos en llegar a una gran librería en la que se mezclaban olores de café y de libros. Aquello era seguramente lo que más le gustaba de aquel lugar a la abuela Irene. Entró y al momento se sintió reconfortado, calentito, confortablemente a gusto. Pasó la mano por las tapas de los libros y sintió un olvidado placer. Miró a todos lados para localizar a la abuela de su esposa, pero no pudo verla. Había bastante gente ojeando libros, pasando sus páginas, leyendo... Era lo mejor de las librerías: ver que la gente disfruta satisfecha de esos instantes tan placenteros.

La sección de gastronomía estaba bien surtida pero Monfort prefirió no ponerse a buscar. Pasó por delante de una de las cajas, siguió mirando a todas partes pero no había ni rastro de la abuela Irene. Por un momento le pareció escuchar su característica voz aterciopelada. Caminó hasta el final de la tienda y allí estaba ella, en la sección de libros infantiles. Su menudo cuerpo sentado en una silla de madera, rodeada por cinco o seis niños que, con los ojos como platos, escuchaban a la abuela relatar dulcemente una historia entrañable. Gesticulaba, sonreía, adoptaba la voz de los personajes que interpretaba con su lectura. Los niños estaban embelesados; varias madres sonreían con ternura al ver a la anciana encantando a sus criaturas. La voz de la abuela Irene acariciaba las paredes de la librería. Llenaba el aire de suspiros. Monfort se detuvo a oírla un instante, y en ella pudo ver y escuchar a su joven esposa Violeta: «Al día siguiente, el príncipe ordenó que todas las doncellas del reino se probaran el zapato de cristal que había encontrado en la escalinata. Sabía que la joven que lo calzara sería su verdadero amor...».

El móvil del inspector emitió dos pitidos. Se apartó un poco para no romper el momento mágico y atendió la llamada.

–Dime, Silvia –habló en voz baja.

–Rosa está cada vez peor.

–¿Qué dicen los médicos?

–Que hay que esperar.

–Y... Arturo, su hermano, ¿cómo está?

–Muy afectado.

–¿Le habéis interrogado? –preguntó subiendo un poco el tono de voz–. ¿Estás ahí, Silvia?

–Sí, perdona, es que Ana viene corriendo hacia aquí.

La subinspectora Forcada llegó hasta donde estaba la agente Redó sin apenas aliento, se apoyó en su brazo y dijo:

–¡Se ha ido! ¡Nadie sabe dónde está! ¡Se ha ido y no lo hemos visto largarse por ningún sitio!

–¿Le habéis interrogado antes de que se os escapara? –preguntó Monfort procurando no alterarse demasiado para no llamar la atención.

–No –contestó con pesar la agente Redó.

–¡Buscadlo inmediatamente! ¡No paréis hasta encontrarlo! ¡Puede que sea nuestro hombre!

El inspector Monfort cerró la tapa de su teléfono al ver que la abuela Irene se ponía de pie y los niños se iban dispersando tras darle las gracias por leerles el cuento.

–¿Problemas, Bartolomé? –le preguntó a modo de saludo, y se puso de puntillas para darle un beso.

–Nada nuevo, Irene, nada nuevo.

Sentados en un flamante sofá tipo Chester de color rojo vino en la planta baja de la librería Argot, escudados por miles de libros que reposaban en silencio en las estanterías, la abuela Irene y Bartolomé Monfort hablaron sin parar por espacio de más de tres horas. Cuando se cumplió la primera hora de conversación, una joven dependienta del establecimiento tuvo la deferencia de bajar con dos tazas de té que les ofreció sonriente. Allí, entre muros de libros, el inspector le contó a la abuela Irene todo lo referente al extraño caso del asesinato de la plaza de la Farola. No obvió ni un solo detalle de lo acontecido; desgranó con minuciosidad lo que había ido ocurriendo desde aquel fatídico 12 de enero en el que fue hallado el cadáver de Nicolás Armengol, al que casualmente ella conocía por sus magníficos artículos de grandes viajes en las publicaciones de *Reader's Digest.* Irene escuchó atenta todo lo que el inspector guardaba en su memoria: sospechosos, pruebas, detalles, horarios, testigos... Bartolomé se descargó de un peso que le aprisionaba el pecho y el cerebro, desmenuzó uno a uno todos los movimientos realizados por los implicados en el caso. Cumplida con creces la segunda hora de conversación, y con una segunda taza de té humeante en sus manos, la abuela Irene lanzó una pregunta al inspector Monfort:

–¿Quieres que te diga lo que pienso de este caso?

66

El coche rechinaba todavía con la panza boca arriba como una bestia malherida. Las ruedas giraban ingrávidas, sin asfalto en el que posarse. Una nube de polvo cubría toda la carrocería y el interior del destrozado automóvil. El depósito vomitaba gasolina y esta se desparramaba peligrosamente porque el tapón había volado un centenar de metros colina abajo después del impacto. Una chispa hubiera sido suficiente para que el coche saltara por los aires en dirección al mar. La noche cerrada no permitía distinguir entre la maleza y los restos del vehículo. Las olas rugían al chocar contra las rocas.

Los acantilados de la antigua carretera de la costa que unía Oropesa del Mar y Benicàssim eran muy accidentados. La caída tuvo que ser terrible a juzgar por el estado en que había quedado el automóvil. En su precipitado descenso había arrancado un enorme pino de alrededor de doce metros de altura que ahora yacía inerte cortando la vía del tren. El convoy que cubría la ruta nocturna entre Barcelona y Valencia, un Euromed repleto de ejecutivos y familias que regresaban a sus hogares, debía de estar a poca distancia del punto en el que los raíles estaban obstruidos por el grueso tronco del árbol. Un hombre se arrastró por entre los amasijos de hierro del irreconocible coche. Con la cara completamente ensangrentada, reptaba con sus brazos mientras que las piernas no le obedecían; su pelo estaba cubierto de tierra y restos de pintura de la chapa del automóvil. El hombre casi agonizaba pero seguía arrastrándose, como una serpiente moribunda. Una mezcla de sangre y vómito brotó de su boca y a punto estuvo de morir ahogado. Tosió violentamente y algunos trozos de cristal salieron expulsados con fuerza. Cuando llegó a la vía del tren y vislumbró el mar a escasos diez metros, cayó como un saco sobre el frío metal de los raíles. Se sintió morir allí, sin fuerzas para gritar, sin resuello para llorar. Sin piel en las manos y en los codos intentó, como último esfuerzo, salir de la vía que lo condenaría a muerte en poco tiempo. Con una energía desconocida, salió y se desplomó a tres metros de ella. Dos palmos más y hubiera caído irremediablemente a un mar enfurecido que golpeaba sin tregua las paredes del acantilado. El tren silbó a la salida de una curva y el hombre solo pudo ver sus potentes faros llenando de luz la oscuridad reinante, cegando por completo sus ensangrentados ojos. El estruendo al colisionar con el tronco del árbol caído fue desgarrador; el tren frenó bruscamente y los chirridos de los frenos ensordecieron hasta el último recodo de su aturdido cerebro. Un centenar de metros más allá, el tren proveniente de Barcelona con destino Valencia conseguía al fin detenerse con la certeza de haber causado una horrible desgracia.

Los maquinistas activaron de inmediato las señales de alarma y en menos de diez minutos dos camiones de bomberos, una unidad de la Policía Nacional y dos ambulancias dotadas de los últimos adelantos acudieron al lugar del accidente. Los bomberos montaron rápidamente un sofisticado sistema de iluminación que devolvió a la zona afectada una potente claridad artificial en la oscuridad de aquella fatídica noche. Las olas rompían fieras contra el acantilado. Ninguno de los pasajeros del tren resultó herido, a excepción de un anciano que tuvo que ser atendido por un ataque de ansiedad.

Un bombero gritó al encontrar el cuerpo del hombre a pocos metros del lugar por donde había pasado el tren, junto a la vía. El bombero le creyó muerto. Tres compañeros acudieron al instante. Dos médicos de la UCI móvil dieron fe de que el hombre, milagrosamente, seguía vivo. Sus constantes eran las mínimas para que una persona continuara con vida. El traslado del herido fue dramático. El equipo médico puso todo su empeño en evitar movimientos bruscos, que hubieran sido fatales dado el delicado estado del hombre. Lo transportaron en una camilla especial que inmovilizaba su cuerpo, como si de una momia se tratara.

Seis bomberos trabajaban sin tregua para retirar el inmenso árbol caído, y una dotación de especialistas de Renfe, que acudieron a los pocos minutos, revisaban con potentes linternas de mano todos los engranajes y mecanismos de las vías para que el convoy pudiera reanudar su marcha en el menor tiempo posible. Los agentes de policía desplazados al lugar de los hechos registraban concienzudamente los restos del automóvil. A unos veinte metros de donde se hallaba el coche, retorcido por la dura caída, uno de los policías encontró una cartera que contenía la documentación necesaria para identificar al herido: su nombre era Arturo Palau, vecino de Benicàssim.

67

La subinspectora Ana Forcada y la agente Silvia Redó se personaron en el hospital minutos después de que Arturo Palau ingresara, alertadas por uno de los agentes de guardia de la comisaría de la ronda de la Magdalena. Llevaban toda la noche buscando al hermano de Rosa, que en un descuido había desaparecido del hospital sin dejar rastro.

Cinco horas más tarde, Palau salía en una camilla por la puerta de los quirófanos lleno de tubos conectados a una máquina que latía como un corazón artificial. Un médico con cara de agotamiento les tendió la mano.

–Soy el doctor Jaume Ribes. Ustedes deben ser de la Policía... Ya me han informado durante la operación.

–En efecto –tomó la palabra la subinspectora–. Ella es la agente Redó y yo la subinspectora Forcada.

–He de serles sincero. –El médico puso cara de circunstancias–. La operación ha ido bien, pero el estado en el que ha llegado el paciente... lo hace todo mucho más complicado. Sufre un severo traumatismo craneal; no tenemos muy claro si le dañará las funciones cerebrales. Pero además ha perdido mucha sangre, demasiada. Y tiene los pulmones encharcados y en la faringe había miles de pequeñísimos cristales que tragó al salir despedido por la ventanilla del automóvil. Su pronóstico, como comprenderán, es extremadamente grave. Ahora debemos esperar las próximas veinticuatro horas. De momento no podemos hacer nada más. Pasado ese tiempo, si evoluciona medianamente bien, deberemos volver al quirófano y operar otras lesiones igualmente importantes, pero que debido a su estado actual es mejor que esperen.

La subinspectora le dio su tarjeta.

–No queremos molestarle más, doctor Ribes. Si ocurre algo, sea a la hora que sea, llámenos, por favor. Dos oficiales de policía se quedarán aquí vigilando.

–¿Puedo hacerles una pregunta? –dijo el médico levantando el dedo índice de su mano derecha.

–Claro –contestó rauda Silvia Redó.

–¿Qué es lo que ha hecho ese hombre para que estén todos ustedes aquí?

–No lo sabemos –contestó Ana Forcada mirando fijamente a los ojos del doctor Ribes–. De verdad, no lo sabemos, todavía no lo sabemos.

El doctor se despidió de las dos mujeres, pero cuando ya había dado un par de pasos se volvió de golpe y les dijo:

–¡Ah! Se me olvidaba una cosa. La hermana del paciente que acabamos de operar ya ha salido de la UCI y ha sido trasladada a planta. –Esbozó una media sonrisa–. No todo van a ser malas noticias.

Eran las ocho de la mañana y el día empezaba luminoso. De no ser por un aire cortante y frío que sacudía los huesos, hubiese sido una mañana fantástica.

En el patio trasero de la comisaría de la Policía Nacional de Castellón, un Seat Toledo de color blanco, o lo que quedaba de él, yacía boca arriba encima de unos palés de madera que lo mantenían a un metro del suelo. Junto a él, tres hombres y dos mujeres, todos muy jóvenes, desmontaban con sumo cuidado pequeñas piezas del destrozado vehículo con el fin de analizarlas. A escasos tres metros de ellos, otro hombre joven estaba sentado en un pequeño pupitre con un ordenador portátil en marcha. El inspector Monfort pudo observar, al salir al patio, que el hombre que tecleaba daba órdenes a los que manipulaban el coche con guantes y gafas especiales de aumento. Se acercó enseguida hasta el pupitre.

–Soy el inspector Bartolomé Monfort. –Le tendió la mano.

El hombre del ordenador hizo un gesto para que tomara asiento junto a él y estrechó la mano que Monfort le ofrecía.

–Soy el subinspector Salva Márquez, de la Policía Científica, y ellos son parte de mi equipo.

A Monfort le cayó bien nada más saludarlo.

–¿Han encontrado algo?

–La caída fue tan brutal que nos costará ver alguna cosa que pueda llamarnos la atención. El coche está completamente destrozado, como puede ver. Pero estamos en ello, prácticamente acabamos de empezar... Aunque... hay cosas raras, inspector.

–¿Cosas raras? Esto ya me gusta más. –Se frotó las manos.

–No frenó antes de caer por el barranco. Los neumáticos están intactos. Tampoco había marcas de frenada en el asfalto del lugar del accidente.

–¿De dónde venía?

–Según las huellas que dejaron los neumáticos en un mirador que hay un kilómetro más allá del lugar por el que se precipitó, en dirección a Oropesa del Mar, hemos deducido que estuvo parado allí. Iba desde Benicàssim a Oropesa y se detuvo en ese mirador. Luego volvió otra vez por el mismo sitio hasta que cayó por el barranco. ¿Sabe usted si en el hospital han dicho algo sobre si iba bebido o drogado?

–Los médicos han dicho que estaba completamente sobrio antes del impacto –contestó Monfort.

–¿Vive? –preguntó con cierto reparo el subinspector Márquez, como si aquello no fuera de su incumbencia.

–De momento sí, pero nadie da nada por su vida.

La puerta corredera que comunicaba el patio de la comisaría con la calle Almansa se abrió accionada por el policía de la garita. Un Ford Mondeo de color azul marino entró despacio en el patio; en su interior, el comisario Romerales y su chofer charlaban distendidamente.

El inspector Monfort miró de reojo el coche que acababa de entrar. Metió la mano en su bolsillo y sacó de él una tarjeta que tendió al subinspector Márquez.

–Aquí tienes mi número de teléfono, si descubres algo que valga la pena me llamas, no lo dudes...

–Pero ¿no llevaba el caso la subinspectora Forcada?

–¡Bah! Otra estrategia de Romerales. Ya sabes cómo es, dice una cosa ahora y luego otra, todo para despistar a los chicos de la prensa –repuso Monfort, y se marchó de allí a toda prisa para que el comisario no lo viera cuando se apeara del coche.

El subinspector Salva Márquez le dedicó una sonrisa cómplice y siguió trasteando con su ordenador portátil.

68

La agente Silvia Redó visitó al joven doctor Jaume Ribes para interesarse por el estado de salud de los hermanos Palau, Rosa y Arturo.

Rosa «la de Benicàssim» se encontraba estable dentro de la peligrosidad que conlleva haber padecido un infarto. Se hallaba en una habitación de la planta de cardiología, junto a otra mujer de su misma edad más o menos y con una patología similar. Ambas mujeres, bastante solas en el mundo, charlaban por los codos sobre todo tipo de dolencias y enfermedades. Rosa, después de tanto tiempo malviviendo en la calle, estaba encantada con la hospitalidad y la atención del personal sanitario, y en concreto con su vecina de habitación. Los médicos habían decidido ocultarle, por el momento y dado el delicado estado de su débil corazón, la situación en la que se encontraba su hermano Arturo, ingresado todavía en la Unidad de Cuidados Intensivos, donde como por milagro iba evolucionando favorablemente.

—Va muy despacio, muy despacio —dijo el doctor Ribes sacando dos cafés de una máquina expendedora—, pero parece que se va viendo el final del túnel. Sinceramente, tras las tres operaciones a las que se ha sometido, no creímos que pudiera empezar una recuperación como la que está teniendo.

—¿Quiere decir que se salvará, doctor? —preguntó Redó fijándose entonces en los encantadores ojos del doctor Jaume Ribes.

—No me llames de usted, por favor, que no soy tan mayor. —El doctor puso una mano en el hombro de Silvia—. Y, sí, creemos que se salvará.

—¿Cuándo se lo dirán a su hermana?

—Debemos decírselo ya. Probablemente hablemos con ella hoy mismo. Parece que su corazoncito lo podrá soportar. ¿Tomamos el café fuera, en la calle?

—Sí, por favor, los hospitales me agotan —sonrió la agente Redó.

—Pues mira que a mí... —contestó con otra sonrisa el doctor, tomando a su acompañante por el brazo camino del exterior del hospital.

El doctor Jaume Ribes era muy joven. Alto, delgado, con cara de listo y ojos cansados, pero sobre todo con un aura de buena persona que atrapaba a todo el que se le acercaba. Pese a su juventud ya había trabajado en Estados Unidos, en un prestigioso hospital de Chicago. Había nacido en Castellón y cursado sus estudios universitarios primero en Barcelona y después en Nueva York. Luego pidió trabajar cerca de su familia, en Castellón, y allí se instaló, en un piso de soltero en la nueva zona de viviendas construidas alrededor de la Universitat Jaume I, cerca de sus padres y hermanos pero en su propia casa. A la agente Redó le pareció muy joven el día que lo conoció, pero ahora le parecía, además de joven, muy guapo. Él se había dado cuenta de ello. Silvia le atraía y se sentía a gusto con su presencia y con su conversación. Tomaron café aquel día, y al día siguiente también, y esa misma noche quedaron para cenar en un restaurante de una recoleta calle peatonal del centro llamado La Casita de Gredos.

Acabada la cena, en la que hablaron más que otra cosa, tomaron un postre a medias, con dos cucharillas y un solo plato, y ambos se dieron cuenta de que se comían con los ojos. Pero Silvia no pudo abstenerse de hacerle una pregunta profesional que le estaba rebanando los sesos desde hacía varios días.

–Oye, Jaume, ¿te importa que te pregunte algo del trabajo?

–No, claro que no –rio él con la boca llena de sabrosa tarta de queso.

–Dime, ¿es posible que a un paciente que esté en tratamiento le cambien completamente la medicación y que nadie sepa qué médico ha sido?

–¿Quién te ha dicho eso? –preguntó atónito.

–¿Recuerdas a Rosa, la hermana de Arturo Palau?

–Claro.

–Sufría una fuerte depresión.

–¿Y?

–Pues bien, alguien modificó su tratamiento médico y a partir de entonces se volvió completamente majareta. Cambió totalmente. Dejó de ser ella misma. Abandonó todo cuanto tenía. Se fue a vivir a la calle como una pordiosera. Ahora, una vez que le han devuelto su medicación anterior, no se acuerda de nada. Absolutamente de nada.

–¿Y qué dice el médico que la atendía? –preguntó el doctor Ribes a la vez que alzaba la mano para pedir cafés.

–Dice su médico de cabecera que un buen día dejó de ir a la consulta, y que hasta ahora no la había vuelto a ver más.

Llegó una camarera y pidieron dos cafés solos.

–Pero... eso es imposible –reanudó el tema Jaume, visiblemente interesado–. Alguien tuvo que recetarle las otras pastillas. Habrá recetas, papeles, resguardos de farmacia, algo que acredite que a esa mujer le recetaron fármacos tan dañinos para su delicada salud.

–No hay nada, Jaume, no hay nada.

–Tiene que haber algo –insistió él cuando la camarera hubo depositado sobre la mesa los dos cafés–. ¿Recuerdas cómo se llama su médico de cabecera?

–Sí, lo tengo apuntado en algún lugar.

Sacó de su bolso un pequeño bloc de notas, y cuando encontró la página en la que había anotado el nombre del médico se lo tendió a Jaume. El joven doctor cogió la libreta y como sin querer acarició suavemente la mano de Silvia.

Al salir de La Casita de Gredos, Jaume Ribes ayudó a Silvia Redó a ponerse el abrigo y ambos caminaron acurrucados en busca de un taxi. Una espesa niebla circulaba despacio por las calles de la ciudad en busca de una salida.

–Para causar ese efecto que dices –soltó de repente el doctor Ribes–, tienen que ser unos medicamentos muy concretos, difíciles de obtener para alguien que no tenga acceso directo a ese tipo de sustancias.

–¿Un médico? –preguntó Silvia acurrucándose más todavía al cuerpo de Jaume.

–O alguien muy cercano a él –contestó este mientras ambos desaparecían en la espesa niebla.

69

El inspector Monfort pasó la mayor parte del domingo durmiendo a pierna suelta. La mujer del servicio de habitaciones no había insistido más al saber que él estaba dentro. Dejó un juego de toallas limpias en la puerta y, tras llamar un par de veces con los nudillos, desapareció para encargarse de la limpieza de otras habitaciones. Seis latas vacías de cerveza Heineken y media botella de whisky daban fe de la solitaria fiesta nocturna de Monfort. Los dos ceniceros que había en la habitación rebosaban de colillas y sobre la alfombra yacían un par de cajetillas de cigarrillos arrugadas. A las seis de la tarde le pareció que sonaba su teléfono móvil, pero se tapó la cabeza con la almohada y siguió durmiendo la mona. A las siete y media de la tarde volvió a oír los zumbidos de su móvil y estiró el brazo para alcanzarlo, sin poder evitar tirar al suelo la lámpara de la mesita de noche. Contestó sin mirar quién era.

–¿Diga? –habló con voz pastosa el inspector.

–¿Está durmiendo?

–Eso no importa mucho –continuó, sin poder despegar los párpados pegados.

–Es verdad, no me importa lo más mínimo –contestó la voz al otro lado–, además, creo sinceramente que antes debería haber llamado a la subinspectora Forcada, pero no sé por qué motivo le he llamado a usted dos veces esta misma tarde.

El inspector Monfort reconoció al instante aquella voz y se incorporó de inmediato en la cama con el consiguiente pinchazo en las sienes.

–Eres Salva Márquez, ¿verdad? El subinspector Salva Márquez.

–Veo que tiene facilidad para reconocer voces... aunque sea con resaca.

–No me toques los cojones, por favor –dijo Monfort enojado, encaminándose al cuarto de baño dando bandazos.

–Es broma, inspector, es broma, no se lo tome a mal. ¿Podemos vernos un momento?

–¿Hoy? ¿Ahora?

–Lo suyo se arregla con un bloody mary –argumentó el subinspector Márquez en tono listillo.

–En mi caso lo suelo arreglar con una cerveza y un par de paracetamoles; me va mejor, la verdad. Además, ¿de dónde leches saco ahora un bloody de esos que dices? ¿Te parece bien que quedemos en media hora en el bar del hotel Mindoro?

–Me parece bien, pero antes me tomaré yo el bloody mary.

–Que sea a mi salud –dijo Monfort cerrando la tapa de su teléfono móvil, con la seria determinación de grabar más tarde aquel número con el nombre del subinspector Salva Márquez.

Tras una reconfortante ducha y un afeitado de la barba rasposa, Bartolomé Monfort bajó a la cafetería del hotel. Pidió un bocadillo de jamón del que apenas comió la mitad y repitió dos veces con la cerveza; la primera le sirvió para tragar los dos paracetamoles que le había comentado al subinspector Márquez. Alcanzó un ejemplar de *El Periódico*

Mediterráneo y buscó en las páginas de sucesos alguna información acerca del caso del asesinato en la plaza de la Farola. Nada, no salía nada. Era como si aquel extraño caso hubiera dejado de interesarle a la gente. Él sabía que no era así: el Ministerio del Interior, el Ayuntamiento de Castellón y la Generalitat Valenciana estarían acosando al comisario Romerales, de eso estaba seguro, prueba de ello eran las diez o doce llamadas diarias del comisario al móvil de Monfort. Eso sí, todas llamadas perdidas.

El subinspector Salva Márquez llegó a la cafetería. Vestía pantalones de montañero, camisa de cuadros y cazadora vaquera. Llevaba la cabeza casi rapada, lucía barba de tres días y su aspecto físico era inmejorable. El inspector Monfort pensó que no haría más de un año, a lo sumo dos, que habría ascendido a subinspector, y se acordó de cómo él mismo se convirtió en inspector a base de jugarse la vida con asesinos y otros delincuentes peligrosos.

Con una sonrisa de oreja a oreja, el subinspector tendió la mano a Monfort y se sentó en una de las sillas vacías.

–¿Se enfadará mucho con nosotros la subinspectora Forcada? –fue lo primero que dijo Salva.

–Si no hablamos mal de ella no lo creo. –Monfort sonrió–. No te preocupes, luego la llamaré y le contaré lo que hemos hablado.

–Vaya un consuelo –resopló Márquez.

–¿Qué quieres tomar?

–Lo que le ha dejado KO está noche.

–Vaya, otro de los míos. –El inspector sacudió la cabeza y levantó la mano para pedirle a la camarera dos whiskys generosos.

Tras entrechocar los vasos a modo de brindis y beber un primer sorbo, el subinspector Salva Márquez fue directamente al grano.

–Según las investigaciones, Arturo Palau había volado desde Buenos Aires a Madrid, allí cambió de avión para trasladarse hasta Valencia. En ese aeropuerto alquiló el Seat Toledo de color blanco con el que se despeñó por el acantilado de Oropesa del Mar. Hemos llamado a la compañía de automóviles de alquiler para pedir información del coche. Según ellos, el Toledo que alquiló Arturo Palau era nuevo, apenas tenía dos mil kilómetros y, según el taller que los pone a punto antes de ser alquilados, no tenía ni un solo rasguño.

–¿Y? –preguntó intrigado Monfort llevándose de nuevo el vaso a los labios.

–Hemos encontrado restos de pintura de otro coche en la parte de atrás. El parachoques fue arrancado de cuajo por un impacto trasero; con total seguridad.

–¿Alguien le golpeó por detrás? –preguntó el inspector dejando el vaso sobre la mesa sin consumar el trago.

–En efecto –afirmó el subinspector Márquez–. Lo más probable es que un coche de color plateado impactara con el Seat y lo mandara al fondo del barranco.

–¿De color plateado? –Monfort no salía de su asombro.

–Sí, los restos de pintura que hemos encontrado incrustados en el parachoques del Seat eran de color plateado. Y tenemos otro dato más.

–Adelante, suéltalo, amigo –le animó el inspector.

–Según el examen efectuado en el lugar donde se detuvo Arturo Palau, ese mirador del que le hablé y en el que luego dio la vuelta, a la misma hora se detuvo otro coche. Las huellas de sus neumáticos pertenecen a un automóvil de alta gama: son muy anchos, de perfil bajo, posiblemente de la marca Good Year, caros, muy caros, pertenecientes a un coche también muy caro.

–¿Todo eso lo habéis sabido tú y los tuyos mirando las huellas de los neumáticos y desmenuzando aquel montón de chatarra?

–Así es, Monfort, ese es el trabajo de la Policía Científica. Remover la chatarra.

El inspector volvió a brindar con su colega el subinspector Salva Márquez y luego le tendió la mano, dándole las gracias.

–No se merecen –contestó–. Pero, si no le importa, hágame un pequeño favor.

–¿Cuál?

–Hable con la subinspectora Forcada y cuéntele lo que sea para que no se enfade conmigo por hablar esto con usted antes que con ella.

–Lo haré –afirmó seguro el inspector Monfort–. A mí también me cae muy bien esa mujer.

La agente Redó llegó tarde a la llamada del móvil. Estaba duchándose y salió del baño lo más rápido que pudo, pero cuando llegó el teléfono había dejado de sonar. Miró la pantalla parpadeante. Una llamada perdida. Pulsó el botón de «opciones» y vio el nombre escrito en la pantalla: Jaume Ribes. Se estremeció y dudó en llamar o no. La noche anterior habían cenado en aquel restaurante romántico llamado La Casita de Gredos, y Jaume se había portado como un galán. Era verdad que al final habían hablado de trabajo, pero él la acompañó luego a pie, entre la espesa niebla, hasta su hotel. Ambos hubieran deseado acabar en la cama de su habitación, pero con un pacto silencioso y basado en una profunda mirada al interior de cada uno, decidieron esperar a otra oportunidad, conocerse un poco más, no lanzarse la primera vez. Ninguno de los dos supo si lo que habían hecho era lo correcto. Ninguno de los dos pegó ojo aquella noche. Pero ambos sentían algo difícil de catalogar.

Había quedado en la comisaría con el inspector Monfort. La había llamado el domingo por la noche, porque quería contarle algo. Estaba sentada en el borde de la cama, con el albornoz húmedo y la cabeza envuelta en una toalla, con el móvil en la mano, la llamada perdida de Jaume parpadeando. Pulsó el botón de «llamar».

–¿Silvia? –contestó un tanto excitado el doctor Ribes–. Perdona que te moleste.

–No me molestas –dijo ella, y notó que su propia voz era dulce y quebradiza.

–¿Recuerdas lo que me dijiste anoche acerca de las pastillas que había tomado Rosa «la de Benicàssim»?

–Sí, claro... Pero... ¿estás bien?

–Estupendamente –contestó el joven doctor–. He descubierto quién se las suministraba.

70

La subinspectora Forcada, la agente Redó y el inspector Monfort estaban reunidos en el despacho improvisado de la comisaría de la ronda de la Magdalena. Olía a café cargado. El comisario Romerales había telefoneado a Ana Forcada y le había lanzado un ultimátum: «Dos días, ni uno más ni uno menos. Descubran al asesino o todos ustedes serán apartados del caso».

Una vez trazado el plan, recogieron sus armas reglamentarias y las esposas. Salieron, los tres, raudos y veloces en el Volvo 740 del inspector Monfort rumbo a Benicàssim.

La mañana era magnífica, no soplaba ni un suspiro de aire y el mar estaba tan calmado que semejaba un lago salado. El sol regalaba, a los pocos paseantes del paseo marítimo Pilar Coloma, la delicia de los primeros rayos del día. El azul infinito del mar competía con el del cielo despejado. En Villa Adelita parecía haber alguien. Las contraventanas estaban abiertas, lo mismo que algunas de sus ventanas. Un riego automático con aspersor lanzaba chorros de cristalina agua sobre el tupido manto de césped. Una suave musiquilla salía desde algún lugar del interior de la casa de veraneo. Su vecina, Villa Armengol, seguía cerrada a cal y canto, y el precinto de seguridad de la Policía sellaba la puerta. Las flores estaban marchitas, el césped amarillo, una inmensa capa de polvo inundaba los muebles del porche.

Los policías llamaron al timbre de la puerta principal de Villa Adelita. La puerta se accionó desde el interior y el inspector Monfort empujó la verja para entrar por el estrecho pasillo de piedra que flanqueaba las dos zonas de césped a cada lado del caminillo.

El porche de la casa estaba decorado con muebles de teca debidamente pulimentados: una enorme mesa, sillas, tumbonas... Sobre la mesa había papeles y un pequeñísimo ordenador portátil en marcha, unas gafas y una taza que contenía restos de café con leche.

–¡Vaya! ¡Buenos días! ¡Qué sorpresa!

El doctor Eugenio Sánchez salió a recibirlos al porche vestido con vaqueros holgados y una camiseta blanca de manga larga; calzaba zapatillas de deporte y su aspecto era de haberse levantado hacía rato.

El inspector Monfort hizo las presentaciones.

–Ellas son la subinspectora Forcada y la agente Redó. Trabajamos juntos en el caso del asesinato de la plaza de la Farola.

–Encantado –saludó galantemente el doctor con una pequeña reverencia–. Estaba escribiendo unos dictámenes médicos que he de presentar esta tarde pero... Disculpen, tomen asiento. ¿Han desayunado? ¿Quieren tomar café? ¿Un zumo?

La agente Redó y la subinspectora Forcada dijeron que no cortésmente y a continuación se sentaron en las sillas de teca que había junto a la mesa. El doctor Eugenio Sánchez cerró precipitadamente la pantalla del ordenador portátil en cuanto vio que el inspector Monfort se acercaba hacia el aparato.

–Yo tomaré un café solo –dijo Monfort, sonriendo por la reacción del médico.

Eugenio Sánchez tosió y entró en la casa para volver a salir enseguida con una cafetera de cristal llena del negro líquido. Le sirvió en una taza grande de color rojo al inspector y volvió a servirse un poco más en la suya.

–¿Quiere algo más fuerte con el café, inspector? –ironizó descaradamente el doctor.

–Nunca de servicio –contestó con énfasis Monfort.

El doctor Sánchez dejó escapar una carcajada que poca gracia hizo a las dos mujeres. Llevaba el escaso pelo rubio que le quedaba peinado de manera que cubría gran parte de sus sienes, y sus claros ojos relucían en aquella luminosa mañana. Se había afeitado y olía a una fragancia difícil de distinguir, entre sándalo y lavanda. Se le veía tranquilo y relajado. Sacó un paquete de cigarrillos y lo tendió hacia sus invitados. Monfort cogió uno y jugueteó con él por la mesa para que sus compañeras pudieran ver la marca. Finalmente lo encendió y ofreció fuego al doctor, pero este lo rehusó para encender su cigarrillo con su propio mechero de oro.

–Yo, si tuviera uno de esos, seguramente lo perdería a los dos días –bromeó Monfort señalando el dorado encendedor.

–Con esta espléndida mañana –empezó a hablar el doctor obviando el comentario de Monfort–, ¿a qué se debe esta visita... digamos... tan numerosa?

–Arturo Palau ha sufrido un gravísimo accidente –dijo la subinspectora Forcada echando la silla hacia delante.

–Vaya, pobrecito. –El doctor Sánchez puso voz de falsa pena.

–¿Dónde estaba la noche del sábado, doctor? Y no hace falta que nos engañe diciendo que estaba de guardia porque ya lo hemos comprobado –siguió rotunda Ana Forcada.

–Huy, huy. –Se puso en pie haciendo ruido al arrastrar la silla–. No se anda con rodeos. Se las busca duras, ¿eh, inspector?

A Monfort le sorprendía la actitud del médico, más comedido hasta entonces.

Se oyó un ruido seco y el aspersor dejó de escupir agua en el perfilado césped del jardín.

–A mí nadie me busca, soy la subinspectora al mando del caso del que desde este momento es usted sospechoso.

–¿Sospechoso? –El doctor se llevó una mano al pecho–. ¿Yo soy sospechoso? Vamos, hombre, no me hagan reír. Hablen con Arturo Palau, quizá él sí tenga algo de lo que ustedes puedan sospechar.

–¿Dónde está su mujer? –terció ahora la agente Redó, que todavía no había abierto la boca.

–No lo sé, no tengo ni idea... Pero si dicen que Arturo Palau ha tenido un accidente, es probable que esté lamiéndole las heridas... o algo más. –Apagó el cigarrillo a medio fumar.

–Hay una cosa que quiero preguntarle, doctor –dijo con la voz endurecida la agente Redó.

–Pregunte, señorita, pregunte...

–¿Conoce unos fármacos llamados Fastelmax y Seroplasmax?

–Claro, señorita. No olvide que soy médico... y de los buenos –rio divertido el doctor Sánchez.

–¿Qué efectos producen mezclados en grandes dosis?

–Se te va la cabeza. Pero... ¿no me estaban preguntando por Arturo Palau, el amante de mi, digamos, accesible esposa?

–Sí –cortó rotundamente el inspector Monfort–, de él hemos venido a hablar. De él y de cómo su coche se precipitó la noche del sábado por un barranco entre Oropesa del Mar y Benicàssim.

–¿Ahora se encuentran en las cunetas de la carretera como los adolescentes? –continuó el doctor Sánchez–. Si ya tienen el magnífico piso del centro de Castellón –dijo con sorna–. Debe de ser que a él solo se le levanta en situaciones complicadas. Arturo siempre ha sido un mierda, la verdad.

–El informe de la Policía Científica dice que es posible que otro coche le golpeara por detrás, propiciando la caída por el barranco.

–Le debería dinero a alguien y se lo querría cobrar con su vida. Palau es un tipo peligroso, ¿saben? Creo que ya se lo dije en una ocasión, inspector. Le gusta demasiado el dinero, como por ejemplo el de mis vecinos.

–Todavía no me ha respondido a la pregunta. –Volvía a hablar la subinspectora Forcada–. ¿Dónde estaba la noche del sábado?

–Aquí, en casa.

–¿Solo?

–No, con Barbra Streisand.

–Es usted muy gracioso, doctor –le dijo Silvia Redó–, en mi próxima fiesta de cumpleaños lo contrataré como humorista.

–No tiene dinero suficiente... –contestó Eugenio Sánchez.

El inspector Monfort dio un manotazo seco en la mesa y las dos tazas de café cayeron al suelo provocando un estruendo de porcelana haciéndose añicos. El café derramado en la mesa de teca estaba a punto de llegar hasta el ordenador portátil y la subinspectora lo levantó de un zarpazo. El doctor Sánchez se abalanzó hacia ella para arrebatárselo, pero el inspector lo hizo sentar dándole un empujón en el pecho.

–¡Siéntese! –gritó–. ¡Siéntese y no se mueva! Si no quiere hablar aquí con nosotros, como una persona civilizada, lo haremos en la comisaría, en un cuarto de interrogatorios.

–No van a hacer eso –dijo con ojos furibundos el doctor.

Aquel cambio de tono que imprimió de repente no gustó nada al inspector.

–Claro que podemos, podemos hacer eso y lo que nos dé la gana –continuó Monfort–. ¡Agente! –Miró a Silvia Redó–. Ponle las esposas, nos lo llevamos a la comisaría, a ver si allí se le bajan un poco los humos.

El inspector Monfort y la subinspectora Forcada se pusieron de pie mientras la agente Redó sacaba del bolsillo de su chaqueta un par de plateadas esposas.

Sin que se dieran cuenta, con un movimiento rápido y con total seguridad, el doctor Sánchez cogió de espaldas a Silvia y la rodeó con su brazo derecho por el cuello, apretándolo sin piedad. Sacó del bolsillo trasero de su pantalón una navaja y, tras abrirla, apoyó el filo en el cuello de la agente.

–¡La mato! ¡No se muevan o les juro que la mato! –gritó fuera de sí–. ¡Tiren sus armas donde yo pueda alcanzarlas y no intenten nada o le clavo la navaja y la mato!

El inspector Monfort y la subinspectora Forcada sacaron sus armas y las lanzaron al suelo, a los pies del doctor Sánchez; a continuación levantaron los brazos casi a la vez. El doctor sacó la pistola que la agente Redó llevaba en la parte trasera del pantalón.

–Le ruego que no haga nada de lo que luego tenga que arrepentirse, doctor –pidió Monfort en el tono más conciliador del que fue capaz en ese momento–. Tranquila, Silvia, no creo que el doctor Sánchez nos haga daño a ninguno de los tres. No veo el motivo. ¿O sí, doctor?

–¡Cállese de una vez, inspector! ¡Cállese ya! ¡Es usted un imbécil! –El médico retrocedió hasta tocar con su espalda en la pared, para que le sirviera de apoyo–. ¡No diga nada más, no diga una sola palabra más o le corto el cuello, se lo juro, y acabamos ya! Ahora entren en la casa, pasen despacio hasta la cocina. No intenten nada o la mato, le rebano el cuello aquí mismo.

El inspector Monfort y la subinspectora Forcada entraron lentamente y con los brazos en alto en una gran cocina que hacía también las funciones de comedor y que daba directamente al porche.

–¡Dense la vuelta y pónganse de cara a la pared! –gritó el doctor sin dejar de apretar el filo de la navaja contra el cuello de la agente–. Las manos en la nuca, y quietecitos.

El inspector Monfort pudo ver, a través de la ventana de la cocina, un coche aparcado en el lateral de la villa. Un espléndido Mercedes de color plateado. Un coche de lujo, de alta gama, con los neumáticos muy anchos, muy anchos, y entonces se acordó de las palabras del subinspector de la Científica, Salva Márquez: «Las huellas de los neumáticos pertenecen a un coche de alta gama, son muy anchos, de perfil bajo, posiblemente de la marca Good Year, caros, muy caros, pertenecientes a un coche también muy caro».

Asimismo, Monfort vio con toda claridad que el Mercedes tenía el morro abollado por un fuerte impacto, como si hubiera chocado contra otro coche con la parte delantera.

Silvia estaba aterrada; de sus ojos caían enormes lágrimas que llegaban hasta la comisura de sus labios. Las venas del cuello estaban tensas como cables a punto de estallar. Sus pupilas, minúsculas como dos alfileres, se clavaban en los ojos del inspector Monfort y de la subinspectora Forcada, reclamando algo muy difícil de conseguir en aquellos momentos. La agente Redó veía su muerte cercana.

–¡Tú, ponle tus esposas al cabrón de tu jefe! –El doctor se dirigió a la subinspectora Forcada a la vez que presionaba ligeramente el filo de la navaja en el cuello de la agente Redó y del que empezó a brotar una fina línea de sangre oscura. Silvia cerró los ojos con fuerza y apretó los dientes.

Forcada sacó las esposas que llevaba en la funda, junto a su cinturón, y las colocó en las muñecas del inspector Monfort poniéndole antes los brazos a la espalda.

–Somos tres, doctor, tres contra uno. Lo va a tener difícil, la verdad. La agente Redó es fuerte, la subinspectora es lista y yo... yo ya tengo un pasado... ¿Sabe cómo me llaman mis compañeros cuando no estoy delante de ellos, doctor? Kamikaze. Me da igual vivir unos cuantos días más o menos.

El doctor Sánchez dio dos pasos hacia delante, arrastrando con él a la agente Redó, y de repente le propinó al inspector una fuerte patada que impactó de lleno en los genitales.

–¡Cállate, imbécil! ¡Te he dicho que te calles!

Monfort cayó de rodillas y en ese momento el doctor le asestó una nueva patada dirigida al hígado, provocando el aullido sordo que salió de la boca del inspector.

–¡Ahora tú! –se dirigió de nuevo a la subinspectora Forcada–. ¡Coge las esposas de tu jefe y póntelas! ¡Ahora! –gritó–. ¡Ya veo que habéis venido bien armados!

La subinspectora tomó las esposas que Monfort llevaba en el bolsillo de la chaqueta y se las colocó ella misma. El doctor no le quitó ojo hasta que oyó el clic característico del cierre. Los dos policías estaban esposados mientras que la agente Redó seguía retenida por la afilada hoja de la navaja del doctor. Buscando en los bolsillos de la agente, con la mano con la que sostenía aún el arma que le había quitado, el doctor sacó las esposas de la joven policía y se las colocó con los brazos a la espalda. Al soltar la presión que ejercía la navaja en su cuello, la agente Redó escupió sangre y su piel se tornó, poco a poco, blanca como el papel. Sus ojos reflejaban sufrimiento y desesperación, asco y sed de venganza. La puso junto a sus compañeros.

–Bueno, bueno, bueno –dijo el doctor Eugenio Sánchez como si canturreara, frotándose las manos después de cerrar la navaja y guardarla en la cintura de su pantalón vaquero–. Los tres polis así, atados y bien atados, tienen realmente un aspecto patético, sí señor, como unos mamarrachos. –Jugueteaba con la pistola de la agente.

El inspector Monfort improvisó un último farol.

–Hemos venido porque sabemos que es usted el asesino de Nicolás Armengol. También sabemos que drogó con esos fármacos a Rosa «la de Benicàssim» a fin de que abandonara Villa Armengol y así poder extorsionar al viejo para que le diera el dinero que usted mismo mandaba a una cuenta en el extranjero. Y, hoy mismo, hemos descubierto que fue usted también el que provocó el accidente del hermano de Rosa, Arturo Palau.

El inspector Monfort notó el sabor de la sangre que le había subido desde el estómago. Nada de lo que estaba diciendo estaba del todo claro, no tenía pruebas suficientes para acusarlo, pero su intención era tirarle de la lengua.

–Estamos tan seguros de todas estas acusaciones –prosiguió– que, antes de venir a hacerle esta cordial visita, hemos avisado a la comisaría para pedir refuerzos que..., supongo, deben de estar a punto de llegar.

–No me haga reír, inspector –dijo el doctor acariciando el pelo de la agente Redó a la vez que volvía a sacar su navaja–. De todas maneras, cuando lleguen «sus amigos», es probable que ustedes solo sean unos malditos cadáveres, ¿tú qué opinas, niñata?

Sin previo aviso, pinchó con fuerza la pierna de la agente Redó con su navaja y un espeso flujo de sangre salió a través del pantalón de la mujer manchando el suelo de la cocina. Silvia Redó lanzó un grito por el inmenso dolor.

–¡Cerdo asesino! ¡Juro que acabaremos contigo! –gritó Monfort.

–¡Se acabó tanta cháchara! –dijo con firmeza el doctor.

Sacó de un cajón un grueso rollo de cinta americana y amordazó a los tres policías. Luego, amenazándolos con la pistola, les juntó los tobillos y se los enrolló con cinta hasta que no pudieron mover las piernas.

–¡A callar! –dijo colocando el último pedazo de cinta en los tobillos de la malherida agente.

Los obligó a sentarse en el suelo, con la espalda pegada a la pared y separados unos de otros por un par de metros de distancia. Esposados, con las piernas inmovilizadas y la boca tapada, los policías ofrecían una imagen de indefensión total. Se acercó una silla y se sentó frente a ellos. Encendió un cigarrillo y aspiró el humo de la primera calada con gran satisfacción.

–Le gustaría fumar, ¿eh, inspector?

Monfort habló sin hablar con sus ojos inyectados en sangre, pero el doctor Sánchez le obligó a cerrarlos, poniéndose en cuclillas a su lado y lanzándole el humo del cigarrillo.

–Bueno, como veo que siguen dando palos de ciego y de todas maneras van a morir, les contaré la auténtica versión de los hechos que tantos días llevan intentando descubrir sin conseguirlo; así se llevarán a la tumba la resolución de un caso que no han sido capaces de resolver.

Eugenio Sánchez estaba henchido de orgullo. Sus ojos desquiciados empezaron a recordar todo lo que había ido sucediendo meses antes de que, finalmente, Nicolás Armengol fuera asesinado en el cajero de la entidad bancaria de la plaza de la Farola.

Se sirvió cuatro dedos de whisky Chivas sin hielo en un vaso ancho. Lo tendió hacia el inspector y se lo dejó oler.

–Huele bien, ¿eh, imbécil?

Monfort se retorcía de rabia.

–¿Quiere un traguito? A lo mejor así se le pasa el mono.

El inspector sacudió con ímpetu su cabeza hacia el doctor con el fin de darle un buen cabezazo, pero este lo esquivó y le tiró a la cara el whisky del vaso, mojándole el pelo y la ropa con el fuerte licor. Un profundo olor a alcohol y a miedo inundaba la cocina de Villa Adelita. El estado de la agente Redó era preocupante, seguía sangrando por las heridas del cuello y de la pierna.

–¡Basta ya de juegos! –anunció el doctor Sánchez agarrando por el pelo a la subinspectora Forcada y arrastrándola con fuerza hacia la otra pared de la cocina–. ¡Que sangren las dos! –gritó el doctor pinchando a Forcada en uno de los hombros, cerca del omóplato; un reguero de sangre afloró velozmente a través del jersey negro–. ¡A ver si así el «señor inspector» me toma más en serio!

Arrastró de nuevo a la subinspectora hasta la pared. Llenó su vaso de whisky hasta el borde y se lo bebió en un par tragos. Colocó de nuevo la silla delante de los tres policías y se dispuso a contar el macabro relato.

71

–La verdad es que me lo he pasado en grande desde el primer día –empezó tras una corta pausa.

El único que prestaba verdadera atención era el inspector Monfort. La agente Redó y la subinspectora Forcada se desangraban lentamente por las heridas producidas por los navajazos.

–Han conseguido ustedes que me divierta de verdad.

El doctor se sirvió otro vaso de whisky y encendió un cigarrillo. Se recreó con el primer trago y la primera calada. Continuó hablando sosegadamente, como regodeándose con lo que decía.

–La vieja, Concepción Armengol, tenía mucho dinero. Era una vieja avara, no soltaba un céntimo ni dándole patadas. Cuando yo era un niño pasábamos los veranos aquí, en Villa Adelita, la casa que mi jodido padre restauró para que no saliéramos nunca de Benicàssim, mientras él se largaba por ahí con la excusa de los congresos y las ferias, cuando en realidad se iba con putas caras a hoteles de lujo de ciudades europeas. Mi madre siempre fue una desgraciada. Mi padre le pegaba hasta que se cansaba y ella... ella no decía nunca nada. Yo jugaba en la playa, con los niños ricos de las otras villas, y también venía Arturo Palau, el niño moreno, hermano de Rosa, la criada de los Armengol. Nos hicimos mayores y yo estudié

Medicina, como mi padre. Luego mis padres murieron, casi a la vez, primero él, de cirrosis, y luego mi madre, de pena, de una pena absurda que él no merecía. Me casé con la veraneante más *sexy* de Benicàssim. Natalia disfrutaba provocando a todos los hombres que se le cruzaban por delante. Siempre le gustó que la miraran lascivamente. Disfrutaba haciéndome morir de celos, pero le corté las alas a base de bofetones. Tuvimos una hija. Estudia Medicina en Barcelona y viene poco por aquí, no le gusta cómo vivimos su madre y yo, y por eso no nos vemos demasiado. Mejor, ojalá pueda ser feliz algún día y no seguir los pasos de sus padres. –El doctor Sánchez pareció flaquear por momentos al hablar de su hija, pero enseguida volvió a la carga–. Luego vino el viejo asqueroso ese, Nicolás, a cuidar de su hermana enferma. Nicolás Armengol también estaba podrido de dinero. Su mujer había muerto, por lo visto era la rica heredera de uno de los navieros más influyentes de Valencia. Y él, el viejo, lo dejó todo para venir a cuidar de su patética y solterona hermana. Nosotros vivíamos aquí en verano. Yo cada vez venía más a menudo; el piso de Castellón se había convertido en el lugar de los encuentros amorosos de mi mujer y sus ligues ocasionales. Bebíamos mucho. Yo trabajaba cada vez más para alejarme de ella y de todo lo que tuviera que ver con su persona. Un día me llamó Nicolás Armengol para que le echara un vistazo a su hermana. Se había puesto muy enferma. Estuve tratándola en su propia casa unos tres o cuatro meses. Ella se negaba a que la lleváramos al hospital, pero su estado era muy grave. En aquellas tardes, sentados en el porche, Nicolás Armengol me confesó toda su vida, sus viajes, sus logros, sus hazañas, sus ingresos... Y, casi al mismo tiempo, deseé su dinero. Lo de la hermana fue muy fácil. Una dosis correcta de varios fármacos mezclados, los suficientes para acabar con su vida y que pareciera una muerte natural. Luego lo intenté con Nicolás, pero el viejo era demasiado listo para engañarlo. Un día lo anestesié y mientras dormía registré la casa en busca de las libretas de sus cuentas corrientes. Las encontré y empecé a trazar un plan. La única persona que me impedía moverme por Villa Armengol con toda facilidad era la sirvienta, Rosa, a la que conocía desde que era un niño. Me confió que padecía una depresión de la que se estaba recuperando con rapidez, y yo le cambié algunas pastillas que su médico le había recetado porque me parecían más adecuadas. Así que, pocos días más tarde, me fue muy sencillo volver a cambiárselas por el Fastelmax y Seroplasmax que tan acertadamente ha nombrado la agente. –Se adelantó hasta la agente Redó y le dio una patada en los tobillos, pero Silvia casi no se inmutó, pues la pérdida de sangre era tan grande que apenas tenía conciencia de lo que estaba pasando–. Y, claro –continuó el doctor–, la mujer se volvió loca, loca de remate. Se fue de la casa dejando solo a Nicolás Armengol. Rosa no recordaba nada de su vida, apenas recordaba su nombre y por eso le pusieron el apodo «la de Benicàssim», porque era una de las pocas cosas que recordaba. Cuando salió de Villa Armengol no volvió al piso de alquiler que compartía con su hermano, un tipo de dudosa reputación que se buscaba la vida ligándose a mujeres casadas fáciles de conquistar y a las que, hábilmente y con sus dotes de *gigoló*, limpiaba los bolsillos. Rosa se convirtió en una mendiga y a mí me fue de perlas, pues no recordaba casi nada de su vida. Pero por lo visto dejó de tomar los fármacos que yo le hacía llegar a través de un contacto que me busqué en el comedor benéfico del Ayuntamiento de Castellón, y allí fue donde vio el cadáver de Nicolás Armengol cuando salió por televisión.

El doctor Sánchez cogió el Chivas y bebió un trago largo directamente de la botella. Abrió un cajón, sacó una jeringuilla sin usar y una ampolla de algún medicamento. Llenó con el líquido la jeringa y sin mediar palabra inyectó a la subinspectora Forcada y a la agente Redó una dosis de aquella sustancia. Luego, simplemente, dijo:

–No se me vayan a morir todavía, espérense por lo menos a oírlo todo.

Las dos mujeres abrieron los ojos como si su organismo hubiera reaccionado al unísono al mezclarse su sangre con la droga que el médico acababa de inyectarles. El inspector Monfort no daba crédito a lo que veía y oía, pero lo que más le dolía era no poder hacer nada para salvar a sus compañeras de lo que parecía una muerte segura por desangramiento.

–¿Sabe por qué no le estoy haciendo nada a usted, inspector?

Monfort movió la cabeza negativamente.

–Es fácil –continuó–. Quiero que viva lo suficiente para oírme hasta el final y para que vea a sus dos putitas morir poco a poco. Pero bueno, no he acabado todavía: yo obligué a Nicolás Armengol a que hiciera, telefónicamente, varias transferencias a distintos números de cuentas. El viejo se resistía, pero el miedo a acabar como su hermana, o como Rosa, le disuadía de cometer ninguna estupidez. Fui invirtiendo el dinero en fondos poco peligrosos como acciones de Bolsa, bonos del Estado o letras del Tesoro. Poco tiempo después recordé que los Armengol tenían un sobrino que vivía en Castellón: Roberto Armengol. También lo conocí cuando apenas éramos unos niños, pero él dejó de venir por Benicàssim. Investigué acerca de su vida y descubrí lo de su esposa pakistaní. Tiré de los hilos y acabé sabiendo que él y su esposa enviaban dinero a Pakistán para financiar una escuela de niños pobres. Supe que lo enviaban a través de cuentas en Suiza y decidí mandar el dinero del viejo Armengol a ese país, de manera que, si alguna vez se descubría, Roberto Armengol fuera el principal sospechoso por ser familia directa. Además jugaba con ventaja porque Roberto no había tenido muy buenas relaciones con su familia. Yo sabía todo esto porque Nicolás Armengol me lo había contado.

Guardó silencio un instante y buscó en un cajón un frasco de pastillas del que sacó un puñado; se las tragó ayudándose del whisky bebido directamente de la botella.

–Yo quería ir poco a poco –continuó enseguida–, sacarle el dinero despacio al viejo, pero los acontecimientos se precipitaron de manera inesperada cuando al llegar al piso de Castellón, una tarde en la que mi mujer no me esperaba, me encontré en mi cama nada más y nada menos que a Arturo Palau ¡tirándose a mi mujer! ¡En mi propia cama! ¡En la puta cama que yo había pagado haciendo guardias en el hospital como un cabrón! –El doctor se puso como un energúmeno y la emprendió a golpes con un cubo que había junto a la fregadera hasta destrozarlo completamente–. Con la cantidad de hombres que hay en el mundo y la zorra de mi mujer se mete en mi cama con Arturo Palau, el morenito guaperas que jugaba conmigo de niño y se llevaba siempre las palabras cariñosas de madres y vecinas. Lo eché de casa a patadas. A ella le di una paliza de la que todavía se debe acordar, la muy puta. Juré que mataría a Arturo, le busqué por todos lados pero no lo encontré. Mi mujer me amenazó con ir a la Policía. Se atrincheró en el piso de Castellón y no me quedó más remedio que venirme aquí, a Villa Adelita. Sabía que ella era capaz de acudir a la Policía y contar que le pegaba. Decidí dedicarme a sacarle toda la pasta a Nicolás Armengol hasta que encontrara a Palau y lo matara como a una cucaracha. Pronto me llegaron noticias de que se había largado a Buenos Aires, con la excusa de montar algún negocio, pero yo sabía perfectamente que había huido de mí, había decidido irse antes de que lo despellejara vivo. Seguí extorsionando al viejo, y algunas de las transferencias que le obligué a hacer fueron a cuentas en Buenos Aires. Pensé que Palau también podría ser un buen sospechoso: era pobre, sabía que los Armengol estaban podridos de dinero... Pero una mañana, de repente, Nicolás Armengol desapareció sin más. No estaba en la casa. No volvió de su paseo matinal por la playa. No había dejado rastro de dónde podía estar. Todo en Villa Armengol estaba como si tuviera que regresar de nuevo, pero no lo hizo. Me quedé allí esperándole pero no acudió a dormir, y aquello me sobresaltó. Busqué en hospitales, en hoteles, telefoneé a varios aeropuertos... Incluso llamé a la Policía –rio descaradamente el doctor–. Pero nadie sabía nada. Busqué su pista durante varios días hasta que alguien me dijo que la descripción del hombre que buscaba coincidía con la de un mendigo que habían visto merodeando por las inmediaciones del paseo Ribalta, y que dormía, envuelto en cartones, en un cajero de la plaza de la Farola. Y una noche fui a por él. Al principio no lo reconocí; el muy zorro se había caracterizado de mendigo de tal manera que me costó saber que era él. Fingía que era mudo, no decía nada a nadie, no hablaba. Vestía con ropa sucia y tenía el pelo desaliñado... Pero sus ojos, sus ojos y sus manos le delataban. Sus manos eran las de un hombre rico: finas y cuidadas, eran las de un hombre que no había arrastrado más peso que el de las plumas con las que firmaba cheques. Era de madrugada, y el cajero tenía todas las luces fundidas. Nicolás Armengol se había buscado un atrezo acorde con su nuevo estatus de mendigo: dormía entre cartones, se dejaba ver junto a un tetrabrik de vino barato, del que apuesto no bebió más de un trago para quitarse el intenso frío de aquellas noches. Intenté que saliera del cajero, pero cada vez que le instaba a salir aparecía alguien a sacar dinero o a esnifar cocaína. Desde luego, mira que sois tontos los polis; ese cajero, en pleno centro de la ciudad, es uno de los lugares donde más droga se mueve... y se consume. Mi primer obstáculo fue un trabajador del ayuntamiento que desplegaba una manguera de grandes dimensiones con la que se disponía a regar los árboles del parque Ribalta. Yo entraba y salía del cajero; Nicolás Armengol hacía ver que no me conocía, pero el hombre no gritaba, no decía nada, seguía en su papel de mudo... ¡Pero bueno! –interrumpió su relato el doctor Sánchez alzando la voz–. ¿Acaso los estoy aburriendo, inspector?

Se puso en cuclillas a la altura de Monfort y le dio una bofetada que le dejó los dedos marcados en la mejilla. Los ojos del inspector lanzaban llamaradas de impotencia. El médico volvió a sacar de nuevo una jeringuilla y una nueva ampolla de aquel fármaco que había espabilado parcialmente a las dos mujeres policías, que seguían sangrando abundantemente. Pinchó de nuevo a la subinspectora y a la agente en sendos brazos y, como en la anterior ocasión, ellas parecieron reaccionar como si despertaran de una pesadilla.

–¡Ah, las drogas! ¡Unas sirven para dormir y otras para despertar! –canturreó el doctor mientras encendía otro cigarrillo–. Pero... sigamos: intenté que Nicolás Armengol saliera por las buenas del cajero, pero no me hacía caso, no quería ponerse en pie. En una de las ocasiones en las que ya lo había levantado a la fuerza, llegó un BMW de un color hortera y del interior salieron un joven con aspecto chulesco vestido con ropa cara y una chiquita con pinta de zorra. Salí del cajero antes de que me vieran. Aguardé de nuevo en el interior del portal contiguo al banco. Los jóvenes entraron, al poco tiempo salieron del cajero disparados, derrapando. Volví a entrar, pero a los siete u ocho minutos de intentar que Nicolás Armengol me firmara algunos de los cheques que le había quitado en la villa, llegaron de nuevo los niñatos del BMW. Volví a salir deprisa. Él entró en el cajero; su novia, o lo que fuera, se entretuvo hablando medio minuto con un tipo con el pelo rizado que acababa de llegar en un deportivo rojo. ¡Joder, había más gente allí que en el váter de un bar de moda! Los chavales volvieron a largarse de allí cagando leches y el del pelo rizado esperó en la puerta del cajero hasta que llegaron dos hombres mal vestidos, rumanos, creo. Se saludaron nerviosos y entraron. Un instante después, los dos tipos con cara de rumanos salieron del cajero mirando a todos lados. Se fueron deprisa por una de las calles adyacentes a la plaza de la Farola. El del pelo rizado permaneció en el cajero varios minutos más, el tiempo necesario para hacerse tres o cuatro rayas. Con la cara desencajada y la mandíbula batiente, salió desesperado, puso en marcha el deportivo rojo y se fue a toda pastilla. Por fin, en los siguientes diez minutos nadie volvió a entrar en el cajero. Decidí que Nicolás Armengol iba a salir por las buenas... o por las malas. –De repente hizo una pausa de casi un minuto para continuar después con voz siniestra–: Y al final no salió de allí, ni a buenas, ni a malas, ja, ja, ja...

Miró con los ojos llenos de odio la hoja de su navaja y bebió un generoso trago de whisky de la botella.

–Yo lo maté. Sí, efectivamente, yo lo maté. Lo maté porque de no hacerlo hubiera ido a la Policía con el cuento de la extorsión. Lo obligué, allí mismo, a que me firmara tres cheques en blanco... Y luego... –observó fijamente la afilada navaja–, luego se acabó para siempre. Al principio todo fue de maravilla. Los tres tipos que trapicheaban cocaína en el cajero se convirtieron en unos estupendos sospechosos, al igual que la parejita del BMW. Cualquiera de ellos podía haber matado al viejo, unos para que no dijera nada de la droga y otros por puro vandalismo, qué más daba. Ustedes no daban pie con bola, la prensa los atosigaba, la televisión se aburría de ver a nuestra policía fallar una y otra vez. Cuando Arturo Palau desapareció en Argentina volví a pensar en que también podría ser sospechoso del asesinato. Todo el mundo creyó que Nicolás Armengol había echado a Rosa después de tantos años de servicio. Él, Palau, había visto desde pequeño la opulencia en aquella casa de millonarios. Todo iba de perlas hasta que usted, señor inspector, se presentó en esta casa. Mi mujer le dijo que estaba aquí para regar las plantas, pero la verdad es que yo la había obligado a venir para que me dijera dónde estaba Arturo Palau. Luego, usted, no tuvo bastante y acudió al piso de Castellón y allí mi mujer intentó seducirle, como a los demás. Para colmo de males, a Rosa le dio el infarto y Arturo Palau vino rápidamente desde Argentina. Le cité en un mirador en la vieja carretera entre Benicàssim y Oropesa del Mar. Le pedí que se olvidara de mi mujer, que no se acercara a ella, pero no me escuchó, se subió de nuevo al coche alquilado y salió pitando en dirección a Benicàssim. Yo le había citado allí expresamente. Conduje tras él, deprisa, y en una de las curvas le golpeé por detrás haciendo que su coche cayera al vacío. ¡Que se joda! Pero usted, inspector, seguía ahí como un cabrón, siguiendo mis pasos, visitándome en el hospital, hablando con mi mujer..., persiguiéndome. Y entonces caí en la cuenta. Cometí un grave error, ¿verdad, inspector? –El doctor Sánchez sacó la cajetilla de color dorado de sus cigarrillos y encendió uno–. Este ha sido mi gran error. –Levantó la mano con la que sostenía el cigarro–. No es muy normal fumar Benson & Hedges, ¿verdad? Mi padre siempre decía: «Ese maldito tabaco inglés te matará». Ja, ja, ja... Me olvidé de recoger las colillas de los ceniceros en Villa Armengol, y usted... solo tuvo que empezar a atar cabos lentamente. Pero basta, ahora ya no quiero hablar más.

Tomó un trozo de cuerda que guardaba en un cajón y ató las piernas del inspector Monfort a la gran mesa de la cocina para que no pudiera moverse. Observó cómo la vida de las dos mujeres iba apagándose por la cantidad de sangre derramada y optó por no atarlas, pues en aquel estado no representaban ningún problema. Cerró a conciencia las dos ventanas de la cocina y la puerta que comunicaba con el interior de la vivienda. Abrió al máximo el gas de los cuatro fuegos de la cocina y riendo salió por la puerta que daba al porche de Villa Adelita. La cerró con dos vueltas de llave mientras ya llegaba hasta su olfato el olor del gas con el que pensaba matar a los tres policías.

–¡A la mierda! –dijo Eugenio Sánchez poniendo en marcha el motor del abollado Mercedes de color plateado.

72

En el Hospital General de Castellón, una mujer rubia de unos cincuenta años hablaba con el doctor Jaume Ribes sobre el estado de salud de los hermanos Palau. Le dijo que era una vecina de toda la vida. No se había quitado las enormes gafas de sol que cubrían su rostro; al doctor Ribes le pareció de mal gusto, una falta de educación, una actitud de gente estirada. No le explicó mucho acerca del estado de los pacientes, pues no sabía a ciencia cierta quién era aquella mujer. Cuando se despidieron y ella echó a caminar, el doctor Ribes le observó una extraña cojera que le hizo dudar.

–¡Oiga, señora! –la llamó.

Se detuvo pero no se dio la vuelta.

–Déjeme ver ese tobillo –dijo el doctor al llegar a su altura.

Sin hacerle caso, la mujer salió corriendo, pero su pierna herida la traicionó doblándose por el tobillo como si de una ramita se tratara y cayó de bruces al suelo. Ribes le quitó las gafas y entonces pudo ver el enorme hematoma que tenía en uno de sus ojos y el corte causado con algún objeto punzante encima de una de sus cejas. Examinó el tobillo y pensó que se trataba de algo más que de una simple torcedura.

Dos camilleros acompañaron a la mujer al servicio de urgencias. El doctor Jaume Ribes quiso atenderla personalmente, y mientras le curaba las heridas del ojo y de la ceja, otra doctora examinaba su lastimado tobillo.

–Tiene una luxación importante –dijo la doctora.

–¿Cómo se ha hecho todo esto? –preguntó el doctor Ribes extrañado.

–Me he caído por la escalera –dijo la mujer como ausente.

–Vamos, no se haga la ingenua, nadie se hace esto cayéndose por una escalera –repuso el doctor mientras aplicaba desinfectante en la fea herida de la ceja.

–Déjeme en paz, doctor –contestó la mujer a fin de zanjar la conversación.

Una enfermera irrumpió en la sala de urgencias y pidió a Ribes que saliera un momento.

–¿Qué pasa? –preguntó el doctor.

–Esa mujer es Natalia Monsonís –dijo la enfermera.

–¿Quién demonios es Natalia Monsonís? –preguntó Jaume sobresaltado.

–La esposa del doctor Eugenio Sánchez.

Ribes comprendió al instante que el doctor Sánchez había agredido a su mujer brutalmente. Recordó también que era el médico que había cambiado los fármacos de Rosa.

Llamó a un compañero para que siguiera atendiendo a Natalia Monsonís. Marcó el número de la agente Redó; daba señal pero Silvia no cogía el teléfono. No había hablado con ella desde que le dijera que el doctor Sánchez era el responsable del cambio de medicación de Rosa. Volvió a llamarla. Lo intentó hasta en tres ocasiones, pero fue inútil, la agente no contestaba. Movido por la rabia producida por la repulsión de que aquel médico hubiera golpeado de aquella forma a su esposa, preguntó en conserjería por el doctor Eugenio Sánchez. Le comunicaron que actualmente gozaba de tres días de descanso. A continuación preguntó dónde vivía y el conserje le comentó que tenía una especie de palacete en la playa de Voramar, en una conocida zona llamada Ruta de las Villas, en Benicàssim. Jaume volvió a llamar a Silvia dos veces más, sin resultado. Telefoneó a la comisaría de la ronda de la Magdalena, pero allí no sabían nada de la agente.

73

La agente Redó y la subinspectora Forcada habían perdido el conocimiento. Se desangraban poco a poco, muy lentamente, camino de una muerte segura. El gas que el doctor había dejado escapar viciaba la estancia y el aire se hacía irrespirable. El inspector Monfort, con las manos esposadas, la boca sellada con cinta americana y los tobillos atados a la pesada mesa de la cocina, luchaba por moverse algún centímetro con la intención de buscar una posible solución. Con gran sufrimiento, al ver que sus dos compañeras se debatían entre la vida y la muerte, sacó fuerzas de donde no quedaban y de un tirón logró arrancar la cuerda que lo ataba a la mesa. Se puso de pie con gran dificultad y dando saltos llegó hasta una de las ventanas de la cocina. Consiguió romper el cristal con la cabeza. Cayó al suelo y, al instante, cientos de pequeñas heridas producidas por los cristales hicieron que su rostro comenzara a sangrar. El aire empezó a entrar en la estancia y el gas se mezcló con el oxígeno, ofreciendo a los tres policías una pequeña esperanza. Pero Monfort veía, impotente, que sus dos compañeras estaban a punto de morir. No podía gritar, no podía apenas moverse, la sangre cubría su cara por completo y ellas... ellas se desangraban. Pensó en Violeta, su esposa muerta por el capricho de dos descerebrados. Pensó en Nicolás Armengol y su hermana

Concepción, asesinados vilmente por el doctor Eugenio Sánchez. En Arturo Palau y su hermana Rosa, de los que no sabía si habían sobrevivido al accidente y al infarto. Finalmente pensó en la profesionalidad y los buenos ratos vividos con la agente Redó, y en lo bien que se había llevado en los últimos días con la subinspectora Forcada y en la confianza que ella había depositado en él tras ser apartado del caso por el comisario Romerales. Pensaba en miles de cosas a la vez... pero las dos mujeres se morían irremediablemente. Su propia sangre le nublaba la vista y respiraba con dificultad. Estaba a punto de dejarse caer desfallecido a esperar la muerte cuando, de repente, alguien empezó a golpear la puerta que daba al porche. Monfort intentó gritar pero era imposible. Los golpes de la puerta cesaron. El inspector vio una cabeza asomarse a la ventana que él mismo había roto.

–¡Apártese de la puerta! –gritó la persona que estaba al otro lado.

Un fuerte estruendo y la puerta del porche se resquebrajó a la altura de la cerradura dejando paso al joven doctor Jaume Ribes, que se había ayudado de una de las tumbonas de teca.

Cerró a toda prisa el gas, abrió las ventanas y la puerta de par en par y seguidamente liberó al inspector Monfort de la cinta que le aprisionaba los tobillos y la boca. El inspector tomó aire violentamente y empezó a toser escupiendo una mezcla de saliva y sangre.

–¡Están a punto de morir! –balbuceó Monfort señalando a sus dos compañeras.

El doctor Ribes buscó en los bolsillos del inspector hasta dar con la llave que abría las esposas. Liberó de las ataduras a las dos mujeres y salió corriendo hacia el lugar en el que había aparcado el coche. Volvió con un maletín de médico. Hablaba con su móvil y solicitaba ayuda médica urgente. Practicó curas de primeros auxilios a la agente

Redó y a la subinspectora Forcada, y a los pocos minutos el sonido de las sirenas de dos ambulancias llegó hasta Villa Adelita.

Las dos mujeres policías fueron introducidas en una de las ambulancias y el doctor Ribes subió con ellas y cerró la puerta, pero antes oyó al inspector Monfort, al que curaban sus heridas de la cabeza, decir:

–Gracias, doctor.

–De nada –contestó Jaume Ribes cuando la ambulancia ya salía disparada hacia el Hospital General de Castellón.

El comisario Romerales esperaba en la puerta de Villa Adelita, a la que habían acudido dos patrullas de policía.

–¿Estás bien, Monfort? –preguntó Romerales con la mejor cara que pudo.

–Hombre, he tenido días mejores –contestó el inspector con la cabeza vendada y sin poder erguirse a causa de las patadas propinadas por el doctor Sánchez.

–Atraparemos a ese hombre. Ahora lo importante es que las chicas se recuperen.

–¿Qué han dicho los médicos? –preguntó Monfort.

–Que son dos mujeres muy fuertes.

–Eso ya lo sé. ¿Cómo es que ha venido ese médico joven?

–Es amigo de la agente Redó. Él fue quien le dijo que el doctor Eugenio Sánchez había cambiado la medicación a Rosa «la de Benicàssim». Según tengo entendido, se tropezó con Natalia Monsonís en el hospital, después de que su marido le propinara una brutal paliza. Llamó a Silvia, y al no encontrarla decidió venir aquí a conocer al bestia del doctor Sánchez con la intención de increparle por golpear a su mujer.

–Eugenio Sánchez es el asesino de Nicolás Armengol y de su hermana Concepción... y también intentó matar a Rosa y a su hermano Arturo –dijo Monfort con dificultad.

–Lo sabemos –contestó el comisario Romerales con una inclinación de cabeza.

–Ya, pero costará mucho probar todo eso delante de un juez, la verdad –apostilló con cierto pesar el inspector.

–No con esto. –El comisario Romerales metió la mano en el bolsillo y sacó de él una pequeña grabadora–. La subinspectora Forcada la llevaba todavía en marcha en uno de sus bolsillos. Me la dio una enfermera antes de que la ambulancia saliera pitando hacia el hospital.

74

El doctor Eugenio Sánchez fue detenido en la terminal B del aeropuerto de El Prat de Llobregat, en Barcelona. Llevaba documentación falsa y estaba a punto de subir a un avión con destino Río de Janeiro. Dos policías de paisano lo detuvieron mientras compraba los periódicos en un quiosco. Los agentes Terreros y García habían viajado a toda velocidad hasta el aeropuerto de Barcelona, alertados por una trabajadora de una agencia de viajes de la capital de La Plana que había notado cosas raras en la compra de un billete con destino a Brasil; el hombre estaba muy nervioso, y la chica de la agencia se dio cuenta de que en algunos documentos figuraba un nombre distinto al que había utilizado para registrar el billete. Había pagado en metálico y exigió que el vuelo saliera aquel mismo día. La chica de la agencia llamó a la Policía, y los agentes Terreros y García hicieron el resto.

La subinspectora Ana Forcada y la agente Silvia Redó se recuperaban de las lesiones. Habían perdido mucha sangre, pero la fortaleza física de ambas había sido vital en las primeras horas de recuperación. Habían sido operadas de urgencia por el doctor Ribes y su equipo, y ahora Jaume se encargaba en persona de que evolucionaran favorablemente.

La verdad es que a la agente Redó le proporcionaba además otro tipo de cuidados.

Anunció al comisario Romerales y al inspector Monfort que ambas pacientes podrían ser dadas de alta en unos cuatro o cinco días. Monfort decidió aplazar su regreso a Barcelona hasta que abandonaran el hospital.

75

El comedor del restaurante Casa Carlos, en la calle Carcagente de Castellón de la Plana, era una auténtica fiesta. Berberechos y tellinas, navajas, mejillones, calamares, puntillitas, cañadillas, dátiles de mar... El inspector Monfort discutía con el camarero.

–Qué manía tenéis todos con eso de que el marisco hay que tomarlo con vino blanco.

–Disculpe, señor, pero... es que...

–Pues yo quiero tinto, y ya vale, hombre, y ya vale...

Todos reían la obstinada puntualización sobre los vinos del inspector Monfort.

–Pues tráele a él una de tinto y listos –ordenó el comisario Romerales.

–¡Qué generoso! –le gritó uno de los invitados.

Alrededor de la gran mesa redonda estaban sentados los agentes Terreros y García, la subinspectora Forcada y el agente Corral, el subinspector de la Científica, Salva Márquez, la agente Redó y el doctor Jaume Ribes, y por último el comisario Romerales y el inspector Monfort, que no estaban demasiado contentos de estar sentados codo con codo.

–¿Qué has pedido de segundo, Romerales? –preguntó Monfort.

–¡Arroz con bogavante para todos! –anunció orgulloso el comisario subiendo el tono.

–¿Sabes cuál es el secreto del arroz con bogavante? –le preguntó el inspector Monfort.

–Dímelo tú.

–El secreto está en el sofrito, jefe, en el sofrito. Me lo dijo una mujer muy sabia.

–Pues sí que debe de ser lista esa mujer para convencerte a ti de algo, Monfort –dijo alegremente el comisario para que los demás rieran la gracia.

–Tan lista como para resolver ella sola un caso de asesinato, amigo Romerales –contestó con certeza el inspector Monfort sirviéndose más vino tinto en la copa.

76

A la mañana siguiente, en la habitación del hotel Mindoro, sonó el móvil de Monfort y este reconoció inmediatamente el número que aparecía en la pantalla.

–Buenos días, comisario principal Vinyals.

–Hola, Monfort. Enhorabuena por la resolución del caso del asesinato de la plaza de la Farola.

–Gracias, señor.

–Supongo que Romerales ya habrá respirado, por fin.

–En estos momentos debe de estar poniéndose medallas y haciéndose fotos con el ministro de Interior y el alcalde de Castellón.

–Seguramente –afirmó el comisario principal–. Bueno, Monfort, te llamo porque necesitamos que regreses de inmediato a Barcelona.

–¿Qué sucede?

–Han encontrado los cadáveres del conocido empresario Miguel Serra y de su esposa en un aparcamiento del centro de la ciudad. Estaban en el interior de su vehículo, macabramente mutilados. Necesitamos que vengas lo antes posible.

–¿Macabramente mutilados?

–En efecto, Monfort, los cuerpos estaban en los asientos, metidos en bolsas de basura industriales.

–¿Algo más? –aventuró Monfort.

–Sus cabezas estaban en el maletero.

–Está bien, Vinyals, voy para allá.

–Gracias, Monfort, llamaré a Romerales para decírselo.

–De acuerdo... Pero antes quiero pedirle algo, comisario principal.

–Dime, Monfort.

–Me gustaría que me acompañara en el caso la agente Silvia Redó, de la Policía Científica de Valencia.

–Pero... eso no es posible, ya tenemos aquí personal suficientemente competente para este tipo de asuntos.

–No me ponga peros, Vinyals, por favor.

El comisario principal se quedó varios segundos en silencio.

–Esto... De acuerdo –reanudó la conversación–, que trabaje contigo si es eso lo que quieres, pero será bajo tu entera responsabilidad.

–Denos tres horas para llegar hasta ahí.

Monfort miró su reloj de pulsera y colgó sin despedirse.

Disfruta los escenarios que recorre el inspector Monfort y descubre los lugares de la serie

Los casos del inspector Monfort sitúan Castellón de la Plana en el mapa de la novela negra

Plaza de la Farola

Su verdadero nombre es plaza de la Independencia, pero se la conoce popularmente como plaza de la Farola. El monumento que la preside se construyó para la coronación de la patrona de la ciudad, la Virgen de Lledó. También se hallan en esta plaza algunos de los más bellos edificios modernistas de Castellón. Allí es donde aparece el cadáver de la primera víctima de *Asesinato en la plaza de la Farola*.

Comisaría de la ronda de la Magdalena

Situada al final de la ronda de la Magdalena, se encuentra la antigua comisaría del Cuerpo Nacional de Policía de Castellón que dirige el comisario Romerales. Allí trabajan los compañeros del inspector Monfort: los agentes Terreros y García, la subinspectora Ana Forcada y la agente Silvia Redó, entre otros.

Calle Echegaray

Entre la ronda Mijares, la avenida Rey don Jaime y la plaza Huertos Sogueros, se encuentra esta calle en la que vive Natalia Monsonís, uno de los personajes centrales de *Asesinato en la plaza de la Farola*. También está uno de los restaurantes preferidos de Monfort, La Vieja Roma.
En la plaza Huertos Sogueros vive Margarita Renau, la exmujer de Javier Serós, la primera víctima de la novela *Mañana, si Dios y el diablo quieren*.

Casino antiguo de Castellón

Lo que fuera el palacio de Francisco Tirado, una mansión al estilo de las grandes casas de campo centroeuropeas, se convirtió en el lugar de encuentro de los personajes más ilustres de Castellón. Situado en la conocida y céntrica Puerta del Sol, es un lugar de visita obligada. El inspector Monfort acude a la barra del bar, donde encuentra una buena selección de whisky de malta. Se describe con detalle en *Ojalá estuvieras aquí*.

Plaza del Real

Pequeña plazoleta del centro de la ciudad en la que se encuentra uno de los restaurantes preferidos del inspector Monfort, China I, al que acude en las tres novelas de la serie.

Hotel Mindoro

Situado detrás del Teatro Principal, en una estrecha plaza peatonal, es uno de los hoteles más céntricos de la ciudad. Además, es la residencia de Monfort en Castellón. El restaurante Eleazar, junto al hotel, es otro de los lugares que frecuenta el inspector.

Calle Alloza

Una de las calles peatonales más conocidas de Castellón por su extensa oferta comercial. Aquí se halla la exclusiva *boutique* de la exmujer de Javier Serós en *Mañana, si Dios y el diablo quieren*.

Calle Mealla

Una de las muchas estrechas calles que vertebran el centro histórico. Peatonal y muy tranquila, es aquí donde aparece el cadáver de Javier Serós en *Mañana, si Dios y el diablo quieren*.

Plaza Mayor

En esta plaza se encuentran el ayuntamiento, la catedral y el Mercado Central. En ella se puede ver también el campanario llamado El Fadrí, cuya característica peculiar reside en estar separado de la catedral, por lo que su forma se asemeja más a una torre defensiva que a un campanario. Antiguamente fue una cárcel. Se describe con detalle en la novela *Ojalá estuvieras aquí*.

Teatro Principal

Una de las joyas arquitectónicas del pasado de la ciudad, se sitúa en la céntrica plaza de la Paz, reconocible por su templete central. Desde su habitación del hotel Mindoro, Monfort tiene una vista privilegiada de la fachada posterior de este edificio, que se ha convertido en uno de los iconos de Castellón, imprescindible en la serie del inspector.

Calle Pescadores

También conocida como carrer Peixcadors, esta calle es un remanso de paz en pleno centro de la ciudad. Peatonal y sin comercios ni locales de restauración, transmite tranquilidad y silencio.
En un piso de esta calle encuentran el segundo cadáver en la novela *Ojalá estuvieras aquí*.

Hospital Provincial e Instituto de Medicina Legal

Con más de ocho siglos de historia, el Hospital Provincial de Castellón es uno de los edificios singulares de la ciudad, junto al de Correos o la plaza de toros, entre otros. Aquí se encuentra el Instituto de Medicina Legal, donde trabaja el médico forense Pablo Morata, imprescindible en la serie del inspector Monfort.

Plaza Santa Clara

Junto al Mercado Central y la plaza Mayor. En ella se celebran importantes eventos como la feria del libro en el mes de mayo. Está rodeada por una gran oferta de establecimientos gastronómicos. Se cita en *Ojalá estuvieras aquí*.

Mercado Central

Situado entre la plaza Mayor y la plaza Santa Clara, el Mercado Central de Castellón es una parada obligada para aquellos que visiten la ciudad. Los puestos de pescado y marisco son un magnífico ejemplo de la gastronomía de la provincia. Ordenado, limpio y muy agradable, el mercado de Castellón es una delicia. Aquí aparece el cadáver de Pedro Casas en *Ojalá estuvieras aquí*. Monfort lo visita en varias ocasiones a lo largo de esta novela.

Edificio de Correos

Es uno de los iconos arquitectónicos de la ciudad, inaugurado en el año 1932. El ladrillo exterior, la cerámica y el vidrio constituyen los principales elementos de las cuatro fachadas que recuerdan a la más clásica tradición de la arquitectura mudéjar.
Enfrente del edificio se encuentra el nuevo hogar de la subinspectora Sivia Redó, situado encima de la tienda de salazones Giner y Verchili, que es toda una tentación para los placeres gastronómicos del inspector Monfort.

Playa del Serradal

Este extensa playa discurre entre la desembocadura del río Seco y el límite con el término municipal de Benicàssim. El elemento más importante de este lugar es la existencia de dunas móviles y semifijas, hoy protegidas por su importante impacto en la nidificación de aves. Aquí es donde aparece, enterrado en la arena, el cadáver de Héctor Valiente en *Mañana, si Dios y el diablo quieren*.

Desierto de las Palmas

Se trata de una montaña protegida, muy cercana a la ciudad, desde la que se tienen magníficas vistas. El nombre de desierto se debe a una importante comunidad de religiosos que denominan así a este verde paraje. El pico del Bartolo es el punto más alto, al que asciende Monfort para recordar su juventud.
En esta localización suceden algunos de los capítulos más importantes de *Asesinato en la plaza de la Farola*.

El Grao

Barrio marítimo de la ciudad, separado del centro por apenas cinco kilómetros de campos de naranjos e infinidad de caminos agrícolas. Tanto el puerto pesquero como el comercial son importantísimos para la economía de la provincia. Cabe destacar la excelente oferta gastronómica de dicho barrio. Monfort siente predilección por el restaurante Rafael. En los campos agrícolas que separan el barrio marítimo de la ciudad, se celebra el combate ilegal de boxeo con el que da comienzo *Ojalá estuvieras aquí*.

Auditorio y Palacio de Congresos

Situado en una de las rondas de circunvalación de la ciudad, el Auditorio y Palacio de Congresos de Castellón de la Plana es un espectacular edificio compuesto por una sucesión de distintos volúmenes simétricos de formas rectangulares, construido con hormigón blanco y rodeado de un extenso parque que minimiza sus grandes dimensiones. Abrió sus puertas en 2004 para dinamizar la oferta musical de la ciudad de Castellón y de su área geográfica.

—De acuerdo, les contaré toda la verdad, desde el principio: Robé la lupa de empuñadura nacarada, la que se exhibía en la vitrina como si se tratara de una reliquia.

Al llegar al parque tomé un puñado de hojas secas, puse la lente entre el sol y las hojas hasta que el haz de luz focalizó en un único punto. Cuando creí que iba a perder la paciencia, comenzó a brotar un hilillo de humo. Luego, de repente, sobrevino una pequeña llama. Fue entonces, en aquel preciso instante, cuando debí pisotear las hojas hasta apagarlas. Sin embargo, las arrastré con el pie hasta el tronco de un árbol caído, seco y carcomido.

El fuego se propagó más deprisa de lo que hubiera imaginado y algo se removió en mi interior. Sin motivo aparente sentí una atracción desmedida hacia lo que veía. Me quedé inmóvil, en un estado de conciencia alterado, como si estuviera en trance. Las llamas prendieron a toda velocidad y los árboles del parque empezaron a arder de forma descontrolada. Alcanzaron un coche que estaba aparcado junto al camino; el fuego se hizo enorme y luego se dirigió, como un fantasma, hacia las casas más cercanas.

Enterré la lupa y hundí las manos en los bolsillos mientras los vecinos salían de sus viviendas. Aterrados, despavoridos.

Asistí con fascinación a lo que estaba sucediendo, a lo que había provocado.

Sentí algo que no esperaba: placer.

Salud, paz y lluvia

Como cada último viernes del mes de abril desde hace setecientos años, los vecinos y visitantes del pueblo de Les Useres, en el interior de la provincia de Castellón, aguardan en absoluto silencio al despuntar el día. Un mutismo sobrecogedor se cierne a las puertas de la iglesia de La Transfiguración del Señor.

Los presentes contienen la respiración cuando *els pelegrins de Les Useres* abandonan el templo y caminan descalzos sobre un manto de hiedra mientras se escucha el solemne canto *O Vere Deus*.

Trece hombres, en representación de Jesucristo y los apóstoles, inician la misteriosa peregrinación hasta el santuario de Sant Joan de Penyagolosa para rogar a Dios salud, paz y lluvia.

En el camino deberán superar un desnivel de más de mil metros de altitud a través de un bello paisaje de escarpadas lomas y profundos barrancos, hasta cubrir la larga jornada de distancia que separa el pueblo del santuario. Los peregrinos, que lucen barbas pobladas y visten túnicas de color azul, sombreros de alas caídas y grandes rosarios con cuentas de madera, guardarán silencio durante el camino, escuchando únicamente los cánticos y las oraciones de los cantores y del sacerdote que forman la procesión penitencial. Al anochecer alcanzarán la ermita, donde serán recibidos de forma solemne y se retirarán a descansar al resguardo de una cueva cercana.

A la mañana siguiente, tras la enigmática ceremonia del perdón, la comitiva regresará al pueblo, donde llegará caída la noche y será recibida en un ambiente de celebración, con las calles engalanadas de flores y hojas verdes. Religión, mística, tradición, raíces ancestrales y sentimientos aferrados a la tierra.

Un año más, alguien observará en silencio a cierta distancia para no llamar la atención. Oculto, avergonzado, frustrado.

Humillado.

1

Miércoles, 18 de junio de 2008

Nat King Cole fue un cantante y pianista de *jazz* nacido en Estados Unidos en el año 1919. Su verdadero nombre era Nathaniel Adams Coles. Como no sabía una sola palabra de español y además carecía de habilidades para aprender idiomas, memorizó, palabra por palabra, la letra de un vals venezolano. La canción se titulaba *Ansiedad*.

La espuma de las olas rompía sin fuerza al llegar a la orilla y se esparcía por la fina arena de la que emergían minúsculos cangrejos que, veloces, regresaban al abrigo del mar. Grandes nubes cubrían el cielo como la boina calada de un anciano que otea el horizonte en busca de la respuesta a una incógnita imposible de resolver. El viento permanecía en calma tras una noche sin tregua que había distorsionado la fisonomía de la pequeña cala cercana a Peñíscola.

La abuela Irene recogía enseres que la tormenta había arrastrado hasta la orilla. Para ella eran pequeños tesoros que el mar devolvía a la tierra desde cualquier lugar del

Mediterráneo. Un intercambio de objetos de origen desconocido, arrancados a dentelladas por el oleaje, esparcidos aquí y allá sin orden ni control. Un flotador de corcho, una caja de madera con caracteres impresos en alfabeto griego; un bolso ajado, con el forro desprendido, una burda imitación de alguna marca cara; aparejos de pesca, ramas, botellas de plástico y un barril de polietileno.

Desde la pequeña casa construida demasiado cerca del minúsculo arenal llegaba el sonido melancólico de un vals. También el olor a pan, que se mezclaba con el del salitre.

«...mis lágrimas son perlas que caen al mar.»

La mujer seleccionaba de la basura aquello que podía reciclar hasta convertirlo en alguna de aquellas figuras con las que ocupaba las horas, junto a la única compañía de los graznidos de las gaviotas que la visitaban a diario en busca de su ración de comida.

Recogió un remo parcialmente enterrado en la arena. La pala permanecía intacta. La madera era suave y al tacto resultaba un verdadero placer para sus dedos callosos. Lavó la arena adherida hasta que el color de la tabla apareció en todo su esplendor.

Parecía de una pequeña embarcación, de un bote o de una canoa. La pala era lisa y roma en sus cantos, para ofrecer la mínima resistencia cuando entrara en contacto con el agua. ¿Quién habría remado con él? ¿A dónde habría ido a parar su compañero?

Pensó que un remo solitario era como un alma en pena, como un puzle inacabado, como alguien que hubiera perdido a un ser querido.

«...y el eco de la pena de estar sin ti.»

La jueza Elvira Figueroa se sirvió dos dedos de whisky en un vaso y salió al balcón de la estrecha calle de Teruel en la que residía.

Observó la torre de la iglesia de El Salvador, de estilo mudéjar aragonés, y admiró su belleza en mitad de la noche: las piezas de cerámica de la fachada coloreadas de verde, de blanco y de cobre, así como el caprichoso repertorio de formas geométricas de los azulejos con espigas encajadas y estrellas de ocho puntas. Recordó la leyenda que escuchó de boca de uno de los guías de la torre mientras la acompañó hasta el campanario, después de ascender los ciento diecinueve escalones que separaban el suelo adoquinado de unas vistas de ensueño.

Omar y Abdalá eran dos arquitectos musulmanes que, a principios del siglo XIV, *construyeron sendas torres adosadas para las iglesias de San Martín y El Salvador. La pericia de los mudéjares para la albañilería era conocida y apreciada en todo el reino. Quiso el destino que la joven Zoraida se cruzara en el camino de los dos maestros; la muchacha era pretendida por ambos, pero a ella le gustaban los dos y no sabía por cuál decidirse. Entonces se le ocurrió intervenir al padre de la joven, quien le propuso a los arquitectos que la mano de su hija sería para aquel que alzara la torre más bella en el menor tiempo. Los tres hombres expresaron su acuerdo y comenzaron las tareas. Pasaron los meses y los dos edificios, casi gemelos, se elevaban hacia el cielo de la ciudad.*

Omar fue quien terminó la torre de San Martín en primer lugar; llegó el momento de ofrecer orgulloso su trabajo a los turolenses y conseguir con ello a la bella Zoraida. Pero el deslumbramiento duró poco tiempo, pues la torre estaba levemente inclinada. Desolado y enfurecido, Omar trepó hasta lo más alto de la torre y desde allí se precipitó al vacío, provocándose la muerte de forma instantánea.

Días más tarde, cuando Zoraida y Abdalá, unidos ya en matrimonio, se deleitaban con las vistas desde la torre de El Salvador, dejaron escapar un suspiro de melancolía al contemplar la impresionante y particular belleza de la torre del rival, que no por estar ligeramente combada dejaba de ser una de las más hermosas obras del hombre en la Tierra.

Elvira también dejó escapar un suspiro al aire desde el balcón. La noche era fresca y se le encogieron el cuerpo y el alma. Apuró la bebida. No podía dejar de mirar la torre iluminada. Los azulejos reflejaban destellos verdes, azulados, encarnados... Negó con la cabeza, pensó que no era normal. Consultó la hora. Entró en el salón y cerró la puerta del balcón para que no se colara el fresco de aquella pequeña ciudad injustamente olvidada en tantas ocasiones. Sacudió la cabeza una vez más. «No, no es normal», se dijo. Llamó y el teléfono seguía dando el mismo aviso que en otras tantas ocasiones en las que se había intentado poner en contacto con él. Había pasado demasiado tiempo desde que Monfort desapareció sin dar señales de vida.

Pese a que no podría conciliar el sueño, se metió en la cama. Entrelazó los dedos de las manos por detrás de la cabeza y reflexionó.

Hasta que el cansancio la venciera.

Como el resto de tantas otras noches.

2

Sábado, 21 de junio

Era el primer día del verano. Había pasado un mes desde aquello, pero a la subinspectora Silvia Redó no se le iba de la cabeza. Seguía allí, erre que erre, haciendo mella, machacando; más difícil de curar que las propias heridas.

El inesperado descubrimiento de que el agente Robert Calleja era homosexual había sido igual que recibir un bofetón; como el que le propinó su madre cuando con quince años le encontró restos de marihuana en un bolsillo del pantalón.

Ni siquiera un «esto no es lo que parece» o un «deja que te explique». No había nada que debiera parecer ni tampoco que explicar. Robert se lo dejó bien claro en la habitación del hospital, cuando ella fue a visitarlo y descubrió que lo acompañaba un hombre. «Ángel es mi novio, mi pareja», le dijo.

«¿Cómo he podido ser tan imbécil?», se repetía una y otra vez. Seguramente fue la última en darse cuenta y los demás se rieron a su costa. Le hubiera bastado con decirlo, nada más, sin tapujos. En todo caso, podría haber elegido una forma menos dramática de revelarlo.

«Vive y deja vivir» había sido su lema desde siempre. Era mujer, policía y soltera, y tenía la certeza de que más de uno lo interpretaba por el lado que no era. Pero creía que él se había encaprichado de ella; no es que se lo hubiera manifestado de forma elocuente, pero se lo decía el corazón. Sentía un cosquilleo extraño en su presencia, aunque la coraza era tan dura que apenas traspasaba la capa para poder pinchar en algún lugar. En todo caso, ahora ya no había nada que hacer. La verdad había estallado como un disparo. Las cosas eran así y ella debía aprender a interpretar mejor a las personas antes de creer lo que no era.

Durante días estuvo convencida de que estaba enamorado de ella hasta las trancas, tal y como él mismo hubiera dicho con su gracioso acento. Si no, ¿por qué le decía aquellas cosas que a ella le sonaban a declaraciones de amor? ¿Cómo podía no haberse dado cuenta de la verdad?

Sus reflexiones volaron hacia otra persona. No había vuelto a ver a Monfort desde aquel día.

A la salida del hospital, aturdida y llorosa como una adolescente despechada, no lo buscó. Se subió al primer taxi libre y regresó a su piso, ubicado junto al edificio de correos. Durante el trayecto el taxista quiso establecer conversación, pero ella no escuchó ni una sola palabra de aquel intento de charla banal acerca de la climatología, de sus visibles heridas o de lo que fuera que quisiera hablar el conductor. Abonó el importe de la carrera y subió las escaleras despacio a causa del dolor que le magullaba todo el cuerpo, que no el corazón, porque ese ya estaba roto en mil pedazos. Abrió la puerta y dio un sonoro golpe cerrando todo a su espalda, como un punto final, como si quisiera borrar el resto de la vida. Se tumbó en la cama y clavó la vista en un lugar concreto del techo de la habitación. Dormir iba a ser tarea imposible, así que abrió el cajón de la mesita y sacó las pastillas que creía haber olvidado de una vez por todas.

Ahora estaba a punto de hacer lo mismo, como cada noche desde entonces, pero la llamada de teléfono la detuvo: en una mano, la pastilla, en la otra, el vaso de agua; el móvil zumbando en la mesilla de noche y la pantalla iluminada con el mismo nombre, como todos los días.

–¡A la mierda!

Rubén

De pie, con la puerta de la nevera abierta y los pantalones caídos, observaba con ansiedad los restos de comida que quedaban en el interior. Podía llamar por teléfono y pedir una pizza o comida china, pero no quiso esperar, así que agarró el tarro de mayonesa, una bolsa de pan de molde y regresó al sofá frente al televisor, en el que ningún canal aguantaba más de veinte segundos sin que él lo cambiara de forma compulsiva a través del mando a distancia.

En los últimos meses había conseguido adelgazar ocho kilos gracias a una dieta estricta que siguió a rajatabla hasta que ella le dijo: «Ahí te quedas». Así de parcas fueron sus palabras. Se había cansado de sus manías, de sus vicios, y se largó con viento fresco; desapareció de su vida de la misma forma en la que había llegado y con ella se fueron al traste todos los impulsos por sentirse un poco más atractivo, algo que hasta el momento en el que irrumpió en su vida no le había importado lo más mínimo, pero que entonces le pareció la única razón de estar vivo: perder peso, bajar kilos, conseguir un perímetro abdominal de un tamaño moderado, poder cortarse las uñas de los pies, caminar sin ahogarse, subir las escaleras, hacer el amor en posturas normales. Todavía le retumbaba en la cabeza aquello que dijo el día que se marchó: «Ni siquiera te la ves cuando vas a mear».

Untó de mayonesa la quinta rebanada, la dobló y se la metió entera en la boca.

Siempre estuvo enamorado de otra persona, la misma que no pudo tener a su lado. La amaba desde que era un niño. Había intentado borrarla de sus pensamientos millones de veces, pero le resultaba del todo imposible. Apenas mantenían un mínimo contacto; quizá una vez al año un triste mensaje de «Feliz Navidad», un falso «Cuídate mucho» o un desangelado «Nos vemos pronto», que significaba lo mismo que «Nos vemos en el infierno».

Siempre había sido gordo. En la escuela se mofaban de su aspecto. Era el blanco de las burlas de algunos compañeros indeseables. Sus padres regentaban una cadena de carnicerías y él se ponía morado de chorizo y de queso. A su padre se lo llevó un infarto demasiado pronto y las piernas de su madre hacía tiempo que habían dicho basta. Sus tobillos adoptaron la misma forma que el cuello de un toro y fue incapaz de mantenerse de pie. Traspasaron las carnicerías, sepultaron los recuerdos del padre y la grasa se adueñó de su cuerpo y de su alma. Su madre vivía encadenada a un andador y él a la despensa. Por suerte el alquiler de las carnicerías reportaba pingües beneficios.

Una tarde, la joven ecuatoriana que había empezado a cuidar de su madre lo encontró sentado en el sofá dando buena cuenta de un queso entero y de una botella de buen vino. Le dio por reír. Lo encontró gracioso. Se sentó junto a él y ambos trasegaron con el queso y el vino; carrillos hinchados, mofletes sonrosados. A la muchacha le pareció divertida su forma de ser, su sinceridad y las palabras de cariño y de afecto que él no dudó en promulgarle aquella tarde. Rubén creyó que a ella le faltaban ambas cosas, el cariño y el afecto, y al día siguiente sus cuerpos rodaron bajo las sábanas en una bacanal de sexo y comida. Pero ahora ella ya no estaba, se había marchado harta de sus hechuras de gordo infecto. Antes de largarse robó todo lo que encontró de valor en los cajones de la casa. No la había vuelto a ver, ni ella había dado ninguna señal de vida. Ni siquiera fue capaz de denunciarla. Se esfumó y lo dejó allí, tirado, delante del televisor, con la panza hinchada y el pene oculto por la misma.

Consiguió una plaza para ingresar a su madre en una residencia. La ecuatoriana se había esfumado, su madre también se iría. Fue como pasar una página, cerrar un libro, olvidar parte de una vida. Volver a empezar. Sabía que a partir de ahí todo iría a peor, pero no volvió la vista atrás al salir por la puerta del asilo.

Otros títulos del autor

Mañana, si dios y el diablo quieren

Unos extraños versículos bíblicos son la única pista para detener a un asesino en serie, en una carrera contrarreloj.

Ojalá estuvieras aquí

El Mercado Central de Castellón se convierte en el escenario de un crimen en una novela en la que confluyen presente y pasado.